普通高等教育"十二五"规划教材

信息检索与利用

闫国伟　蔡喜年　主编

科学出版社

北　京

内 容 简 介

　　本书的特点就是时效性特别强。在介绍传统的信息检索知识基础上，本书根据当前信息检索技术发展的新特点对信息检索的新内容作了较为详细的介绍。

　　本书既注重信息检索知识的介绍，又注重对学生信息检索技能的培养，各章均提供了检索示例和思考题，有利于学生快速熟练掌握各种检索工具和数据库的使用方法，提高学习效率。本书提供了常用检索工具和数据库的实习报告格式，极大地方便了本课程实习环节的安排。

　　本书主要针对高等院校理工科专业兼顾人文社科专业的学生编写，同时也可作为科技人员获取文献信息使用的参考书。

图书在版编目(CIP)数据

信息检索与利用/闫国伟，蔡喜年主编. —北京：科学出版社，2011.3
普通高等教育"十二五"规划教材
ISBN 978-7-03-030174-1

Ⅰ.①信⋯ Ⅱ.①闫⋯②蔡⋯ Ⅲ.情报检索-高等学校-教材
Ⅳ.①G252.7

中国版本图书馆 CIP 数据核字(2011)第 016595 号

责任编辑：王剑虹　于　红／责任校对：宋玲玲
责任印制：张克忠／封面设计：鑫联必升

科学出版社出版
北京东黄城根北街 16 号
邮政编码：100717
http://www.sciencep.com

新蕾印刷厂印刷
科学出版社发行　各地新华书店经销

*

2011 年 3 月第　一　版　开本：B5(720×1000)
2011 年 3 月第一次印刷　印张：19
印数：1—5 000　　字数：380 000

定价：**30.00 元**
(如有印装质量问题，我社负责调换)

前　　言

英国学者约翰逊曾说过"知识"分为两类：一类是我们所知道的学科"知识"，另一类是关于在哪里可以获得这些知识的"知识"。"信息检索"是一把打开知识宝库的钥匙，是一个人实现终身学习的必备条件。一个人只有熟练掌握信息检索知识，才能从浩瀚的信息宝库中，迅速找到自己所需的信息，才能事半功倍，到达自己事业成功的彼岸。

掌握信息检索的知识与技能不仅对大学生在校期间的学习有很大帮助，而且对大学生走向工作岗位后从事科研工作能起到良好的促进作用。先进的产品设计和创新性的科学研究都必须以当前的新技术、新工艺、新材料为依托，而掌握这些知识需要查找相应的科研资料，信息检索与利用正是为我们提供这样的知识和途径。

自从 1984 年在高校开设课程以后，信息检索与利用适应了时代发展需要，在培养学生创新精神和实践能力方面发挥了积极作用。在新时期继续发挥这种作用，信息检索与利用课程就必须紧跟时代步伐，积极进行课程自身的改革和建设，其中教材改革是重中之重。教材建设应紧跟形势，最大限度地满足人们的需要，真正在人们获取自己所需知识或信息的过程中发挥其纽带和桥梁作用。因此，面对突飞猛进的科学技术发展和知识经济、信息时代的到来，信息检索与利用的教材一定要有先进性，教材内容必须及时反映国内外该学科的前沿知识，既要保持相对的稳定同时又能反映学科的新知识，把继承和创新紧密地结合起来。

有鉴于此，在网络已经全面普及、信息的存储方式与检索手段也发生了根本性变化的新形势下，结合当前信息检索的新变化，在 5 年前自编《信息检索与利用讲义》的基础上，我们重新编写了这本《信息检索与利用》教材。

本教材由闫国伟、蔡喜年主编，侯艳鹏、薛建伟为副主编，陈晰明、周慧珍、朱亚丽参与了编写工作。其中，第 1 章由周慧珍编写，第 2 章由陈晰明编写，第 3 章由蔡喜年编写，第 4 章由闫国伟编写，第 5 章由薛建伟编写，第 6 章由侯艳鹏编写，第 7 章由朱亚丽编写。太原理工大学图书馆刘永胜馆长对本书的编写给予了热忱的帮助和指导，谨在此表示由衷的感谢。由于时间和水平所限，书中的疏漏和不足之处在所难免，恳请读者和同行专家批评指正。

编　者

2010 年 10 月

目　　录

前言

第1章　信息检索基础知识 …………………………………………………… 1

　1.1　导言 ……………………………………………………………………… 1

　　1.1.1　知识经济时代与大学生的学习 ……………………………………… 1

　　1.1.2　信息时代与大学生的信息素养 ……………………………………… 1

　1.2　信息、知识和情报的基本概念 ………………………………………… 2

　　1.2.1　信息 …………………………………………………………………… 2

　　1.2.2　知识 …………………………………………………………………… 3

　　1.2.3　情报 …………………………………………………………………… 3

　　1.2.4　信息、知识、情报三者之间的关系 …………………………………… 4

　1.3　文献信息源 ……………………………………………………………… 4

　　1.3.1　文献的定义 …………………………………………………………… 4

　　1.3.2　科技文献的特点 ……………………………………………………… 5

　　1.3.3　科技文献的类型 ……………………………………………………… 6

　1.4　信息检索 ………………………………………………………………… 13

　　1.4.1　信息检索的概念 ……………………………………………………… 13

　　1.4.2　信息检索的分类 ……………………………………………………… 14

　　1.4.3　信息检索语言 ………………………………………………………… 15

　　1.4.4　手工检索工具 ………………………………………………………… 21

　　1.4.5　检索步骤 ……………………………………………………………… 23

　　1.4.6　检索效果 ……………………………………………………………… 26

　本章小结 ……………………………………………………………………… 27

　思考与练习 …………………………………………………………………… 27

第2章　中文检索工具 ………………………………………………………… 28

　2.1　中文检索工具概述 ……………………………………………………… 28

　　2.1.1　概况 …………………………………………………………………… 28

　　2.1.2　国内检索工具介绍 …………………………………………………… 28

　2.2　中文检索工具的结构与内容编排 ……………………………………… 30

　　　2.2.1　中文检索工具的结构 ……………………………………… 30

　　　2.2.2　中文检索工具的内容编排和著录 …………………………… 31

　　　2.2.3　中文检索工具的检索途径 …………………………………… 32

　　2.3　主要检索工具介绍 ………………………………………………… 32

　　　2.3.1　《全国报刊索引》 ……………………………………………… 32

　　　2.3.2　《中国机械工程文摘》 ………………………………………… 35

　　　2.3.3　《人大报刊复印资料》 ………………………………………… 36

　　　2.3.4　《新华文摘》 …………………………………………………… 37

　　　2.3.5　检索示例 ……………………………………………………… 37

　本章小结 …………………………………………………………………… 39

　思考与练习 ………………………………………………………………… 39

第3章　外文检索工具 ……………………………………………………… 40

　3.1　美国《工程索引》 …………………………………………………… 40

　　　3.1.1　概述 …………………………………………………………… 40

　　　3.1.2　印刷版 EI 编排结构与著录 ………………………………… 41

　　　3.1.3　EI 标题词表与叙词表 ………………………………………… 46

　　　3.1.4　EI 检索方法及检索示例 ……………………………………… 49

　3.2　英国《科学文摘》 …………………………………………………… 51

　　　3.2.1　概述 …………………………………………………………… 51

　　　3.2.2　SA 编排结构与著录 …………………………………………… 52

　　　3.2.3　SA 叙词表 ……………………………………………………… 59

　　　3.2.4　SA 检索方法及示例 …………………………………………… 62

　3.3　美国《科学引文索引》 ……………………………………………… 66

　　　3.3.1　概述 …………………………………………………………… 66

　　　3.3.2　印刷版 SCI 编排结构与著录格式 …………………………… 67

　　　3.3.3　SCI 检索方法及示例 ………………………………………… 74

　3.4　美国《科技会议录索引》 …………………………………………… 77

　　　3.4.1　概述 …………………………………………………………… 77

　　　3.4.2　ISTP 编排与著录格式 ………………………………………… 78

　3.5　美国《化学文摘》 …………………………………………………… 82

　　　3.5.1　概述 …………………………………………………………… 82

　　　3.5.2　CA 的文摘 ……………………………………………………… 85

　　　3.5.3　CA 的索引 ……………………………………………………… 90

　　　3.5.4　CA 的检索方法与检索示例 ·············· 104

　　　3.5.5　CA on CD 数据库(光盘版)介绍 ·········· 110

　3.6　英美《金属文摘》 ·············· 112

　　　3.6.1　概述 ·············· 112

　　　3.6.2　MA 文摘本的编排结构和著录格式 ·········· 112

　　　3.6.3　索引 ·············· 113

　　　3.6.4　冶金叙词表 ·············· 114

　3.7　美国《机械工程文摘》 ·············· 115

　　　3.7.1　概述 ·············· 115

　　　3.7.2　MEA 编排结构与著录格式 ············ 115

　　　3.7.3　主题词表 ·············· 118

　3.8　美国《应用力学评论》 ·············· 119

　　　3.8.1　概述 ·············· 119

　　　3.8.2　AMR 编排结构与著录格式 ·········· 120

　3.9　美国《数学评论》 ·············· 123

　　　3.9.1　概述 ·············· 123

　　　3.9.2　印刷版 MR 的编排与著录格式 ·········· 123

　　　3.9.3　MathSciNet 数据库 ············ 128

本章小结 ·············· 131

思考与练习 ·············· 131

第 4 章　专利与专利文献的检索 ············ 132

　4.1　知识产权 ·············· 132

　　　4.1.1　知识产权概念 ·············· 132

　　　4.1.2　知识产权种类 ·············· 132

　　　4.1.3　有关保护知识产权的国际公约组织 ·········· 133

　4.2　专利的基本知识 ·············· 135

　　　4.2.1　专利制度 ·············· 135

　　　4.2.2　专利 ·············· 136

　4.3　专利文献 ·············· 141

　　　4.3.1　专利文献简介 ·············· 141

　　　4.3.2　专利文献的特点 ·············· 143

　　　4.3.3　中国专利说明书 ·············· 145

　4.4　专利文献检索 ·············· 148

4.4.1 专利文献检索的目的 …………………………………… 148
4.4.2 《国际专利分类表》 ……………………………………… 149
4.5 中国专利文献检索 ……………………………………………… 153
4.6 网上国外专利检索 ……………………………………………… 164
4.7 德温特专利检索工具及其检索方法 …………………………… 167
4.7.1 概况 ……………………………………………………… 167
4.7.2 德温特出版公司专利分类系统 ……………………… 168
4.7.3 《世界专利索引目录周报》 …………………………… 169
4.7.4 德温特文摘周报 ……………………………………… 171
4.7.5 《世界专利索引》的符号体系 ………………………… 174
本章小结 ………………………………………………………… 175
思考与练习 ……………………………………………………… 175

第5章 计算机信息检索 …………………………………………… 176
5.1 计算机信息检索的基本原理 …………………………………… 176
5.1.1 计算机信息检索 ……………………………………… 176
5.1.2 数据库 ………………………………………………… 176
5.2 常用算符及检索功能 …………………………………………… 178
5.2.1 布尔逻辑运算符 ……………………………………… 178
5.2.2 词间位置算符 ………………………………………… 179
5.2.3 截词符 ………………………………………………… 180
5.2.4 字段限定符 …………………………………………… 181
5.3 检索课题的取词方法与检索技巧 ……………………………… 181
5.3.1 选词技巧 ……………………………………………… 182
5.3.2 文献标引与检索词关系 ……………………………… 182
5.3.3 检索式的调整 ………………………………………… 183
5.4 网络搜索引擎 …………………………………………………… 184
5.4.1 谷歌搜索引擎 ………………………………………… 184
5.4.2 百度搜索引擎 ………………………………………… 188
本章小结 ………………………………………………………… 192
思考与练习 ……………………………………………………… 192

第6章 几种常用中外文网络数据库简介 ………………………… 193
6.1 EI 网络版 ……………………………………………………… 193
6.1.1 主要检索字段及使用说明 …………………………… 193

　　　　6.1.2　检索方法简介 ……………………………………………… 198

　　　　6.1.3　检索结果说明 ……………………………………………… 201

　　6.2　ScienceDirect 全文期刊数据库 ……………………………………… 203

　　　　6.2.1　数据库简介 ………………………………………………… 203

　　　　6.2.2　检索方式介绍 ……………………………………………… 203

　　6.3　中国期刊全文数据库 …………………………………………………… 209

　　　　6.3.1　数据库简介 ………………………………………………… 209

　　　　6.3.2　检索功能介绍 ……………………………………………… 209

　　6.4　万方数据 ………………………………………………………………… 213

　　　　6.4.1　中外专利 …………………………………………………… 213

　　　　6.4.2　标准资源 …………………………………………………… 215

　　　　6.4.3　科技成果 …………………………………………………… 215

　　6.5　读秀学术搜索 …………………………………………………………… 215

　　6.6　中文社会科学引文索引数据库 ………………………………………… 218

　　　　6.6.1　CSSCI 数据库简介 ………………………………………… 218

　　　　6.6.2　CSSCI 数据库检索指南 …………………………………… 219

　　6.7　美国化学文摘网络版 SciFinder ……………………………………… 224

　　　　6.7.1　数据库简介 ………………………………………………… 224

　　　　6.7.2　检索功能介绍 ……………………………………………… 224

　　6.8　美国 SCI 数据库 ………………………………………………………… 235

　　　　6.8.1　SCI 数据库概述 …………………………………………… 235

　　　　6.8.2　Web of Science 主要检索功能介绍 ……………………… 238

　　本章小结 ……………………………………………………………………… 244

　　思考与练习 …………………………………………………………………… 245

第 7 章　参考工具书 ……………………………………………………………… 246

　　7.1　各种类型的参考工具书 ………………………………………………… 247

　　　　7.1.1　字典、词典 ………………………………………………… 247

　　　　7.1.2　百科全书 …………………………………………………… 249

　　　　7.1.3　类书、政书 ………………………………………………… 252

　　　　7.1.4　年鉴 ………………………………………………………… 256

　　　　7.1.5　手册、指南 ………………………………………………… 257

　　　　7.1.6　名录 ………………………………………………………… 259

　　　　7.1.7　表谱、图录 ………………………………………………… 260

7.1.8 资料汇编 ··· 261

7.2 网络参考工具书 ··· 262

7.2.1 网络参考工具书的特点 ······················· 262

7.2.2 网络参考工具书的查询技巧 ················· 263

7.2.3 《中国工具书网络出版总库》··············· 264

本章小结··· 265

思考题与练习······································· 265

主要参考文献·· 267

附录 A ··· 268

附录 B ··· 271

附录 C ··· 275

附录 D ··· 279

附录 E ··· 283

附录 F ··· 287

附录 G ··· 290

第1章 信息检索基础知识

1.1 导　言

1.1.1 知识经济时代与大学生的学习

21世纪是知识经济时代，经济基础知识化是知识经济的最根本特征，具体表现有以下几个方面：第一，知识是最重要的生产要素，知识信息成为经济增长的主要源泉，智力密集型产业成为主导产业，产业消耗由对自然界物质资源的消耗转向对人力资源的消耗。生产的商品中，物化劳动在商品价值中的比重逐渐减少，活劳动在商品价值中的比重逐渐增加。劳动者体力消耗和智力消耗对比，智力消耗所占比重逐渐增加。第二，劳动者的特点和构成发生重大改变。由于越来越完善的自动化系统、机器人和计算机完全可以从事原来80％的劳动者从事的重复性劳动，劳动人员的构成中"白领"比例上升，"蓝领"比例下降，直接从事生产的是人数有限的工程师、高水平技术人员、信息设计人员和受过科学教育的劳动者。第三，随着知识的快速生产与更新，生产技艺也在不断发展、更新与替代。这就导致了对劳动者的要求越来越高。当社会不需要某种产品的时候，也就不需要某种技术，不需要掌握某种生产技能的人，因而只有一技之长的人，将不能适应和生存。

那么，面对知识经济时代的这些特点，我们需要培养什么样的劳动者呢？有位学者这样说："这个新时代充满残酷的替代选择，对于那些拥有学习与创新能力的人来说，新时代是一个充满机遇和希望的世界；而对于那些缺乏学习与创新能力的人来说，当旧工作消失、旧体制崩溃时，他们将面临失业、贫穷、绝望的悲惨前景！"这句话很好地概括了什么样的劳动者才是适合知识经济需要的人——善于学习、善于创新的人才是21世纪的主力军。

伴随着高校的教育改革，教育对大学生的要求从对单一知识的识记转变为重视科研能力培养，而科研能力以多学科知识的积累和足够信息的掌握为前提。具备正确的信息观念、足够的信息知识和必要的信息能力，大学生才能实现创新。信息素养是创新人才必备的基础素质，是创新活动的催化剂。

1.1.2 信息时代与大学生的信息素养

第二次世界大战以后，战时的竞争和战后相对的和平环境，从两个方面推动着科学技术的发展，知识像原子核裂变一样呈几何级数增加，人们把这种现象称为"知识爆炸"或"信息爆炸"。这次知识爆炸大大超过了历史上任何一次。有人预计，从现在到未来的 30 年内，世界的科技发明将超过过去 2000 年的总和。如今，信息就像汹涌的潮水向我们袭来，如何才能不被信息淹没，成为信息的主人呢？最重要的是掌握有效的学习方法，学会学习，使自己成为学习的主人。而最基本的学习能力就体现在对信息资源的获取、加工、处理以及对信息工具的掌握和使用方面。在这种背景下，大学生要想成为终身学习者和未来劳动者，就必须成为一个有信息素养的人。

信息素养是获得自学能力的重要武器。信息素养教育正是通过对知识、信息重要性的介绍，使大学生树立正确的信息观念，获得足够的信息知识，利用信息技能和方法的训练使之具备过硬的信息能力，并在这个过程中形成良好的信息道德，进而能够有目的地进行搜索、选择、应用信息；在既有信息基础上实现创新，真正摆脱学习过程中被动接受者的地位，成为有良好信息素养的终身独立的学习者。

1.2　信息、知识和情报的基本概念

1.2.1　信息

托夫勒在其著名的《第三次浪潮》中将 20 世纪 50 年代后期开始的人类社会划分为继农业化时代、工业化时代之后的第三个时代——信息化时代。控制论的创始人维纳也认为"物质、能量和信息是人类社会赖以生存、发展的三大基础"。那么，什么是信息？

钟义信在其《信息科学原理》一书中对信息作了这样的定义：信息是事物运动的状态与方式，是物质的一种属性。我国图书馆学、情报学专家孟广均等就这一定义作了具体的阐述："信息是事物运动的状态与方式，是事物内部结构和外部联系运动的状态与方式。在此，'事物'泛指一切可能的研究对象，包括外部世界的物质客体，也包括主观世界的精神现象；'运动'泛指一切意义上的变化，包括机械运动、物理运动、化学运动、生物运动、思维运动和社会运动等；'运动方式'指事物运动在时间上所呈现的过程和规律，'运动状态'则是事物运动在空间上所展示的性状与态势。由于宇宙间一切事物都在运动，都有一定的运动状态和状态改变的方式，因而一切事物都在产生信息，这是信息的绝对性和普遍性，同时，由于一切不同的事物都具有不同的运动状态与方式，信息又具有相对性和特殊性。"

信息的主要属性是客观性、传递性、共享性和中介性。信息的客观性表现在信息是客观世界运动的产物，而又必须依附于物质而存在。信息的传递性是指信

息通过语言、动作、文献、通信、计算机等各种渠道和媒介传播，进而被接收、处理、运用，并在不断地传播、接收、处理和运用的过程中又产生出新的信息。信息的共享性是指一个信息可以有多个用户同时共享，而信息的提供者和共享者在共享信息的时候并不会因为分享人的多少而使分享的信息份额受影响。信息的中介性是指信息既区别于物质又区别于精神，它的内核不是具体的物质和能量，也不像意识那样依赖于人脑存在，故不具有主观性，信息是介于物质世界和精神世界之间过渡状态的东西，是人们用来认识事物的媒介。

1.2.2　知识

知识是人类对客观事物规律的认识，是人的主观世界对于客观世界的概括和如实反映。知识的产生过程是一个"信息—事物特征—概念—事物本质—知识"的螺旋上升的认识发展过程。在生产、生活、科研等活动中，人脑通过对客观事物发出的信息的接受、选择和处理，得到对事物一般特征的认识，形成了概念。在反复的实践和认识过程中，人脑通过对相关概念的判断、推理和综合，加深了对事物本质的认识，构成了人们头脑中的知识。所以说，知识是人类通过信息对自然界、人类社会以及思维方式与运动规律的认识，是人的大脑通过思维重新组合的系统化的信息的集合，知识是信息的一部分。

知识的主要特性是意识性、信息性、实践性、规律性、继承性和渗透性。

意识性，知识是一种观念形态的东西，只有人的大脑才能产生它，认识它，利用它。知识通常以概念、判断、推理、假说、预见等思维形式和范畴体系表现自身的存在。信息性，人类不仅要通过信息感知世界，认识和改造世界，而且要根据所获得的信息组成知识，信息是产生知识的原料，而知识是大脑对大量信息进行加工后形成的产品。实践性，人类在生产实践过程中发现事物的规律和本质，从而产生知识，知识产生以后又反过来指导和检验实践。规律性，知识是一切事物及其运动过程规律性的认识和总结。继承性，每一次新知识的产生，既是原有知识的深化与发展，又是更新的知识产生的基础和前提。知识被记录或被物化为劳动产品后，可以世代相传。渗透性，随着知识门类增多，各种知识可以互相渗透，形成许多新的知识门类，形成科学知识的网状结构体系。

1.2.3　情报

原苏联情报学家米哈依诺夫认为："情报是作为存储、传递和转换对象的知识。"我国著名科学家钱学森说："情报就是为了解决一个特定的问题所需要的知识。"我国情报界近年提出，"情报就是一种信息"，"情报，即为一定目的、具有一定时效和对象，传递着的信息"等。我们认为，情报就是人们在一定的时间内为一定的目的而传递的有使用价值的知识或信息。

知识性、传递性和效用性是情报的基本属性。

情报的知识性是指情报的本质是知识。情报的传递性是指无论多么重要的知识，人们不知道其存在就不能成为情报。知识要变成情报，还必须经过运动。情报的效用性是指只有那些能满足特定需要的运动的知识才可称为情报。

1.2.4　信息、知识、情报三者之间的关系

情报来源于知识，知识又来源于信息，用逻辑来表示：情报∈知识∈信息；也可以用同心圆来表示，如图 1.1 所示。

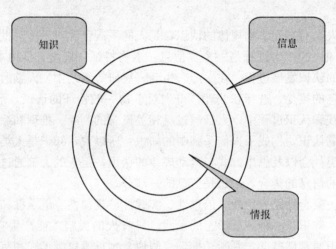

图 1.1　信息、知识、情报关系图

1.3　文献信息源

信息源是人们为满足信息需要而获得信息的来源。在各类信息源中文献信息源是人们记录信息和交流信息的首要选择。

1.3.1　文献的定义

国际标准化组织颁发的《文献情报术语国际标准》（ISO/DIS5217）对文献做了如下定义：

"在存储、检索、利用或传递记录的过程中，可作为一个单元处理的、在载体内、载体上或依附于载体而存储有信息或数据的载体。"

我国国家标准《文献著录总则》（GB3792.1-83）对"文献"的定义是："文献，记录有知识的一切载体。"该定义包含了构成文献的三个要素：知识——文献的内容；载体——文献的物质形式；记录——将内容固化在载体上的手段或方式。

1.3.2　科技文献的特点

1. 数量急剧增长

随着科学技术的快速发展，科技信息、科技知识的产生平均每四年翻一番，作为载体的科技文献数量以四倍于科技成果量的速度增加。有文献记载，全世界每年出版的图书有近 200 万种，科技期刊 10 万种以上，申请的专利 100 多万件。此外，还有大量的特种文献出版，尤其是随着 Internet 的发展，网上传播的信息量非常庞大。有人曾做过这样的计算，如果一位化学家每周阅读 40 小时，那么光是浏览世界上 1 年内发表的有关化学方面的论文和著作就要花 48 年。可见，科技文献资料的增长速度是相当惊人的。

2. 内容交叉重复

内容交叉重复表现在同一篇科技文献经常由一种类型转化为另一种类型重复发表，同时，由于语种繁多，译文增加，也造成了科技文献在内容上的交叉重复现象，造成人力物力的浪费，但是在一定条件下，也为获取原始文献带来了一定方便。

3. 文献出版分散

现代科技文献出版分散现象表现在两个方面：其一是某一专业的文献分散刊载在多个相关专业或综合性刊物上；其二是某一专业性刊物所发表的文献一般涉及多个学科的科研成果，表现了学科相互交叉渗透的特点。文献的这种出版分散现象也给文献的获取利用带来了极大的不便。

4. 文献失效加快

社会的进步、科技的发展，使得科技文献有效使用时间日益缩短，失效周期明显加快。据国外资料介绍，各类文献的平均时效为：科技图书 10～20 年，期刊论文 3～5 年，科技报告 10 年，学位论文 5～7 年，标准文献 5 年，产品样本 5 年。科技发达的西方国家认为，大部分科技文献的使用寿命一般为 5～7 年，甚至更短。因此，"我们再也不能刻苦地、一劳永逸地获取知识了，而要终身学习如何去建立一个不断演进的知识体系——学会生存"。

5. 文献类型增多

随着科学技术的发展，科技文献的载体发生了重大变化，文献已不局限于传统的纸张印刷方式，缩微资料、声像资料、机读资料、光盘资料等多种载体文献如雨后春笋不断涌现，与印刷型纸本文献共存已成为一种趋势。

6. 文献语种增多

科技文献语种的多样化，已成为读者利用科技文献的一大障碍，ISDS（International Serials Data System）1991 年报道，世界上连续出版物使用的语种多达 144 种，常用的有 10 多种，其中，英文约占 42%。语种的多样化严重影响了科技文献的收集、整理、检索和利用。

1.3.3　科技文献的类型

1. 按出版形式划分

根据出版形式的不同，科技文献大致可分为 10 种类型，通常被人们称为 10 大科技信息源。

1）科技图书

科技图书是单册出版的正式公开出版物，是对某一知识体系进行系统阐述或对已有研究成果、技术、经验等体系进行归纳、概括而形成的出版物，是含有独创性内容的专著。

科技图书包含的范围较广，一般分为阅读类图书和参考类图书。前者包括教科书、专著和论文集等；后者包括各种参考工具书，如词典、百科全书、手册、年鉴、名录、表谱等。

科技图书是在分析归纳期刊论文、会议论文、研究报告及其他第一手资料中的科研成果、生产技术和经验的基础上重新组织编写而成的，是对某一知识体系系统全面的概括论述。不少图书的内容包含从未发表过的研究成果或资料。在学习和科研当中，它是综合、积累和传递科技信息，教育和培养科技人才的一种重要手段。它可以帮助人们比较全面系统地了解某一特定领域中的历史和现状，可以将人们正确地领入自己所不熟悉的领域，还可以作为一种经常性的参考工具。图书的特点是内容比较系统、全面、成熟、可靠，有一定的新颖性；问题是图书的出版周期较长，包含的内容一般都是 3～5 年前的东西，所以对信息的传递相比其他类型文献要稍稍滞后，而且信息量少。因此，从信息检索角度来看，不是科技人员检索信息的主要对象。

识别图书的主要依据是国际标准书号（ISBN）。2007 年以前，ISBN 由 10 位数字分成 4 段组成，各段依次是地区或语种号-出版商代号-书名号-校验号。例如，7-302-02372-7 表示中国大陆（7）清华大学出版社（302）出版的图书，其书号为 02372，校验码为 7。2007 年开始，在地区号之前增加了 EAN 码中图书类的代码 978。

2）科技期刊

国际标准化组织在 ISO3297-1986 中定义科技期刊为一种以印刷形式或其他形式逐次刊行的，通常有数字或年月顺序编号的，并打算无限期地连续出版下去的出版物。

换言之，科技期刊是一种定期或不定期出版的有固定名称和连续的卷、期或年、月顺序号的连续出版物。有一定的出版规律，每年至少出一期，每期刊载有不同著者写的论文两篇以上，按一定的编号顺序无限期地连续出版下去。

一般来讲，科技期刊具有以下特点：

（1）数量大、品种多；

（2）出版周期短、报道速度快；

（3）内容新颖丰富；

（4）发行流通面广；

（5）具有连续性。

因此，科技期刊作为一种科技信息源，在各种科技文献中牢固地居于首位。在科学家和专家们所利用的全部科技信息中，由科技期刊提供的占 70％左右。有人称赞科技期刊是"整个科学史上最成功的无处不在的科学情报载体"，它是科学家之间的一种正式的、公开的、有秩序的交流工具。

识别期刊的主要依据是国际标准刊号（ISSN）。ISSN 由 8 位数字分两段组成，前 7 位是期刊代号，末位是校验号，如 1000-0135。我国正式出版的期刊都有国内统一刊号（CN），它由地区号、报刊登记号和《中图法》分类号组成，如 CN11-2257/G3。

3）科技报告

科技报告又称科学技术总结报告或科学技术报告书，是研究单位向主管机构或资助单位提交的科学技术研究成果总结报告，或是研究过程中的阶段进展情况报告。

科技报告注重报道进行中的科研工作，大多与政府的研究活动、国防及尖端科学技术领域有关，在内容上比较新颖、详尽、专深，包括各种研究方案的比较与选择、成功与失败两方面的记录，常常还附有大量的数据、图表、原始实验记录等资料，且一般经过主管部门组织审查鉴定。所以，它所反映的技术内容具有较好的成熟性、可靠性和新颖性，是一种非常重要的科技信息来源。据统计，科技人员对科技报告的需要量占其全部文献需要量的 10％～20％，特别是那些发展迅速、竞争激烈的科技领域，人们对科技报告的需要量更高。

科技报告是一种比较特殊的文献类型，它在流通范围上多属于保密的或控制发行的，仅有一小部分可以公开或半公开发表，有绝密报告、机密报告、秘密报告、非密限制发行报告、公开报告、解密报告等。

识别科技报告的依据有报告名称、报告号、研究机构名称、完成时间等。

目前全世界每年发表科技报告数量庞大，其中绝大多数产自发达国家，较著名的有美国政府的四大报告（PB、AD、NASA、DOE）、英国航空委员会（ARC）报告、法国原子能委员会（CEA）报告、德国航空研究所（DVR）报告等，我国从 1963 年开始正式报道科研成果。

（1）PB 报告。1945 年由美国出版局（Publication Board，PB）创办，1970 年改由美国国家技术信息服务处（NTIS）出版。

20 世纪 40 年代，PB 报告主要是整理战败国的资料；进入 50 年代逐渐转向报道美国政府资助的科研项目成果，主要是政府科研机构、军事科研单位、公司企业、项目承包单位、高等院校以及国外科技报告的汇集等；60 年代以来，PB 报告几乎包括自然科学和工程技术所有学科领域，侧重于民用工程技术，如土建、城市规划、环境保护、生物医学等。

（2）AD 报告。由美国国防技术信息中心（Armed Service Technical Information Agency，ASTIA）出版，主要报道美国国防部所属的军事机构与合同单位完成的研究成果。AD 报告的内容涉及与国防有关的各个领域，如空间技术、海洋技术、核科学、自然科学、医学、通信、农业、商业、环境等 38 类。

（3）NASA 报告。由美国国家航空航天局（National Aeronautics and Space Administration，NASA）出版。NASA 报告的内容侧重于航空和空间科学技术领域，广泛涉及空气动力学、飞行器、生物技术、化工、冶金、气象学、天体物理、通信技术、激光、材料等方面，ANSA 报告的类型繁多并有专利文献和学位论文等。

（4）DOE 报告。由美国能源部（Department of Energy）出版，其前身是 AEC 报告和 ERDA 报告。DOE 报告主要报道能源部所属的研究中心、实验室以及合同单位的研究成果，也有国外能源机构的文献。DOE 报告的内容已由核能扩大到整个能源领域，包括能源保护、矿物燃料、化学化工、风能、核能、太阳能与地热、环境与安全、地球科学等。

4）会议文献

各级学术团体为了及时交流科技信息和研究成果，帮助学者们及时、全面地了解研究动态及发展水平，或就某一学科或某一研究课题进行学术探讨，经常召开各种专题性学术会议。在这类会议上产生的文献称为会议文献。据统计，全世界每年有上万次学术会议，发表数十万篇学术论文。

会议文献的出版形式比较复杂，主要有会议录、论文集、图书、期刊特辑、科技报告、期刊论文和声像资料。

会议文献的特点是：

（1）内容新颖；

（2）专业性和针对性强；

（3）兼有直接交流和文献交流两种交流方式的长处；

（4）传递信息迅速；

（5）内容不太成熟。

会议文献的重要性表现在，会议文献是最新研究成果报道的一种主要方式，它对学科领域中最新发现、发明等重大事件的首次报道率最高，是人们及时了解有关学科领域发展状况的重要渠道。同时，会议文献是获取科技信息的第二大信息源，从会议文献中可获得一些难以得到的信息资料，如不在出版物上刊登的文献。因此，科技会议和会议文献一直受到科技界和信息界的高度重视，成为科技信息的重要来源之一。

识别会议文献的主要依据有会议名称、会址、会期、主办单位、会议录的出版单位等。

5）专利文献

专利文献是指在专利申请审批和加工整理过程中所形成的一系列文献的总和，包括专利说明书、专利公报、专利检索工具、专利分类表、与专利有关的法律文件及诉讼资料等。从狭义上解释，专利文献就是专利说明书。专利说明书是专利申请人向专利局递交的说明发明创造内容及指明专利权利要求的书面文件，既是技术性文件，又是法律性文件，它是专利文献的主体，也是专利检索的主要对象。

在科学技术高速发展的今天，专利文献有极为重要的作用。这是因为当今每一项新的发明创造或技术改造通常都首先反映在专利文献上，而且每件专利都是第一手资料。在研究国外科技水平的发展趋势、制订科研生产计划、评价采用新的科技成就的经济效益，以及组织商品出口、研究销售市场等工作时，都愈来愈明显地反映出使用专利信息的重要性。近年来，世界各国企业之间竞争激烈，几乎没有一个大型企业不专门设置信息机构，他们认为，没有信息，不仅企业的日常工作无法进行，就是对未来的预测也是不可能的，而信息机构很重要的工作之一，就是研究专利文献。

专利文献的识别标记比较突出，有专利号、专利名称、专利审批或授权机构等，而且使用专门的检索工具和数据库，故易于同其他类型的文献加以区别。

6）学位论文

学位论文是高等学校或研究机构的学生为获得学位在导师指导下进行科学研究而写出的学术性论文，因为是经过一定审查的原始研究成果，一般来说，都是带有独创性的学术文献资料。

学位论文有博士、硕士和学士学位论文之分，研究水平有较大差异，其中，博士论文所探讨的问题比较专深，在某些方面具有独到见解，对研究工作有较高的参考价值。

　　学位论文一般不出版发行，多属于非卖品，只供应复制品，索取全文比较不易。

　　识别学位论文的主要依据有学位名称、导师姓名、学位授予机构等。

　　7）标准文献

　　标准文献是从事生产、建设及商品流通的一种共同遵守的规范，是对工农业新产品和工程建设的质量、规格、参数及检验方法所做的技术规定，是组织现代化生产进行科学管理的具有法律约束力的重要文献。按审批机构级别的不同，标准分为国际标准、国家标准、行业标准（部标准）、地方标准、企业标准等。

　　标准的特点是对标准化对象描述详细、完整，内容可靠、实用、有法律约束力，适用范围明确，新陈代谢频繁，随着经济和技术水平的改变，经常进行修改或补充，或以新代旧，过时作废。

　　识别标准文献的主要依据有标准级别、标准名称、标准号、审批机构、颁布时间、实施时间等。

　　标准号通常由标准代号、标准发布的顺序号和标准发布的年号组成。如ISO3297-1986。《国家标准管理办法》规定，国家标准的代号由大写汉语拼音字母构成。强制性国家标准的代号为 GB，推荐性国家标准的代号为 GB/T，如GB18187-2000、GB/T2662-1999。《行业标准管理办法》规定，行业标准代号由国务院标准化行政主管部门规定。行业标准代码以主管部门名称的汉语拼音声母表示，如 JT 表示交通行业标准；地方标准的标准号冠以 DB 字母，如 DBJ04-227-2004；企业标准的编号由企业标准代号、企业代号、标准顺序号和年号组成。企业标准代号为字母 Q 加斜线构成；企业代号可用汉语拼音字母或阿拉伯数字或者两者兼用构成；企业代号按中央所属企业和地方企业分别由国务院有关行政主管部门和省、自治区、直辖市人民政府标准化行政主管部门会同同级有关行政主管部门规定。

　　8）产品资料

　　产品资料是指厂商为新产品的推销而印发的宣传自己产品的性能、规格、特性及使用方法的技术性资料，包括产品目录、产品样本、产品说明书、厂商介绍等。它对定型产品的性能、构造、用途、使用方法及产品规格都有具体说明，在技术上比较成熟，数据比较可靠，有较多的外观照片和结构图，直观性强，它对订货、研制、外贸和引进设备等也有较大的参考作用，颇受厂商和设计人员重视。

　　识别产品资料的主要依据有公司名称和表示产品样本资料的词汇，如 catalog guide-book、master of、databook of。

　　9）政府出版物

　　政府出版物是各国政府部门及其所属机构发表的文献，包括行政性文件和科技文献两大类。其中，科技文献占整个政府出版物的 30% 左右，包括政府所属各部门的科技报告、科普资料和技术政策等文献资料，其主要特点是正式性和权威性。通过政府文献可以了解到各国的方针政策、经济状况、社会状况和科技发展状况。

西方国家多设有政府出版物的专门出版机构，如英国的皇家出版局（HMSO）、美国政府出版局（GPO）等。美国政府出版局是世界上最大的出版机构，中国的政府出版物大部分是由政府部门编辑，由指定出版社出版。政府出版物大部分是公开出版发行的，少量政府出版物则是由政府直接分发至某些部门或个人，在一定范围内使用，具有内部保密性质，但过若干时间以后则予以解密或公开。

10）技术档案

技术档案是指在生产建设和科技活动中形成的、有一定工程对象的技术性文件的总称，包括任务书、协议书、技术经济指标和审批文件、研究计划、研究方案、技术措施、调查材料、设计计算、数据、图纸和工艺卡等一系列文件。

技术档案具有以下特点：

（1）反映本单位科学技术研究、生产建设活动的真实历史记录，内容真实、详细、具体、准确可靠；

（2）数量庞大，是科技储备的最完善、最可靠的形式；

（3）保密性较强，一般都有密级限制，主要为内部使用，借阅手续严格。

除上述文献类型外，还有报纸、新闻稿、工作札记等。

2. 按载体形态划分

在人类文明史上先后有各种各样的物质材料记录信息，甲骨、泥板、兽皮、竹简等曾经是古代人类记录知识的主要载体。纸张和印刷术的发明，使纸张成为了知识的主要载体。随着信息记录与存取技术的发展，出现了许多新的载体形式，诸如磁带、缩微胶卷、光盘等。这些非纸型文献的出现使文献的范围进一步扩大，使文献的生产和传递更加迅速，使知识、信息的存储和利用更加便捷。

根据文献载体形态的不同，可将科技文献分为印刷型文献、缩微型文献、声像型文献、机读型文献四种。

1）印刷型文献

这是以印刷为记录手段、将信息固化在纸介质上形成的一种文献类型。目前，印刷型文献还是科技文献的主体。它的主要优点是易携带、易阅读、可作标记、个人可支付、可存档、可占有、可保存。它的主要缺点是信息密度低，容量小，加工、整理、保管和传递所需人力、物力较多。体积庞大、占有大量储存空间，不易长期保存。

2）缩微型文献

缩微型文献是利用光学技术以缩微照相为记录手段，将信息记载在感光材料上形成的文献，如缩微胶卷、缩微平片。特点是存储密度大、体积小，便于保存和传递，但必须借助专门的设备才能阅读。

3）声像型文献

声像型文献是采用录音、录像、摄影、摄像等手段，将声音、图像等多媒体信息记录在光学材料、磁性材料上形成的文献，也称视听型文献，如音像磁带、唱片、幻灯片、激光视盘等，特点是形象、直观，尤其适于记录用文字、符号难以描述的复杂信息和自然现象，但其制作、阅读需要利用专门设备。

4）机读型文献

它是通过计算机对数据的存取与处理，完成文献信息的数字化，形成电子型文献及形形色色的电子出版物，如各种电子图书、电子期刊、联机数据库、网络数据库、光盘数据库等。特点是信息存储量大，出版周期短、易更新，传递信息迅速，存取速度快，可以集文本、图像、声音等多媒体信息于一体，信息共享性好、易复制，但必须利用计算机才能阅读。

3. 按文献内容的加工深度划分

1）零次文献

零次文献是一种特殊形式的情报信息源，主要包括两个方面的内容：一是形成一次文献以前的知识信息，即未经记录，未形成文字材料，是人们的口头交谈，是直接作用于人的感觉器官的非文献型的情报信息；二是未公开于社会，即未经正式发表的原始文献，或没正式出版的各种书刊资料，如书信、手稿、记录、笔记，也包括一些内部使用、通过公开正式的订购途径所不能获得的书刊资料。零次文献一般是通过口头交谈、参观展览、参加报告会等途径获取，不仅在内容上有一定的价值，而且能弥补一般公开文献从信息的客观形成到公开传播之间费时甚多的弊病。

2）一次文献

一次文献也被称为原始文献，是人们以自己在生产、科研、社会活动中取得的成果或经验为素材撰写出来的文献，其所记载的知识信息比较新颖、具体、详尽。一次文献在整个文献系统中数量最大、种类最多、使用最广、影响最大，如绝大多数期刊论文、专利说明书、科技报告、学位论文等。一次文献具有创新性、实用性和学术性等明显特征。

3）二次文献

二次文献是将大量无序状态的一次文献进行整理、浓缩、提炼，并按照一定的逻辑顺序和科学体系加以编排存储，使之系统化，形成便于检索一次文献的检索系统，主要有目录、题录和文摘等。二次文献具有明显的汇集性、系统性和可检索性，它汇集的不是一次文献本身，而是某个特定范围的一次文献线索。它的重要性在于使查找一次文献所花费的时间大大减少。

4）三次文献

三次文献是围绕某个专题，在二次文献检索的基础上，选用大量相关一次文献，并对内容进行综合、分析、研究而编写出来的文献。这类文献有综述、评论、评述、进展、动态等。这些文献对现有成果加以评论、综述并预测其发展趋势，可以充分反映某一领域研究动态，在短时间内了解其研究历史、发展动态、水平等，具有较高的实用价值。

总之，从零次文献、一次文献、二次文献到三次文献，是一个由分散到集中，由无序到有序，由博而精的对知识信息进行不同层次的加工的过程。它们所含信息的质和量是不同的，对于改善人们的知识结构所起到的作用也不同。零次和一次文献是最基本的信息源，是文献信息检索和利用的主要对象；二次文献是一次文献的集中提炼和有序化，它是文献信息检索的工具；三次文献是把分散的零次文献、一次文献、二次文献，按照专题或知识的门类进行综合分析加工而成的成果，是高度浓缩的文献信息，它既是文献信息检索和利用的对象，又可作为检索文献信息的工具。

4. 按相对利用率划分

根据相对利用率的多少，文献分成了核心文献、相关文献和边缘文献。

英国著名文献学家布拉德福在对书目、文摘等进行大量统计分析的基础上，得出了布拉德福定律：如果将期刊按其所刊载某一学科论文的数量多少，依递减顺序排列并划分出一个与该学科密切相关的期刊所形成的核心期刊区以及另外几个区，使每个区中的期刊载文数量相当，那么这些区所含有的期刊种数之间的比例具有一定的规律，大致为 $1 : a : a^2$。该定律表明，按专业文献载文量多少，可以将期刊划分为三个区域，每一区域中期刊登载某一学科文献数量，是该学科所发表文献总数量的 1/3，而三个区域的期刊数量之比呈几何级数分布。其中，第一个区域为核心区，是载文量最高的少数几种核心期刊；第二区域为相关区域，是载文量中等的数量较多的期刊；第三区域为边缘区域，是载文量最低而数量最多的期刊。

1.4　信 息 检 索

1.4.1　信息检索的概念

从社会活动的角度来讲，检索广泛存在于人们的日常行为当中，比如高校的教师和学生每天都会去实验室、图书馆、食堂、超市，那么，去实验室从事实验研究是为了发现某个科学命题的论证依据，去图书馆是为了查阅喜欢的某一种期刊，去食堂是为了选择一份可口的午餐，去超市是为了购买需要的日常用品等，这些活动其实都是一种检索过程。

从信息资源开发与利用的角度讲，信息检索是指将信息按一定的方式组织和存储起来，并根据信息用户的需要找出有关信息的过程。如果从信息用户的角度讲，信息检索是指该过程的后半部分，即从已存储的信息资源中检索出与用户提问相关的文献、知识、事实、数据的逻辑运算和技术操作过程。从实质上来讲，检索就是将用户提问与信息集合中的数据进行比较与选择的结果。

信息检索具有这样一些特征：①有确定的目标；②有一个可能的信息解的集合；③有一定的线索可依；④搜索的过程是针对一定的目标、遵循一定的线索、不断缩小搜索范围的求解过程。

检索的全过程包括两个子系统：存储子系统和检索子系统（图1.2）。

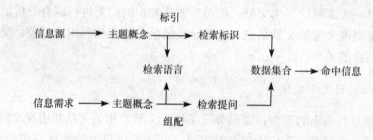

图1.2　信息检索原理图

如图1.2所示，在存储信息时，标引人员首先要对信息的内容进行主题分析，使之形成若干能反映信息主题的概念，然后借助于检索语言把这些概念转换成检索标识，再把这些检索标识以标引记录的方式加以组织，形成数据集合。

在检索信息时，首先要根据信息用户提问确定用户所需信息的实质内容，形成若干主题概念，然后同样借助于各种检索语言，把主题概念转换成检索词汇，并按课题需求编制检索表达式，把这些词汇之间的逻辑关系表达出来。进而将检索表达式与数据集合中的检索标识进行匹配，将匹配结果输出给用户。

1.4.2　信息检索的分类

1. 按检索对象的内容进行划分

信息检索的对象内容各有不同，有的以文献的形式出现，有的以数据或事实的形式出现，因此，信息检索分成了文献检索、数据检索和事实检索。

文献检索是以文献为检索对象的一种检索，凡是查找某一主题、某一学科、某一著者的有关文献均属于文献检索的范畴。例如，2000年以来有关信息检索的期刊论文有哪些？论文著者是谁？这样的检索就属于文献检索。文献检索是一种相关性检索，即检索系统不直接解答用户提出的技术问题本身，只提供与之相关的文献供用户参考。

数据检索是以数据为检索对象，从已收藏的数据资料中查找出特定数据的过程。数据检索是一种确定性检索，系统要直接回答用户提出的问题，提供用户所需要的确切的数据。例如，喜马拉雅山有多高？黄河有多长等。

事实检索即通过对信息集合中已有的基本事实或数据进行处理，然后得出新的（即未直接存入信息集合中的）事实的过程。例如，第 29 届北京奥运会开幕式的表演内容有哪些？

数据检索和事实检索是要检索出包含在文献中的具体情报；文献检索则是要检索出包含所需要情报的文献。

2. 按检索手段进行划分

手工检索简称手检，即用人工方式，利用印刷版检索工具完成的信息检索，检索过程是由人的大脑和手工操作配合来实现。

计算机检索简称机检，是借助计算机设备，用实时的、交互的方式从计算机存储的大量数据中自动分拣出用户所需要的信息的检索，检索过程是在人与计算机的合作协同下完成的。

1.4.3 信息检索语言

1. 检索语言的概念

我们知道，在日常检索活动中只有将检索标识和标引标识一致起来才能够命中检索目标。比如，某高校的学籍档案是按学生的学号排序，学号就是标引标识，如果查找某个学生学籍档案时就要以他的学号为检索标识去检索。再比如，我们用字典查字，字典的编排依据是汉字的偏旁部首，那么，检字时首先要分析这个字的偏旁部首是什么，检索时必须用这个检索标识，才能查到这个字。

同样，信息检索也必须使信息标引标识和信息检索标识一致，才能命中所需信息。信息标引和信息检索都需要用一定的语言来表达，这种标引人员表达检索标识和检索人员表达检索提问共同采用、共同理解的语言，就是检索语言。检索语言是在自然语言的基础上规范化了的人工语言，是用于描述检索系统中信息的外部特征和内容特征及表达用户的信息提问，保证存储和检索一致的一种共同性的人工语言。

检索语言作为信息检索专用语言的特点，是能简单明白又比较专指的表达文献及检索课题的主题概念，容易将概念进行系统排列，在检索时便于将标引用语和检索用语进行相符性比较，语词与概念一一对应，排除了多词一义、一词多义和词义含糊的现象，并且还能显示出概念之间的相互关系，从而能帮助信息检索人员又全、又准、又快地检索到含有所需信息的文献。

检索语言就其实质来说是表达一系列概括文献信息内容的概念及其相互关系的概念标识系统。它可以是从自然语言中精选出来并加以规范化的一套词汇，可以是代表某种分类体系的一套分类号码，也可以是代表某一类事物的某一方面特征的一套代码，用以对文献内容和信息需要进行主题标引、特征描述或逻辑分类。

　　2. 检索语言的类型

检索语言在表达各种概念及其相互关系时，与在解决对它们提出的那些共同要求时所采用的方法不同，因而形成了不同的检索语言类型。按语词规范情况可以分为规范性检索语言和非规范性检索语言；按语词的组配方式可以分为先组式检索语言和后组式检索语言；按表达信息特征可以分为描述信息外表特征的检索语言和描述信息内容特征的检索语言。

描述信息外表特征的检索语言包括题名（书名、篇名），著者姓名，代码（如专利号、报告号、标准号等）。描述信息内容特征的检索语言包括分类语言和主题语言。分类语言和主题语言的原理和使用方法是我们主要学习的对象。

　　1）分类语言

分类语言根据学科范畴，把知识从总体到局部层层划分、层层隶属，形成一种直接体现知识分类的等级制概念标识系统。它集中体现学科的系统性，反映事物的从属、派生关系。

分类语言的具体体现是分类表。分类表中所有知识依概念逐级划分，每划分一次就形成一批并列概念——下位概念；它们同属于一个被划分概念——上位概念。同一级下位概念之间体现的是平行关系，而上下位概念之间则是隶属关系。每一个类目都用相对固定的代码作为标识，叫做分类号，每一个分类号就代表一个特定的知识概念。

分类语言是一种族性检索，是按学科、专业集中文献信息，并从知识分类角度揭示各类文献信息在内容上的区别和联系，提供从学科分类检索文献信息的途径。采用分类语言组织存储文献信息时，就是要按照文献信息所属学科以及学科之间的内在关系，以分类号为标识，对文献信息进行区分和集中，将同一学科或学科门类的文献信息集中在一起，形成一个科学的知识分类体系，从而便于从学科的角度进行检索。检索某个学科的文献信息，必须从学科概念出发，在分类体系中逐级查找与检索提问相一致或相关的学科类目，并确定对应的分类号，以此作为检索标识完成对这一学科文献信息的检索。

分类表种类很多，比较有影响的，国内有《中国图书馆分类法》（简称《中图法》）、《中国科学院图书馆图书分类法》（简称《科图法》）、《中国人民大学图书馆图书分类法》（简称《人大法》），国外有《国际十进分类法》和《杜威分类法》等。《中图法》作为我国文献标引工作的国家标准被广泛使用，我国编制的科技文献检索工具主要按照《中图法》或《中国图书馆资料分类法》的分类体系编排。

下面将《中图法》、《科图法》的基本大类以及部分细分类目分别介绍一下。

《中图法》共分为 5 个部类、22 个大类。《中图法》大类及其工业技术类目局部展开如下：

A　马克思主义、列宁主义、毛泽东思想

B　哲学

C　社会科学总论

D　政治、法律

E　军事

F　经济

G　文化、科学、教育、体育

H　语言、文字

I　文学

J　艺术

K　历史、地理

N　自然科学总论

O　数理科学和化学

P　天文学、地球科学

Q　生物科学

R　药学、卫生

S　农业科学

T　工业技术

　　TB　一般工业技术

　　TD　矿业工程

　　TE　石油、天然气工程

　　TF　冶金工业

　　TG　金属学、金属工艺

　　TH　机械、仪表工业

　　TJ　武器工业

TK　动力工程

　　　1　热力工程、热机

　　　　　11　热能

TL　原子能技术

TM　电工技术

TN　无线电电子学、电讯技术

TP　自动化技术、计算技术

TQ　化学工业

TS　轻工业、手工业

TU　建筑科学

TV　水利工程

U　交通运输

V　航空、航天

X　环境科学、劳动保护科学

Z　综合性图书

《科图法》共分为 5 个部类、25 个大类。《科图法》大类及其工程技术类目局部展开如下：

00　马克思列宁主义、毛泽东思想

10　哲学

20　社会科学总论

21　历史、历史学

27　经济、经济学

31　政治、社会生活

34　法律、法学

36　军事、军事学

37　文化、科学、教育、体育

41　语言、文字学

42　文学

48　艺术

49　无神论、宗教学

50　自然科学总论

51　数学

52　力学

53　物理学

54　化学

55　天文学

56　地球科学（地学）

58　生物科学

61　医药、卫生

65　农业科学

71　工程技术

72　能源学、动力工程

　　72.5　热能学、热力工程

73　电技术、电子技术

74　矿业工程

75　金属学（物理冶金）

76　冶金学

77　金属工艺、金属加工

78　机械工程、机器制造

81　化学工业

83　食品工业

85　轻工业、手工业及生活供应技术

86　土木建筑工程

87　运输工程

90　综合性图书

2）主题语言

主题语言是一种描述语言。它用语词直接描述文献信息的概念，并作为标引主题概念的标识。主题语言的表现形式是主题词表，主题词表中全部语词按字顺排列，并通过参照系统来反映词汇之间的关系。

主题语言是特性检索，具有较好的专指性，便于特性组配检索。检索者只要根据检索提问中所包含的主题概念，选取主题词作为标识就可以直接进行检索，而不必从知识体系的角度去判断那些信息属于什么学科。

主题语言分为标题词语言、叙词语言和关键词语言。

（1）标题词语言和词表。标题词是从自然语言中选取并经过规范化处理，表示事物概念的词、词组或短语。标题词语言用标题词直接标引文献主题，将同一主题文献集中在同一个标题词之下，用字顺序列直接提供主题检索途径。全部标题词组织在标题词表当中，按字顺排列，通过参照系统间接显示主题之间的相互关系；词表中将主标题词和副标题词加以固定组配，检索按既定组配执行，是一种先组式规范化的检索语言。

标题词一般有单级标题和多级标题两种。单级标题采用单一标题提示文献的主题内容。多级标题一般由主标题词和副标题词组成，二者之间有主、从关系。检索入口为主标题词，表达概念、产品、过程、特征、材料等主题内容，使用名词、动名词，以单词或词组等形式出现，全部字母大写。副标题词用以限定、细分、修饰或描述主标题的某一个方面，如应用、现象、环境、制作、性能、地理位置等，以加强主标题词的专指性。副标题词全部首字母大写，其他字母小写。检索时，将主标题词和副标题词固定组配构成检索标识。例如：

COMPUTER PERIPHERAL EQUIPMENT——Keyboards（键盘是计算机设备的组成部分）

AUTOMOBILES——Axis（轴是汽车的一个配件）

AUTOMOBILES——General Motors（General Motors 是汽车的一个品牌）

DATA PROCESSING——Financial Applications（数据处理技术在某个方面的应用）

美国 *The Engineering Index* 早期使用的 *Subject Headings for Engineering* 就是一种标题词语言。

（2）叙词语言和词表。叙词语言以经过规范化处理的名词术语为信息存储和检索依据，并具有概念组配功能的后组式检索语言，它具有概念性、组配性、语意关联性和直观性等特点，与其他检索语言相比，叙词语言更加完善和优越。

作为检索标识，所有叙词可以根据需要进行组配以表达复杂概念，叙词的概念组配形式有三种：概念相交组配、概念限定组配、概念并列组配。

① 概念相交组配。同级词的组配，指两个或多个内涵不同、外延部分重合的交叉关系叙词的组配，其结果形成一个新的概念，这个新概念是组配前各概念的下位概念。例如，铌基合金＋超导合金→铌基超导合金。

② 概念限定组配。指两个不同级的叙词的组配，其中一个概念表示事物，另一个概念反映事物的一个方面或一个部分。组配结果也形成一个新的概念，这个新概念表示该事物的某一方面或某一属性。例如，图书馆建筑＋采光系统→图书馆采光系统。

③ 概念并列组配。两个或多个同级叙词的组配，由于不同概念相加或并列，也会形成一个新概念，新概念作为原来概念的属概念。例如，文学理论＋美学理论→文艺理论。

叙词与叙词之间存在一定的语义关系，叙词语言的语义关系通过叙词表体现。国内外常用的叙词表主要有我国的《汉语主题词表》、英国的《科学文摘》使用的《INSPEC 叙词表》、美国《工程索引》使用的《EI 叙词表》等。

（3）关键词语言。关键词是从文献的篇名、文摘或全文中抽取出来的词汇，这些词汇一般不需要经过规范化处理，除了禁用词表中规定的冠词、介词、连词、副词、形容词等，几乎所有有意义的信息单元都可以用作关键词。因此，关键词语言是不受词表控制的非规范化检索语言。在标引或检索时，只要是不在禁用词表中的词，都可以作为关键词的备用词。

1.4.4 手工检索工具

1. 检索工具的概念

检索工具是报道、存储和查找文献信息和线索的工具。一般来说，检索工具必须具备四个基本条件：

（1）详细描述文献的外部特征和内容特征；

（2）具有可供标引和检索文献信息的检索标识，如主题词、分类号、著者姓名或文献序号等；

（3）根据标识的顺序，系统、科学的排列文献，使其成为一个有机的整体；

（4）提供多种检索途径。

2. 检索工具的基本类型

按著录内容划分，目前使用的检索工具主要包括以下三种。

1）目录型检索工具

目录型检索工具是图书、期刊等单位出版物外表特征的揭示和报道，它以一个完整的出版或收藏单位为著录的基本单位，换言之，是以某一"种"文献为一个记录款目。文献多按类或题名编排，强调有具体的收藏单位。著录内容主要包括书名（刊名）、著者（编者）、出版项、页数、开本等。目录的种类主要有国家书目、出版社目录、馆藏目录、专题目录、联合目录等。目录的主要作用在于查找出版物的出版或收藏单位。其著录格式如图1.3所示。

ISBN	7-313-00979-8；＄4.85
题名	自动控制理论与设计〔专著〕
出版项	上海：上海交通大学出版社，1991.11
载体形态项	292P；6CM
中图分类号	TP13
著者	曹柱中 著
附加款目	徐微莉 著
馆藏索书号	/TP13/92.9.15

图 1.3 目录型检索工具著录格式

2）题录型检索工具

题录型检索工具是单篇文献外表特征的揭示和报道，也就是说，题录是一种以出版物中的"篇"作为著录单元的检索工具。著录内容一般包括篇名、著者、文章出处等。没有内容摘要。题录的特点是报道及时且量大，但揭示文献的深度不够，准确性差。其著录格式如图 1.4 所示。

```
030410843　特种冶金新技术/李正邦（北京钢铁研究总院，
100081）//特殊钢.-2002，23（6）.-1-5
```

图 1.4　题录型检索工具著录格式

3）文摘型检索工具

文摘型检索工具也是以出版物中的"篇"为著录单元的检索工具。但与题录不同的是，文摘在对文献外部特征进行著录的基础上，还将论文或专著的内容加以浓缩，以最精练、最概括的文字报道文献的主题、方法和结论。由于文摘不仅著录了文献的外部特征，而且描述了文献的内容特征，所以文摘型检索工具在揭示报道文献的深度及实用性等方面都优于题录型检索工具。其次，文摘在揭示和报道最新文献信息的同时，在一定程度上还能起到替代原文的作用，从而大大加速了文献检索的进程，收到事半功倍之效，其著录格式如图 1.5 所示。

```
进口起重机自动控制电路修理/邱宏荣（铁道部第三桥梁工程处）//工
程机械.-1992，23（2）.-39~41
对日立 KH180 起重机过卷电路故障中处于过卷停机状态、载荷检测
电路的载荷表、角度表失灵时的修理过程及加藤 NK-300B 型起重机控
制电路故障的修理过程进行了介绍，提出修理中应注意的问题。
```

图 1.5　文摘型检索工具著录格式

3. 索引

索引是检索工具的辅助工具，它在特定的检索标识下指明某一组信息在检索工具中的出处，可以起到指引特定信息内容及其存储地址的作用。例如：**COMPUTER SOFTWARE** 041804 042310，**COMPUTER SOFTWARE** 是主题词，即检索标识，041804 042310 是该主题下两篇文献在工具书中的所在位置。

索引首先将文献信息中某些具有检索意义的文献特征标识，如人名、地名、序号、主题词、分类号、分子式等按一定的顺序加以排列，然后用文献存取号即文摘号注明相关文献信息在检索工具中的位置，以便多途径检索文献信息。

不同的标识系统构成不同的索引，常见的索引有以下几种。

1）分类索引

分类索引是以分类号或类目名称作为索引标识，依分类号顺序排列而形成的一种索引，提供分类检索途径，适合于从学科出发进行的文献检索，是族性检索。

例如：TF1 冶金技术 030410843。

2）主题索引

主题索引是以主题词（叙词、关键词）作为索引标识，按其字母顺序排列形成的索引。提供主题检索途径，适合于从主题出发进行的文献检索，是特性检索。

例如：特种冶金技术 030410843。

3）著者索引

著者索引是以文献上署名的著者、译者、编者等责任者的姓名或机构团体名称作为索引标识，按其字顺排列形成的索引。著者索引又可分为个人著者索引和团体著者索引。提供著者途径检索，适于检索某人、某机构发表的文章。

例如：李正邦 030410843。

4）专用索引

专用索引是以某些领域专用的名词术语或符号作为索引标识编排形成的索引，通常只从属于某专业的信息集合，提供特殊的检索途径，如分子式索引、生物属名索引、地名索引、报告号索引、专利号索引、标准号索引等。

例如：Benzoic acid「65-85-0」B1246g。

5）引文索引

引文索引是以被引用文献的部分特征作为标识揭示文献引用与被引用关系而编制成的索引。它建立在文献的引证和被引证关系之上，揭示文献之间的相互联系，如美国的 *Science Citation Index*。它可以用于了解某人的某篇文章被引用的情况以及检索相关文献或进行引文分析。例如：

CADZOW J

68 IEEE T ACOUST SPEECH 36 965

RAO B P IEEE 80 283 92

检索工具的组成主要包括文摘和索引两大部分。文摘（或题录）部分主要起报道文献信息的作用，大多数按分类或主题编排，构成检索工具的正文。索引部分起检索作用。所以索引的种类是否全面，编制是否合理，实用是否简便，直接影响整个检索工具的检索效率，它是衡量一个文摘性检索工具质量的重要标志。

1.4.5 检索步骤

文献信息检索的全过程大体分为分析检索课题、选择检索方法、确定检索工具、检索途径、查找文献信息线索及索取原文五个步骤。

1. 分析检索课题

在信息检索定义中我们说，信息检索的过程是针对一定的目标，遵循一定的线索，不断缩小检索范围的求解过程，在这个过程中，目标越明确、范围越具体、掌握的线索越多，查获所需信息的可能性就越大。所以，文献检索首先要对检索课题进行分析研究。

(1) 确定反映课题核心内容的主题概念。认真分析检索课题的内容，明确课题所属主题范围和学科性质，从中找出所需的情报要求和能够表达检索提问的主题概念。

(2) 确定所需文献的类型。如果属于基础理论研究，文献类型要侧重于期刊论文、会议文献；如果是尖端技术，应该侧重于科技报告；如果属于发明创造、技术革新，则应侧重于专利文献；如为产品定型设计，则需要利用标准文献及产品样本。根据课题对检索深度的要求，再进一步明确检索题录、文摘或是论文全文。

(3) 确定检索的时间范围。

2. 选择检索方法

1) 追溯法

追溯法是利用原始文献所附的参考文献信息进行追溯检索的一种方法。科学研究的连续性和继承性决定了学术论文之间的相互参考与借鉴。一篇学术论文在写作的过程中往往要参考或引用几篇、几十篇、甚至上百篇相关文献，并在文末将这些文献信息罗列。通过追溯法，一而十，十而百，不断扩大参考文献数量，就可以查到某一专题的大量相关文献。追溯法的问题是参考文献数量有限，查找的文献不够全面，而且追溯年代越远，文献内容越陈旧，与课题关系越小，所以，一般是在没有检索工具或检索工具不齐备的情况下，作为查找文献的一种辅助方法来使用。

2) 工具法

工具法是利用检索工具查找文献的方法。它又可以分为顺查法、倒查法、抽查法三种。

顺查法是按课题的起始年代为起点，由远及近逐年查找的检索方法。由于逐年查找，所以查全率较高，而且在检索过程中可以不断地筛选、剔除参考价值较小的文献，因而误检的可能性也较小，但问题是费时费力。这种方法要求检索者对检索课题的研究背景和历史比较熟悉，适合于内容复杂、时间较长、范围较广的研究课题。

倒查法与顺查法相反，是利用选定的检索工具，由近及远的逐年查找文献的方法。这种方法多用于查找新课题或是有新内容的老课题，是为了获取近期文献，以"查准"为主要目标时采用的最好方法。倒查法比顺查法节约时间，效率较高。

抽查法就是将检索的时间范围集中在课题所涉及的学科内容发展的高峰时期的方法。这种方法要求检索者必须熟悉学科的发展特点，了解该学科文献发展较为集中的时间段，才能取得较好的效果，因而适用于要求快速检索的课题。

3）循环法

循环法是工具法和追溯法的结合，即先利用检索工具查出一批相关文献，然后利用这些文献所附的参考文献进行追溯查找，由此获得更多的相关文献。通过对已获得的相关文献的主题分析，提出新的检索项，再利用检索工具检索，如此循环，直至检索结果满足检索提问需要为止。这种方法兼有上述两种方法的优点，但前提是原始文献的收藏必须丰富，否则有可能会造成漏检。

3. 确定检索工具

选择检索工具的要求：一是存储的内容广泛全面；二是标引具有深度；三是检索途径方便有效；四是报道时差合理；五是专业对口。检索工具不仅要选择具有权威性、综合性的，而且要注意利用针对性较强的专业性检索工具，同时，还要善于利用单一类型的检索工具。

4. 确定检索途径

检索目标不同，选取的检索标识不同，检索途径就不同。检索途径一般有以下几种。

1）篇名途径

篇名途径是根据已知的书名或篇名进行查找的途径。目录型检索工具多提供这种检索途径。这种途径的检索直接针对某篇文献，目标具体明确，直指性强，但文献篇名不便记忆，容易造成误检，而且按名称字顺编排又造成相关文献不集中，不能满足族性检索的要求，故检索效率不高。

2）著者途径

著者途径是根据已知的著者姓名查找文献的途径，包括个人著者和团体著者。由于科研人员的研究方向相对稳定，同一著者名下往往集中了学科内容相近或有内在联系的一批文献，所以这种检索途径能在一定程度上满足族性检索的要求。但是某人或某团体著者，发表的文献有很大的局限性，因此著者途径不能满足全面检索某一课题文献的需求，只能属于一种辅助性检索途径。

3）序号途径

序号途径是按文献资料特有的序号，如报告号、合同号、入藏号、专利号等检索的途径。在已知文献特定序号的前提下，利用该途径检索文献非常便捷。

　4）分类途径

　　分类途径是按照文献主题所属学科体系进行检索的途径。这一途径是以学科概念体系为中心排检文献的，较能体现学科的系统性，反映事物的隶属、平行、派生关系，能较好地满足族性检索的需要。使用这一途径必须了解学科分类的体系，并将文字概念转换成分类检索标识。在转换分类号的过程中，由于受专业知识和分类方法的影响，常易发生差错，造成漏检和误检，影响检索效果。

　5）主题途径

　　主题途径是根据主题词检索文献的途径。检索者只要确定检索课题的主题概念，并选择主题词，就可以按字顺查找主题词进而检索相关文献，检索过程不必考虑学科体系。主题途径的优点：一是直接以词或词组作为检索词，表达概念比较准确、灵活，可随时增补、修改，便于及时反映学科新概念；二是能满足特性检索的要求，适合查找比较具体、专深的课题资料。缺点是要求检索者必须具备较高的专业知识、检索知识和外语水平。

　　以上所述各种检索途径中，分类途径和主题途径是最常用的。分类途径适合于族性检索，主题途径适合于特性检索，两者互相配合则会取得较好的检索效果。其他几种途径都是辅助性的检索途径。

　5. 查找文献线索，获取原始文献

　　上述步骤完成之后，即可通过检索工具进行检索。在检索工具中，我们能够查到文献的基本信息和线索以及相关文献的出处，经过阅读和筛选，确定出重要的相关文献，进而索取原文。

　　获取原文一般有以下几个步骤：第一，判断文献的出版类型。第二，整理文献出处，将文献出处中缩写语、音译刊名等还原成全称或原刊名。第三，根据出版物信息在各种目录中确定馆藏地点，进而索取原文。

1.4.6　检索效果

　　所谓检索效果是指检索系统检索的有效程度，它反映检索系统的能力，包括技术效果和经济效果。技术效果指检索系统在检索时满足检索要求的有效程度，经济效果主要指检索系统完成检索服务的成本及时间，其因素比较复杂。检索效果评价指标最常用的是查全率（recall ratio）和查准率（precision ratio）。公式如下：

$$查全率 \quad R = \frac{检出的相关文献量}{检索系统中相关文献总量} \times 100\% = \frac{a}{a+c} \times 100\%$$

$$查准率 \quad P = \frac{检出的相关文献量}{检出的文献总量} \times 100\% = \frac{a}{a+b} \times 100\%$$

式中：a——检出的相关文献量；

　　b——检出的非相关文献量；

　　c——未检出的相关文献量。

　　查全率反映所需文献被检出的程度，查准率则反映系统拒绝非相关文献的能力。两者结合起来反映检索系统的检索效果。研究表明，查全率与查准率之间存在互逆关系，即提高系统的查全率，会使查准率下降，反之亦然。

　　虽然用查全率和查准率可以评价检索效果，实际上他们存在着难以克服的模糊性和局限性。由于检索系统中相关文献总量是个模糊量，无法准确估计，故难以准确计算查全率。另外，"相关文献"对不同的检索者而言，认识不一致，其中含有主观因素，因此，用上述公式计算的查全率和查准率是相对的，它们只能近似地描述检索效果。

本 章 小 结

　　本章作为信息检索的基础知识，主要介绍信息、知识、情报的基本概念及三者之间的关系；文献的概念及科技文献的特点，按照不同划分标准划分的各类文献；信息检索的概念及按照检索对象划分的种类，信息检索的基本原理；检索语言概念及按照描述文献内容特征划分的分类检索语言、主题检索语言；检索工具类型，索引的概念作用；文献检索的一般方法和步骤，检索效果评价。

　　本章重点掌握文献的定义及类型、信息检索的概念及种类、检索语言、检索工具类型、索引的概念作用。

思 考 与 练 习

　　1. 信息、知识、情报三者之间的关系是什么？

　　2. 构成文献的三个要素是什么？

　　3. 根据出版形式、载体形态、内容加工层次划分，科技文献可以划分为哪几种类型？

　　4. 根据检索对象的不同，信息检索分为哪几种？

　　5. 描述信息内容特征的检索语言有哪几种？检索标识分别是什么？

　　6. 国内比较有影响的分类表主要有哪几个？中文检索工具和数据库主要采用哪一个作为编排依据和检索标识？

　　7. 主题词分为哪几种？哪一种是经过人工规范处理的？哪一种采用的是自由词？

　　8. 按著录内容划分，目前使用的检索工具主要包括哪几种？

　　9. 根据不同标识系统构成的索引常见的有哪几种？

　　10. 利用检索工具查找文献的方法主要有哪几种？

第 2 章　中文检索工具

2.1　中文检索工具概述

2.1.1　概况

科学技术事业的发展，产生和积累了大量的科技文献，它记载着我国广大科技工作者和人民群众在科研活动和技术革新中所取得的成果和经验，反映了我国科学技术的发展水平。国内科技文献的利用有着明显的优势，使用本国文字，不存在语言障碍，符合我国国情，便于查阅推广，可在国内方便迅速地找到原始文献，并可充分交流。

中国科学技术情报研究所（1992 年改名为中国科学技术信息研究所）于 1956 年成立，标志着我国检索刊物的编辑出版工作开始走上了有领导、有组织、有计划的发展道路。到 1966 年 6 月，我国出版的检索刊物达 59 种，112 个分册。1966～1975 年，我国大部分刊物相继停刊。1977 年，全国科技情报检索刊物协作会议之后，我国的检索刊物出版工作开始进入全面恢复和发展的新时期，到 1985 年我国检索期刊已增加到 219 种，1986 年以后，根据需要对检索工具做了一些调整，到 1988 年检索工具基本稳定在 150 多种，年报道文献量为 120 万条。

我国检索工具编辑出版工作起步相对较晚，检索刊物体系还存在着不足：

(1) 报道国外文献的数量较少，速度慢；

(2) 索引系统不完善，辅助索引少，检索功能不强；

(3) 刊物较分散，体系不完整，不协调，不稳定；

(4) 缺少大型综合性检索工具。

2.1.2　国内检索工具介绍

1. 检索图书的常用工具

1)《全国总书目》和《全国新书目》

《全国总书目》是检索国内出版的图书的基本工具，年刊，由新闻出版总署信息中心、中国版本图书馆编撰，中华书局出版。它是依据全国各正式出版单位每年度向中国版本图书馆缴送的图书样本编撰而成的目录性工具书，比较全面系统地记录了每年国内出版的各种图书，反映了我国每年图书的出版情况，按年度收录和报道我国各正式出版单位出版并公开发行的各种文字初版（第一版）和修订版的图书，是我国的国家书目。

《全国总书目》分为三部分：分类目次、专题目录和附录，除 1949～1954 年合订为一册外，从 1955 年开始每年出版一本，1966～1969 年中断。1970 年又恢复每年出版一本。

《全国新书目》是及时报道全国新书出版情况而编辑的目录性工具，月刊，是《全国总书目》的月刊本，为及时了解新书出版动向提供了方便。

《全国新书目》的职能在于及时报道新书，《全国总书目》是《全国新书目》的累积本。

2）《科技新书目》和《社科新书目》

《科技新书目》和《社科新书目》由新华书店主办，旬刊，报道国内各出版社即将出版的图书，是图书情报部门或个人征订图书的主要依据，也是广大科技人员了解科技动态，及时获得所需文献情报的重要渠道。

3）《外文新书通报》

《外文新书通报》由国家图书馆编辑出版，包括自然科学部分（双月刊）和工业技术部分（月刊），创刊于 1974 年，系统地报道国家图书馆收藏的外文科技图书资料，包括西文、俄文、日文等。

2. 检索报刊的常用工具

1）《报刊简明目录》

《报刊简明目录》每年出一本，报道我国当年出版的报刊名称，按地点、刊号排列，是国内报刊订阅的依据。

2）《外国报刊目录》

《外国报刊目录》由中国图书进出口公司编辑出版，一般每 5 年修订一次，是供国内各单位选订国外报刊的一部大型目录。

3. 检索国内报刊论文资料的常用工具

1）《全国报刊索引》

《全国报刊索引》由上海图书馆编辑出版，月刊，报道国内公开发行的重要报纸和期刊中的论文，是我国目前收录文献量最大、涉及学科门类最广的查找报刊论文的检索工具。

2）专业性科技文摘刊物

专业性科技文摘刊物是我国检索刊物体系的核心，主要以文摘形式报道科技文献。这些文摘型检索刊物多数是由专业情报研究所编辑出版，专业性强，参考价值高。各专业文摘刊物大多数按分类编排，有分类索引、主题索引、著者索引等，如《中国数学文摘》、《中国机械文摘》、《中国化工文摘》等。

4. 检索特种文献的常用工具

1)《中国学术会议文献通报》

《中国学术会议文献通报》由中国科学技术信息研究所编辑出版，1982 年创刊，月刊，以文摘、简洁、题录的形式报道全国的学术会议论文。

2)《中国学位论文通报》

《中国学位论文通报》由中国科学技术信息研究所编辑出版，1984 年创刊，收录国内博士、硕士论文，双月刊。

3)《中国专利公报》和《中国专利索引》

《中国专利公报》和《中国专利索引》由中国国家知识产权局编辑出版，周刊，是检索中国专利的重要工具。

4)《中国标准化年鉴》

《中国标准化年鉴》由中华人民共和国国家标准局编辑，中国标准出版社出版，1985 年开始按年度连续出版，是检索我国公开出版发行的国际标准的主要工具。

5)《中国国防科技报告通报与索引》

《中国国防科技报告通报与索引》由中国国防科技信息中心编辑，报道该中心收藏的近期在国防科研活动中产生并经过加工整理的科技报告和有关资料。

2.2　中文检索工具的结构与内容编排

2.2.1　中文检索工具的结构

根据我国国家标准《检索期刊编辑总则》（GB3468-1983）的规定，中文检索工具的结构包括以下五个部分。

1）编辑说明

编辑说明为检索工具的使用者提供必要的指导，主要内容包括编制目的、编辑方法、适用对象、收录范围、著录款目的概述、代号说明和注意事项等，是检索工具编辑者为读者提供的必要的指导。

2）目次表

目次表也称为分类目次表。

3）正文

正文是检索工具的主要部分，由大量的文献款目按一定的规则编排而成，是储存和检索文献的实体，文献款目是正文的基本构成单元。

编制检索工具时，编制人员将每篇文献的外部特征和内容特征提取出来，使每篇文献作为一条款目，给每条款目一个固定的序号，注明出处，把大量款目按一定规则组织起来构成检索工具的正文。

4）索引

索引是检索正文的辅助工具，是把从正文中抽取出来的具有检索意义的外部特征和内容特征作为检索标识，并注明其在正文中的地址，从而指向该文献在正文的对应位置。

5）附录

附录是附在检索刊物后面的一些有关参考文献，是检索工具内容的必要补充。附录主要包括文献来源目录及文献来源缩写与全称对照表、缩略语、期刊代码等。

2.2.2　中文检索工具的内容编排和著录

1. 中文检索工具正文的编排

中文检索工具的正文一般按分类编排，主要采用的分类体系分为两种：大型综合性的检索工具主要采用的分类法是《中国图书馆分类法》（如《全国报刊索引》）；而专业性的检索刊物主要采用自编的分类体系进行分类。

2. 中文检索工具的著录

1）正文文献条目著录格式

著录格式是指文献条目中各著录项目的组织顺序和表达方式。中文检索工具正文的文献条目是根据我国制定的国家标准《检索刊物条目著录规则》进行著录的，主要可归纳为以下两种：整本文献的标准著录格式见图 2.1（以图书为主），单篇文献的标准著录格式见图 2.2。

```
分类号
顺序号　中文书名＝外文书名　卷（册，篇）次：卷（册，篇）的书
名［著，文种］/著者或编者．—版本/与版本相关的责任者．—出版地：
出版者，出版日期．—总页码；开本．—（丛书项．—附注项．—文献标
准书号）
　提要。图×表×参×（文摘员）
　主题词　　　　　　　　　　　索取号
```

图 2.1　整本文献的标准著录格式

```
分类号
顺序号　中文题名＝外文题名［刊，文种］/著者//刊名（国别或
地名）．—年，卷（期）．—所在页码
　　提要。图×表×参×（文摘员）
主题词　　　　　　　　　　　　　　　　　　索取号
```

图 2.2　单篇文献的标准著录格式

下面是单篇文献著录格式的例子：

200003446　凌志 VLS400 轿车电子控制防抱死制动系统 ［刊］/徐小林
（长沙交通学院），李岳林//汽车技术 .—1999，（6）.—34-36，42

　　　　凌志 VLS400 轿车的 ABS 是一种对两前轮采用独立控制、对两后轮根据低选原则进行统一控制的三通道防抱死制动系统。介绍了该车防抱死制动系统的组成、工作原理，以及该车的 ABS 电脑引出脚的功能及检测方法。图 5 表 1 参 3（原文有）

　　　　　　　　　　　　　　　　　　　99 * U4-15 * 6

2）索引条目著录格式

主题词（著者、篇名等）————文摘号

以上面的文献条目为例，主题索引条目的格式：

　　　　防抱死制动————————200003446

著者索引条目的格式：

　　　　徐小林——————————200003446

篇名索引条目的格式：

　　　　凌志 VLS400 轿车电子控制防抱死制动系统——2000034

2.2.3　中文检索工具的检索途径

　　中文检索工具的检索途径主要有三种：分类途径、著者途径、主题途径。中文检索工具一般是按分类编排的，因此按分类途径进行检索是主要的检索方法。

2.3　主要检索工具介绍

2.3.1　《全国报刊索引》

　　1. 概况

　　《全国报刊索引》由上海图书馆编辑出版，月刊，分《哲学社会科学版》和《自然科学技术版》两刊，是检索国内报刊资料最主要的工具。上海图书馆在

1955 年 3 月创刊了《全国主要期刊资料索引》，初期为双月刊，1956 年改名为《全国主要报刊资料索引》，同年下半年改为月刊，1959 年分成《哲学社会科学版》与《自然科学技术版》两刊，一直出版至 1966 年 9 月开始休刊。1973 年复刊时正式改名为《全国报刊索引》（月刊），前期哲社版与科技版合一，1980 年又分成《哲学社会科学版》与《自然科学技术版》两刊，出版至今。

2. 收录内容及范围

《全国报刊索引》是综合性的题录型检索工具，收录了全国（包括港、台地区）的期刊 8000 种左右，涉及所有哲学、社会科学、自然科学以及工程技术领域的各个学科。内容包括我国与各省、市、自治区、直辖市党政军、人大、政协等重大活动、领导讲话、法规法令、方针政策、社会热点问题、各行各业的工作研究、学术研究、文学创作、评论综述以及国际、国内的重大科研成果等。目前两个版本的月报道文献量均在 1.8 万条以上，每年的报道量合计在 44 万条左右。《全国报刊索引》已成为国家政府机关、高等院校、各大企业公司、科研单位和公共图书馆与情报部门必备的检索工具类刊物。目前，《全国报刊索引》除印刷本以外，还出版《全国报刊索引数据库》（光盘版），其收录的内容以及收录范围与《全国报刊索引》相同，但在数量与收录报刊品种上都多于报刊索引，现年更新量在 50 万条左右，是书本式索引的新一代电子版检索工具。

3. 编排方式

《全国报刊索引》由分类目次、文献条目正文、辅助索引等部分组成。文献条目正文按分类编排，现采用《中国图书馆分类法》分类。早期的分类采用《中国人民大学分类法》（增订本），1958 年起改用《人大分类法》（第三版），1963 年 1 月起采用《人大分类法》（增订第四版），1966 年起采用自编分类法，1992 年起采用《中国图书资料分类法》（第三版），2000 年起改用《中国图书馆分类法》（第四版）。

4. 著录格式

《全国报刊索引》的著录项目包括文摘号、篇名、作者（只著录前三个作者）、第一作者的工作单位、来源报刊名称、出版年月日、卷期数、页码等。著录格式依据国家标准《检索期刊条目著录规则》（GB3793-83）。

下面是《全国报刊索引》文献条目著录格式的例子：

100316027　基于路由的制造网络资源搜索方法研究/张海军（武汉理工大学机电工程学院，430070）；胡业发；陶飞等 // 武汉理工大学学报（武汉）.—2009，31（23）.—100-103

5. 辅助索引

《全国报刊索引》的辅助索引主要包括著者索引、题中人名索引、引用期刊一览表等。

1）著者索引

按所收录文献的作者姓名音序排列，其后列出文摘号，英文姓名排在中文姓名之前。

Fan，F.................100301309
......
姜波.................100309565
姜新.................100308403

2）团体著者索引

以机构为著者的按机构名称的音序排列，后面列出文摘号。

北京青年呼吸学者沙龙.................100304418
《科学时报》社.........................100312307

3）题中人名索引

将文献题名中出现的人名组织起来，按其人名音序排列，后面列出其文摘号。

达尔文.............100301313
达芬奇.............100316556

4）引用报刊一览表

将所引用报刊按名称字顺排列，名称后附有地名。

当代世界（北京）
地理科学（长春）

《全国报刊索引》在目次、正文和辅助索引之后，还提供了未来三个月，国内部分专业会议的信息预告。

6.《全国报刊索引数据库》

《全国报刊索引数据库》由上海图书馆于 1995 年研制编辑完成，《中文社科报刊篇名数据库》改名为《全国报刊索引数据库：社科版》，同年推出《全国报刊索引数据库：科技版》。目前已基本完成自新中国成立以来的报刊索引的建库工作，并已制作成光盘。它是目前国内收录数据总量最大、报道时间最早、时间跨度最长的特大型文献数据库之一。其总数据量已达到 560 万条。

1950 年后的《全国报刊索引数据库》的分类标引均采用《中国图书资料分类法》（第三版），2002 年起则采用《中国图书馆分类法》（第四版）；1993 年后数据库的主题标引参照《中国分类主题词表》。

自 2002 年起，《全国报刊索引数据库》还提供可以在局域网环境中使用的网络版，它可安装在 Windows NT 以及 Windows 2000 等平台上，供众多终端查询。《全国报刊索引数据库》（Web 版）是可以在互联网环境下使用的真正网络版数据库，用户使用将更加便利、快捷。

2.3.2　《中国机械工程文摘》

1. 概况

《中国机械工程文摘》是由中国机械工业信息研究院主办的报道我国机械工程文献的专业性的检索期刊。它专注于服务制造业管理层，及时了解和掌握国内外行业热点，同时关注研发、生产、市场等方面的知识和信息；题材新、选料精、时效快、可读性强，每期提供大量行业分析、市场分析、企业动态等；刊中设有资料收藏夹，提供有价值信息的引导。《中国机械工程文摘》创刊于 1966 年，创刊初期刊名为《机械科学技术资料简介》（1966～1979 年）、《机械科技文献报道》（1980～1981 年）。1982 年更名为《中国机械工程文摘》，月刊。年报道文献量 10000 余篇，年终出版主题索引。《中国机械工程文摘》数据库是在书本式检索工具《中国机械工程文摘》的基础上于 1985 年开始研制并建立起来的。

2. 收录内容及范围

《中国机械工程文摘》是专业性的文摘型检索工具。主要报道与机电产品和仪器仪表有关的基础理论、设计材料、制造工艺、自动化技术、计算机应用、企业管理等方面的重大技术革新成果、科研成果、学会论文、期刊论文、出国考察报告和来华技术座谈资料等。

3. 编排方式

《中国机械工程文摘》的文摘正文部分按分类编排，采用自编的分类体系，主要类目包括机械工程总论、机械工程材料、机械传动与零部件、铸造、锻压、焊接、热处理、金属切削加工与机床等。

4. 著录格式

《中国机械工程文摘》的著录项目包括文摘号、篇名、作者、第一作者的工作单位、来源报刊名称、出版年月日、卷期数、页码、文摘、索取号等。著录格式依据国家标准《检索期刊条目著录规则》（GB3793-83）。

下面是《中国机械工程文摘》文献条目著录格式的例子：

200003446　　凌志 VLS400 轿车电子控制防抱死制动系统 [刊]/徐小林（长沙交通学院），李岳林//汽车技术 . —1999，（6）. —34-36，42

凌志 VLS400 轿车的 ABS 是一种对两前轮采用独立控制、对两后轮根据低选原则进行统一控制的三通道防抱死制动系统。介绍了该车防抱死制动系统的组成、工作原理，以及该车的 ABS 电脑引出脚的功能及检测方法。图 5 表 1 参 3（原文有）

99 * U4-15 * 6

2.3.3 《人大报刊复印资料》

《人大报刊复印资料》由中国人民大学书报资料中心（以下简称书报资料中心）编辑出版。中国人民大学书报资料中心成立于 1958 年，是新中国最早从事人文社会科学文献搜集、整理、编辑、发布的信息资料提供机构。书报资料中心现出版 148 种期刊，其中，"复印报刊资料"系列期刊 118 种，"文摘"系列期刊 14 种，"报刊资料索引"系列期刊 8 种，原发期刊 8 种。书报资料中心"复印报刊资料"的转载量（率）被学界和期刊界普遍视为人文社科期刊领域中一个客观公正的评价标准。

"复印报刊资料"系列期刊共分 5 大类：哲学、政治类 39 种，经济、管理类 30 种，教育类 24 种，文史类 23 种，综合文萃类 2 种。其中，与人文社会科学有关学科直接相对应的学术专题期刊 91 种。学术类各专题期刊均包含以下两部分内容。

1）全文转载部分

精选公开发行报刊上的重要论文，全文重新录入排版。入选原则是内容具有较高的学术价值、应用价值，含有新观点、新材料、新方法或具有一定的代表性，能反映学术研究或实际工作部门的现状、成就及其新发展。

2）题录索引部分

当期未被转载的文献编排为题录索引，排在正文之后，是该学科或专题的论文和有关材料篇目的定期整理、筛选、汇集，也是读者全面掌握和检索学术资料的工具。

书报资料中心在出版纸质期刊的基础上，目前还编辑出版有"复印报刊资料"全文数据库、"复印报刊资料"专题目录索引数据库、中文报刊资料摘要数据库、中文报刊资料索引数据库、专题研究数据库和数字期刊库六大系列数据库产品。

2.3.4 《新华文摘》

《新华文摘》于 1979 年创刊，半月刊。1949 年 11 月，《新华月报》创刊号问世。1950 年 12 月，《新华月报》改由新成立的人民出版社主办。从 1979 年起，为适应读者需要，《新华月报》分别出版了文献版和文摘版。文献版则成为后来"纯"文献的时政、综合性的《新华月报》。文摘版是一个大型的综合性、学术性、资料性的文摘月刊，创办伊始就受到学术界的重视，受到读者的好评。1981 年正式改为《新华文摘》。《新华文摘》分别选取相应学科门类的优秀论文，为广大读者展示政治、法学、哲学、经济、历史、文学艺术、人物与回忆、社会、文化、教育、科技、读书与出版、论点摘编等方面的新成果、新观点、新资料、新信息，以其思想性、权威性、学术性、资料性、可读性、检索性，在期刊界独树一帜。它在促进思想解放、繁荣学术研究、弘扬民族文化、普及科学知识等方面，做出了巨大贡献，赢得了广大读者的青睐和厚爱，受到思想界、学术界、文艺界以及整个知识界的关注和信赖。

2004 年，《新华文摘》改为半月刊，扩充了原有栏目，比如法学、社会学、教育学增加篇幅，独立设栏；将原设栏目"读书与出版"，改为"读书与传媒"，扩大选编稿件的视野和范围。另外，新设"管理学"栏目，开辟了新的领域；新设"新华观察"栏目，展示中国人文社会科学领域交叉学科中的研究成果，反映重要的学术动态和学术走向，突破了以学科为本位的定式，转向以问题为中心。因为我国社会科学的研究已形成综合化的特点，那些从不同角度反映时代呼声的热点问题、前沿问题往往是在交叉学科中出现的，原有栏目很难容纳。改刊后的《新华文摘》半月刊，每期保持 16 个栏目，从而加快了传播速度，增强了时效性；加大了承载容量，提升了前沿性；加强了精选精编，体现了权威性。

2.3.5 检索示例

检索课题：检索有关汽车防抱死装置的文献。

检索工具：2000 年度《中国机械工程文摘》、《机械工程叙词表》。

检索途径：主要分为主题途径和分类途径两种。

1. 主题途径

检索步骤：

1）分析课题，选择主题词

汽车防抱死装置应属于汽车制动的范畴，故初步选择关键词为汽车、制动、防抱死装置。

2）利用《机械工程叙词表》（1990 年版）核实主题词

在词表的字顺表部分按照字顺依次对初步选择的关键词进行核对，发现关键词"汽车、制动"属于规范的主题词，而关键词"防抱死装置"是非规范主题词。"防抱死装置"一词的规范词是"防抱装置"，"防抱装置"的上位类是"制动系"。

经核实，正式主题词确定为汽车、制动、制动系、防抱装置。

3）利用 2000 年度《中国机械工程文摘》第 12 期（年度主题索引）检索

从"汽车"入口查得：

汽车

　　发展/防抱装置/应用/制动　200007422

从"制动"入口查得：

制动

　　发展/防抱装置/汽车/应用　200007422

从"制动系"入口查得：

制动系

　　电子技术/防抱装置/轿车/自动控制　200003446

　　防抱装置　200009430，200009432

　　防抱装置/计算机仿真/客车　200001464

　　防抱装置/客车　200002429

从"防抱装置"入口查得：

防抱装置

　　半挂车/制动系　200005520

　　传感器/电路　200003423

　　发展/轿车/制动　200008404

　　发展/汽车/应用/制动　200007422

　　仿真/数据采集　200002406

　　轿车/制动　200010483，200010502

　　客车/制动系　200002429

　　控制　200007423

4）用查得的各文摘号在 2000 年每期的《中国机械工程文摘》中找到各条文摘，如：

200007422　汽车制动防抱装置的应用及发展［刊］/乔维高（武汉汽车工业大学），苏楚奇，王春伟//重型汽车 .-1999，（6）.-4～5，12

　　　　介绍了汽车制动防抱装置的发展过程和应用现状，分析了……。

99＊U4-53＊6

5）索取原始文献

依据各条文摘提供的线索，索取原始文献，上述的两条文摘的原文可分别在《重型汽车》1999 年第 6 期的 4～5 页和 12 页找到，或根据馆藏号 99 * U4-53 * 6 到机械工业信息研究院索取。

2．分类途径

检索步骤：

1）研究课题，确定所属类目或类号

本课题研究汽车防抱装置，根据《中国机械工程文摘》自有的分类体系可得到"汽车防抱装置"应属于"汽车、拖拉机"大类，其下位类目是"车辆设计和结构"和"汽车"。

2）在 2000 年度《中国机械工程文摘》每期中的"正文分类目录"找出"车辆设计和结构"和"汽车"类目所对应页码，并在各期的文摘正文部分查找，可得到与主题检索途径一样的检索结果。

3）索取原始文献，同主题检索途径中的步骤 5）。

本 章 小 结

本章讲述中文检索工具体系，以《全国报刊索引》以及与本专业相关的中文检索工具为例，介绍中文检索工具的一般著录格式及其检索方法。

本章重点掌握中文检索工具的结构、正文部分与索引部分的编排及著录格式，正文部分与索引部分的关系。

思 考 与 练 习

1．检索国内出版图书的主要工具是什么？

2．检索国内报刊论文资料的最主要的综合性题录型的检索工具是什么？

3．检索特种文献的常用工具分别能检索什么类型的文献？

4．中文检索工具的结构有哪几部分？

5．什么是著录格式？熟悉中文检索工具文献条目的著录格式和索引条目的著录格式。

第3章 外文检索工具

3.1 美国《工程索引》

3.1.1 概述

美国《工程索引》(*The Engineering Index*，EI)，创刊于 1884 年，由美国工程信息公司 (The Engineering Information Inc.) 编辑出版，是世界著名的工程技术综合性检索刊物。

EI 报道的文献主要为各种期刊、会议录，另外也有技术报告、论文集、政府出版物和图书，报道文献数量大，印刷版 EI 年报道量达 20 余万条。

EI 所报道的文献几乎涉及工程技术各个领域。EI 收录下列工程学科：化学工程，土木工程，电子/电气工程，机械工程，冶金、矿业、石油工程，计算机工程和软件、农业工程、纺织工程、应用化学、应用数学、应用力学、大气科学、造纸化学和技术等。EI 收录的文章精心挑选，只报道价值较大的工程技术论文，凡属纯基础理论或者专利文献则不作报道。

EI 的出版形式主要有：

(1)《工程索引月刊》(*The Engineering Index Monthly*)。1962 年创刊，1986 年以前，该月刊由依据标题词编排的文摘正文和著者索引两部分构成。1987 年后，新增主题索引，方便了使用。该月刊文摘报道日期与原始文献发表日期间的时差为 6~8 周，报道较为迅速，但它不便于追溯检索。

(2)《工程索引年刊》(*The Engineering Index Annual*)。1906 年起定本刊名。它由每年月刊上的文摘依据标题词重新汇集而成。每年出版一卷。每卷由文摘正文、著者索引、主题索引、著者单位索引 (1989 年停出)、工程出版物 (PIE) 等辅助索引和附表组成。年刊的优点是便于追溯检索，但出版时差要大于一年。

(3)《工程索引》的联机版数据库 (EI Compendex Plus)。1988 年起，工程信息公司将 Compendex 和 EI Engineering Meeting 两个数据库合并为 Compendex Plus 一个数据库。利用该数据库就可检索 EI 的文献信息。

Compendex Plus 数据库目前在 Dialog，Orbit，ESA/IRS 等大型联机检索中运行。提供 1970 年以来的 EI 文献信息文献，用户通过其中某一个联机检索系统的终端就可以检索到 EI 中的有关文献信息。

（4）《工程索引》光盘产品。Compendex Plus 数据库的 CD-ROM 名称为 Dialog OnDisc Compendex Plus，由美国 Dialog 公司从 1985 年开始出版，按季度追加更新，每年累计为一张光盘。它使用 Dialog Ondisc 和 Odwin 检索软件，提供菜单检索和命令两种方式的检索。

工程信息公司与 Dialog 信息服务公司联合推出 Compendex Plus 数据库的只读光盘产品。时间跨度为 1986 年至今，每季度更新一次。

（5）《工程索引》网络版数据库。EI 网络版数据库是 Engineering Village 工程信息中心的重要组成部分，可通过 Internet 访问。

3.1.2　印刷版 EI 编排结构与著录

EI 的月刊和年刊由正文、索引和附录三部分组成。正文部分是 EI 的主体，由文摘条目组成，月刊和年刊的正文是以规范主题词（1992 年以前使用标题词，1993 年开始用叙词）为标目的文摘。文摘正文按规范主题词字顺排序，主题词取自规范词表［1992 年前，规范主题词为标题词，1990 年前标题词取自《工程标题词表》（*Subject Headings for Engineering*，SHE)]；1991～1992 年间，标题词取自 EI *Vocabulary*；1993 年起，规范主题词改为叙词，取自《EI 叙词表》（*Engineering Informations Thesaurus*），在主题词下排列了若干文摘条目。月刊的索引 1987 年以前仅设著者索引一种，1987 年后新增主题索引。年刊的索引除了由月刊的这两种索引累积而成的年度著者索引、主题索引外，还编有工程出版物索引（PIE 或 PL），1974～1988 年编有著者单位索引，1980～1987 年编有用以对照月刊、年刊文摘号的号码对照索引等。在这些内容中，月刊和年刊共有的文摘正文及著者索引、主题索引因著录和用法完全一致，下面合并予以介绍。工程出版物索引也比较重要，介绍列于其后。而著者单位索引在 1987 年后已经取消、号码对照索引因难以使用，故这两个索引介绍从略。

1. 文摘正文

月刊和年刊的正文是以主题词为标目的文摘。1992 年以前的 EI，如果我们翻开 EI 的月刊或年刊，可以发现主标题词是采用黑体大写字母印刷，副标题词则以首字母大写印刷。主、副标题词分别按字顺排列。这些词全部取自工程信息公司自编 SHE 或 EI *Vocabulary*。图 3.1 是 1993 年开始的文摘正文著录格式示例。

EARTH ATMOSPHERE①

025791② Potential global climatic impacts of the North Pacific Ocean. ③Global climatic impacts of the North Pacific Ocean are studied using both observations and a coupled ocean-atmosphere model. It is found that the coupled ocean-atmosphere interaction over the western North Pacific may modulate global climate in the tropical Indian Ocean, the western subtropical south Pacific, and the tropical and North Atlantic through potential atmospheric teleconnections of the Asian winter monsoon and the Arctic Oscillation/North Atlantic Oscillation (AO/NAO). The study suggests that the North Pacific Ocean may be an important regulator of global decadal climate variability. Copyright 2005 by the American Geophysical Union. ④ (26 refs.) ⑤ English⑥ Wu, Lixin (Physical Oceanography Laboratory, Ocean University of China, Qingdao 266003, China); ⑦ Liu, Zhengyu; Liu, Yun; Liu, Qingyu1; Liu, Xiaodong. ⑧ *Geohys. Res. Lett.* v 32 n24 Dec 28 2005 p 1-4. ⑨

图 3.1　EI 文摘正文著录格式

著录格式注释：

① 叙词。叙词选自 EIT。

② 文摘号。

③ 文献题名。用题名单词的首字母大写，其余小写字体印刷。

④ 摘要。

⑤ 参考文献数。

⑥ 原文语种。

⑦ 论文第一著者及其所属单位。

⑧ 论文其他合著者。

⑨ 文献来源期刊名称缩写。出版年月，起止页码。

2. 著者索引

EI 月刊、年刊著者索引 (author index) 的著录是同样的。它将文摘正文中出现的著者全部收入本索引，并按著者姓名的字顺排列。具体著录示例如下：

　　　　Richards, T. L. , 010398, 150403

　　　　Richards, Thomas C. , 030395

　　　　Richards, Tony H. , 122538

　　　　Richards, W. O. , 013674

　　　　Richards, William G. , 158758

　　　　Richards-Kortum, Rebecca. , 014192

　　　　Richardson, A. , 124912

　　　　Richardson, A. C. , 137677

　　　　Richardson, A. D. , 082314

　　由上可见，在 EI 著者索引中，著者的排列顺序先比较著者姓的字母，在姓相同情况下，则先排名字为首字母缩写的著者，最后排名字为全称的著者。值得注意的是，由于 EI 著者索引按原文中著者姓名著录，有时著者在一篇文献中以全称署名，在另一篇文献中却以首字母缩写署名，反映在 EI 著者索引中就会被分隔在两个地方，这在实际查找中应予以注意。

　　3. 主题索引

　　1987 年开始，EI 的月刊和年刊均增加了主题索引（subject index），主题索引中的主题词既有规范主题词（1993 年前用主、副标题词，1993 年开始用叙词），同时又增加了大量关键词（自由词）。主题索引对每篇文献一般使用 4～5 个标题词或关键词作为检索词，提高了查到这篇文献的可能性。主题索引既采用规范主题词作为检索词，又采用非正式主题词——关键词作为检索词，读者可以不选择规范主题词（需要通过词表），而通过描述他所需课题的任何关键词试查，降低了使用的难度（当然，只使用关键词查找，忽视主、副标题词会漏掉许多相关文献）。EI 年刊主题索引的著录格式示例见图 3.2，EI 月刊主题索引的著录格式示例见图 3.3。

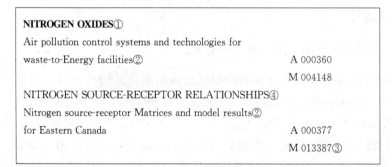

图 3.2　EI 年刊主题索引的著录格式

著录格式注释：

　　① 正式叙词。用黑体大写字母印刷。

　　② 文献题名。注意在同一叙词或关键词下如果有多篇文献，则按文献题名的字母顺序排列。

　　③ 文摘号。其中，A 代表年刊文摘号，M 代表月刊文摘号。

　　④ 非正式标题词，即关键词。用非黑体大写字母印刷词取自文献题名和文摘。

COMPUTER SIMULATIONS①	042021	
	054041④	
COMPUTER SOFTWARE②	041804	
	041805	
	042277	
	042310	
Applications③	041893	042276
Costs	044722	044723
Evaluation	055323	
Management	044723	
SOFTWARE DEVELOPMENT COSTS①	044723	
SOFTWARE ENGINEERS①	044723	

图 3.3　EI 月刊主题索引的著录格式

著录格式注释：

① 非正式标题词，即关键词。以非黑体大写字母排印，后面直接跟文摘号。

② 正式标题词。以黑体大写字母排印，后面也直接跟文摘号。

③ 副标题词。以首字母大写的黑体字母排印。

④ 文摘号。

4. 《出版物一览表》和《会议一览表》

在 EI 年刊中，反映当年摘引的全部出版物名称的辅助索引，称为《工程出版物索引》（Publications Indexed for Engineering，PIE）。PIE 从 1977 年开始出版，位置排在各年刊著者索引之前。到 1987 年，PIE 被单独抽出，编成单行本。1988 年后改名为《出版物一览表》（Publication List，PL）和《会议一览表》（Conference List，CL），列于主题索引之后。

1）《出版物一览表》

PL 以连续出版物的缩写题名字母为序给出 EI 报道的全部期刊及其刊名代码。其著录格式如图 3.4 所示。

J Inf Image① Manage	Journal of Information and Image Management②	JIIMDW③
J Inf Process	Journal of Information Processing	JPRDE
J Inf Sci (Amsterdam)	Journal of Information-Science: Principles & Practice (Amsterdam)	JISCDI

J Inst Electron Radio Eng	Journal of the Institution of Electronic and Radio Engineers	JIEEEN
J Inst Electron Telecommun Eng	Journal of the Institution of Electronics and Telecommunication	JIETAU

图 3.4　《出版物一览表》格式

著录格式注释：

　　① 连续出版物的缩写题名。这是本表编排顺序的依据。

　　② 连续出版物的全称。

　　③ 连续出版物的计算机检索代码（1990 年起代码后还列有该刊的 ISSN 号）。

　　由上可见，PL 是由文摘出处给出的刊名缩写查找期刊全称的主要辅助索引。在利用 EI 查得一批相关文摘后，如果需要进一步获取原文，应先使用 PL 将刊名缩写还原成全称，再查馆藏目录。

　　2)《会议一览表》

　　CL 以会议名称字母为序给出当年 EI 报道的全部会议录名称、会议主办单位名称、会议举办地和时间以及该会议的 EI 编号。

　　CL 的著录格式如图 3.5 所示。

> **Ninth Annual IEEE Microwave and Millimeter-Wave Monolithic Circuits Symposium**，① sponsored by IEEE Microwave Theory and Techniques Sic；IEEE Electron Devices Sic. ② Dallas, TX，USA，MAY 7-8 1990. ③ Digest of Papers-IEEE Microwave and Milimeter-Wave Monolithic Circuits Symposium. ④ Institute of Electrical & Electronics Engineers Inc. ⑤ (Conference Number 14994⑥)

图 3.5　《会议一览表》格式

著录格式注释：

　　① 会议名称。用黑体字印刷，本表以会议名称的英语字母顺序排列。

　　② 会议主办单位。

　　③ 会议举办地、举办时间。

　　④ 会议录名称。

　　⑤ 出版机构名称。

　　⑥ EI 会议编号。本编号可用在计算机联机或光盘检索时使用。

3.1.3　EI 标题词表与叙词表

1.《工程标题词表》

1993 年以前，EI 的正文文摘是根据标题词组织编排的，而且它的主题索引中标题词下指引的文献比关键词语言下的更为准确且数量多，因此要有效地利用 EI 查找文献，就必须了解 EI 的 SHE。

目前我们常用的 SHE 是工程情报公司 1987 年出版的。这个版本的 SHE 除了前面的一些编辑、使用说明外，主要由工程标题词表（general use subheadings arranged alphabetically）正文和通用副标题词表（general use subheadings arranged by category）组成。

1）工程标题词表正文

工程标题词表正文是一个按字顺排列的词表。该表给出了 EI 中使用的全部标题词、副标题词以及用以引导查找这些规范主题词的非正式词，其著录格式如图 3.6 所示。

COMPUTER APPLICATIONS/SUBHEADING ONLY①
　　(Beginning 10/75. May be used as a general subheading) ②
COMPUTER SOFTWARE③　　　　　　723④
　　　(Beginning 01/81)
　Software Engineering⑤
　Portability（Beginning 01/86）
COMPUTER SYSTEMS，DIGITAL⑥　　722，723
　　　(Before 01/81，use Code 722 only)
　Distributed　　　(Beginning 01/81)
DIODES⑦ See ELECTRON TUBES，DIODE，or SEMICONDUCTOR DIODES
ELECTRIC MEASURING INSTRUMENTS　　　　942
　　(Use for general subject of instruments used to measure electrical
　　quantities. If possible, use heading for the spectific instrument,
　　such as may be found under ELECTRIC MEASURING INSTRU MENTS/LIST.
　　For subheadings，see INSTRUMENTS)
ELECTRIC MEASURING INSTRUMENTS/REFERENCE LIST⑧
　　(For reference only. Do not use above term for indexing. Terms
　　listed below are, or refer to main headings. See their aplhabetical
　　entries before using them)
　　AMMETERS

图 3.6　SHE 正文著录格式

著录格式注释：

① 列于款目词位置的副标题词。在其后用"/"号注明只能用作副标题词。

② 注释。用以说明副标题词或主标题词的启用时间、用词范围、原用词情况等。在副标题词下有的还注明可用作通用副标题词，主标题词下有的还注明可使用的副标题词在何处等。注释用斜体小号字母排印，并括在圆括号中。

③ 主标题词。用黑体全大写字母排印。正式主标题词的标志是在其右边有 CAL 分类号。主标题词的构成和说明见下文。

④ CAL 分类号。全称是"CAL classification categories"（文摘卡片速报分类范畴号）。这种分类号在我国国内只可用作计算机检索，年刊本和月刊本的 EI 并不使用，这点应加以注意。

⑤ 副标题词。用小号黑体字印刷，首字母大写。说明见下文。

⑥ 倒置的主标题词。说明见下文。

⑦ 非正式标题词。用非黑体的全大写字母印刷。其后用"See"引导出本概念应使用的正式标题词。

⑧ 参考标题词。SHE 对一些概念较大的标题词，专门把所有相关标题词集中在一起，便于读者从中选用。

2）通用副标题词表

两个通用副标题词表分别按字顺和范畴归属给出了约 600 个通用副标题词。所谓通用副标题词，是指那些无论什么主标题词，只要它需要以这些副标题词细分都可以使用。因此这些副标题词可以在任何主标题词下出现。而在字顺表中，主标题词下列出的副标题词可以看成是该主标题词所专有的副标题词，除非有说明，其他主标题词下是不能使用的。

2. EI 叙词表

1993 年 EI 改为用叙词编排文摘正文和主题索引，EI 的主题词表开始采用叙词表，1995 年出版 EI 第二版叙词表（EI Thesaurus，2nd Edition），1998 年又出版第三版叙词表（EI Thesaurus，3rd Edition）。由于词表变更较大，词表版本较多，在检索时应注意词表版本与文摘本及索引的配套使用。

为便于用户了解 SHE 中的标题词与 EIT 中的叙词对应关系，EIT 中包含了 SHE 中的所有标题词，并在原有标题词的右上角冠以" * "以便识别。

EIT 与 SHE 不同点是放弃等级制的标题词结构形式，采用单一概念词和复合概念词，每个主题词都是独立的，如 SHIPS-Testing* USE：Ship testing；取消倒叙标题词，采用自然语言的正叙词，如 Pipe，steel* USE：Steel Pipe；建立了完善的参照体系，便于从学科专业角度准确选词；建立了主题词与标题词间的关系。

EIT 主体结构分为两大部分：一为字顺表部分；另一部分为分类范畴表。

1）字顺表

字顺表收录正式叙词 9400 个，非正式叙词 9000 多个。所有叙词按字顺排列，并提供全面的参照。

字顺表款目格式如下：

Acoustic imaging

　SN：Production of real-time images of the internal structure of opaque objects

　DT：Predates 1975

　UF：Acoustic lenses

　BT：Imaging techniques

　NT：Ultrasonic imaging

　RT：Acoustic holography；Acoustics；Diagnosis；Lenses

　　⋮

Acoustic lenses

　USE：Acoustic imaging

叙词款目格式说明：

　　SN：范围注释，说明词义和使用范围。

　　DT：叙词启用时间，未注明的为 1993 年使用。

　　UF：非正式叙词。

　　BT：上位叙词。

　　NT：下位叙词。

　　RT：相关叙词。

　　USE：正式叙词。

2）分类范畴表

分类范畴表与 SHE 的分类表基本相同，分为六大部分（categories），下分 38 个一级类（series）和 82 个二级类目，以下又细分 800 多个类目。该表用于对书目数据库中的文献进行分类检索。

分类范畴表示例如下：

720 Series Computers and Data Processing

723 Computer Software，Data Handling and Applications

Data handling，processing and transmission，

and computerization of data systems；...

　　723. 1 Computer Programming

　　723. 1. 1 Computer Programming Languages

3.1.4 EI 检索方法及检索示例

根据课题要求和已有线索情况，EI 的检索方法大致有以下三种，三种方法所得的结果是文献的篇名、摘要和出处。如果还需转查原文，则可使用 PL，将刊名缩写还原成全称，再通过各种馆藏目录索取原文。

1. 著者途径

可利用 EI 年刊的著者索引查找他往年发表的文献，再利用当年 EI 月刊的著者索引查找他近来发表的文献。

2. 已知某研究单位或公司名称，求查该机构发表的有关文献

可利用 1974～1987 年 EI 年刊中的著者单位索引查找。

3. 主题途径查课题相关文献

利用 EI 做这类课题，可以直接以课题涉及的概念，用 EI 年刊或月刊的主题索引试查，取得文摘号后转查题目、摘要和出处。也可以先做课题分析，以课题的主体面、从属面和通用面概念在 SHE 中核查，确定主、副标题词，或者利用 EIT 确定课题相关叙词，然后再在 EI 年刊或月刊的主题索引或在正文中直接查找。

4. 检索示例

1）检索课题：利用著者途径检索 2000 年 EI 收录谢克昌文献的情况
检索方法与步骤：
（1）选用 2000 年 EI 年刊，找到著者索引部分，根据"姓在前名在后"的规定，按字顺查找得到：
Xie，Ke-Chang 026939
（2）根据文摘号 026939，找文摘正文，得：
026939 Study on the structure and reactivity of swollen coal. A new... （摘要略）
Xie, Ke-Chang（Taiyuan Univ of Technology, Taiyuan, China）; Li, Fan; Feng, Jie; Liu, Jinsong. *Fuel Process Technol* V 64 n 1 2000 Elsevier Science Publishers B. V., Amsterdam, Netherlands, P241-251.
（EI 2000，Vol 99. Part 8）
2）检索课题：利用主题途径检索"混凝土含水量测定"课题文献
检索方法与步骤：
（1）分析课题，确定主题词。

本检索课题含有 3 个可作为检索词的独立概念：混凝土（concrete）、含水量（water content）、测定（determination）。

（2）用主题词表核实选定的主题词。

1993 年以前用 SHE，1993 年以后用 EIT。我们以 1993 年后 EI 为例进行检索，所以选用 EIT 来核实选定的主题词，根据叙词特点，我们拟定的主题词 concrete、water content、moisture determination 都要核实，然后进行组配检索。

经核实 concrete 不是规范叙词：

Concretes

DT：January 1993

UF：Concrete*

  Mines and mining-Concrete lining*

  Roadbuilding materials-Concrete*

BT：Composite materials

  Masonry materials

NT：Concrete aggregates

  Expansive concrete

  Light weight concrete

  Precast concrete

RT：Cements

  Concrete additives

  Concrete construction

  Concrete testing

  Portland cement

  Roadbuilding materials

  Seting

可见 concrete 的规范叙词是 concretes，在叙词 concretes 词条下还可找出与本检索课题相关的叙词 concrete testing 如下：

Concrete testing

DT：Predates 1975

BT：Materials testing

RT：Concretes

经核实 Water Content 也不是规范叙词。

Moisture Determination

DT：Predates 1975

BT：Materials testing

RT：Moisture meters

最后确定叙词为 concretes、concrete testing、moisture determination。

（3）使用 EI 进行检索。

用叙词 concrete testing，在 EI 1994 年主题索引检索本课题，得检索结果：

Concrete testing

Moisture measurement in the concrete industry　A103574

M082320

（4）记录检索结果如下：

103574　Moisture measurement in the concrete industry. Advantages and disadvantages of the instruments used to measure moisture in concrete are considered. Some of the more common methods are reviewed. In particular，methods used to control industrial processes are discussed. Future possibilities include the use of very high frequency microwaves. English.

Assen heim，J. G. （Phsical & Electronic Lab Ltd，London，Engl）. *Concr Plant Prod* V 14 n 5 Sep-Oct 1993 P129-131.

（选自 EI 1994　Vol 93　Part 4）

（5）还原出版物全称。

用 EI Publications List 部分得到期刊全称：

Concr Plant Prod

Concree Plant and Production Concr Plant Prod CPPREL　0264-0236

3.2　英国《科学文摘》

3.2.1　概述

英国《科学文摘》（*Science Abstracts*，SA），创刊于 1898 年，是一种物理学、电气电子学、计算机与控制领域综合性检索工具，现由英国电气工程师学会（The Institute of Electrical Engineers，IEE）下设的"国际物理与工程情报服务部"（International Information Services for the Physics and Engineering Communities，INSPEC）编辑出版。

SA 创刊时刊名为《科学文摘：物理与电气工程》（*Science Abstracts：Physics and Electrical Engineering*）。经过多次调整与充实，1969 年起印刷版的 SA 由 INSPEC 编辑成现在我们看到的三个分辑：

A 辑（series A）：《物理文摘》（*Physics Abstracts*，PA），半月刊。

B 辑（series B）：《电气与电子学文摘》（*Electrical and Electronics Ab-*

stracts，EEA)，月刊。

C 辑（series C)：《计算机与控制文摘》(*Computer & Control Abstracts*，CCA)，月刊。

印刷版的 SA 由期文摘和累积索引两部分组成。半月刊或月刊形式出版的 SA 的 A、B、C 三辑称为期文摘，是 SA 的主体内容。每隔半年或隔 3～5 年，SA 还出版配套的半年或多年累积索引。

除了印刷型出版物外，SA 还出版缩微型和机读型版本，机读型版本包括光盘型的 SA（INSPEC 光盘)、磁带型数据库、网络版数据库。

SA 报道的文献来自世界 50 余国各种文字的期刊论文、会议文献、技术报告、学位论文、图书专著、标准资料等。1971 年前，SA 还曾经报道过专利说明书。目前，SA 每年报道文献量约 30 多万篇。三个分辑报道的文献有部分重复。

SA 各辑报道的学科范围分别为：

A 辑 PA：理论物理、基本粒子物理与量子场论、核物理、电学、磁学、光学、声学、力学、流体动力学、等离子体、材料科学、物理化学、生物医学工程、气象学、地球物理学、天文学、天体物理学等。

B 辑 EEA：电气与电子工程、电路原理、微波技术、电子器件和材料、超导材料与装置、电光学、光电子学、激光技术、通信技术、雷达、无线电、电视、声频设备、测量仪器与设备、电机与电器、发电与输配电、工业电力系统及其控制系统等。

C 辑 CCA：模拟计算机，数字计算机，系统理论与控制论，计算机硬件及其外围设备，计算机软件及其应用，计算机在行政管理、自然科学、工程等方面的应用，自动化与控制技术等。

由上可见，SA 的 A、B、C 三辑在内容范围上各有侧重。但它们在体系结构、编排方式、使用方法上是完全一样的。下面的介绍将以 B 辑 EEA 为主。

3.2.2　SA 编排结构与著录

SA 各辑的期文摘由分类目次表、主题指南、文摘正文、著者索引、小索引组成。SA 的累积索引由主题索引、著者索引、小索引和引用期刊目录等组成。

在 SA 各辑的累积索引中，还附有缩写词和略语表（abbreviations and acronyms）以及俄英字母音译对照表（the transliteration of Russian for bibliographical purposes)。它们可用在阅读 SA 文摘正文、主题索引等时参考。

1. 分类目次表

SA 的文摘正文按分类编排，其分类体系 A 辑采用 INSPEC 与美国物理学会欧洲物理学会等联合编制的物理分类表，B、C 辑分别采用自编的分类表。

三辑的分类目次表（classification and contents）均以学科为基础，设类原则与
《中图法》相仿。类号设置和类名印刷的方式三辑都是一样的，具体示例见
图 3.7。

4000① **OPTICAL MATERIALS AND APPLICATIONS，ELECTRO-OPTICS**	
AND OPTOELECTRONICS ②	2830③
4100　　　OPTICAL MATERIALS AND DEVICES	2830
4110　　　Optical materials	2830
4120　　　Optical storage and retrieval	2831
4125　　　Fibre optics	2834
4130　　　Optical wave guides	2837
4140　　　Integrated optics	2839
4150　　　Electro—optical devices	2842
4150D　　*Liquid crystal devices*	2843

图 3.7　SA 分类目次表著录格式

著录格式注释：

　　① 类号。SA 的类号分四级，从左向右，第一位数字为一级类号，第二位为
二级类号，第三位、第四位为三级类号，第五位是字母，为四级类号。SA 各辑
的分类表详表由 INSPEC 单独出版，各期分类目次表列出的只是本期报道文摘
的实有类号。

　　② 类名。一级类名用黑体大写字母印刷，二级类名用非黑体大写字母，三
级类名用首字母大写，其余用小写的正体字印刷，四级类名用斜体印刷。另外，
各级类名依次向右缩位印刷，可清楚地看出它们之间的等级区分关系。

　　③ 页码。分类目次表提供从分类角度使用 SA 的途径，但实际使用中往往
因课题比较具体，读者对这种分类目次表不太熟悉而感到困难。解决问题的办法
一是采用分类目次表后附的主题指南，二是采用《INSPEC 叙词表》，通过主题
方法确定类号。

　　2. 主题指南

　　目前 SA 各辑的分类目次表后都附有主题指南（subject guide），1981 年以
前的主题指南附在各期的文摘正文之后、著者索引之前。主题指南将分类目次表
中的类名关键词和补充的一部分关键词统一依字顺排列，其后注明相应的分类
号。它是从主题角度查找类号的一种辅助索引。主题指南的著录实例如图 3.8
所示。

```
LAN①                          6210L②
Laplace transforms            0230
Large scale integration       2570
Large screen displays         7260
Laser accessories             4320M
Laser arrays, semiconductor   4320J
        ……
Linear network analysis       1150
Linear network synthesis      1150
Linear programming            0260
```

图 3.8　SA 主题指南著录格式

著录格式注释：

① 类名词或关键词。其中包含常见的缩写词，如 LAN（原类名词为 computer communications），倒置的关键词，如 laser arrays，semiconductors（原类名词为 semiconductor junctional lasers）以及一般的关键词或原分类目次表中的类名，如 liquid crystal devices。

② 类号。给出类名词或关键词相应的类号。

3. 文摘正文

SA 各辑的文摘正文（abstracts）依分类编排。每页的页眉线中部有本页类号，类号、类名下面是本类本期报道的文摘。在每类的最后还有与本类相关但在其他类下的文献的篇名及文摘号。文摘正文的著录如图 3.9 所示。

41.50D① Liquid crystal devices②

71830③ Compact one lens JTC using a transmissive amorphous silicon FLCSLM (LAPS—SLM). ④
J. F. Hammerli, T. Iwaki, S. Yamamoto⑤ (Device Dev. Dept., Sciko Instrum. Inc., Chiba, Japan). ⑥

Proc. SPIE—Int. Soc. Opt. Eng. (USA), vol. 1564, p. 275-284 (1991). ⑦ (Optical Information Processing Systems and Architectures Ⅲ, San Diego. CA, USA, 23-26 July 1991). ⑧

A compact, one Fourier transform lens binary joint transform correlator (BJTC) based on a high resolution ferroelectric liquid crystal, optically addressed spatial light modulator (FLC-OASLM) read in transmission mode is proposed, Experimental results of its implementation using two semiconductor lasers are presented. A binary and a gray scale driving operation of the SLM are introduced and good multiple object recognition capability at high frame rates is demonstrated...⑨ (16refs.) ⑩

Connectors for LCD backlights permit thin, small designs...See Entry 70788⑪All—optical associative memory based on a nonresonant cavity with image—bearing beams...

　　　　　　　　　　　　　　　　　　　　　　　See Entry 71665

图 3.9　SA 正文著录格式

著录格式注释：

① 分类号。

② 类名。类名字体同分类目次表。有的类名下有"inc..."类目注释，或者"see also..."参见其他类的指示。

③ 文摘号。文摘号各辑每年从 1 号开始顺序编号，是从著者索引、主题索引或其他小索引查找文摘的依据。另外，从 1992 年起，从《科学文摘》机读版上查得的文摘号已改为由分辑号、年号、期号、分类号和本类文献顺序号五段构成。例如，本例的机读版文摘号为 B9211-4150D-3。

④ 文献题名。非英文文献的一律给出英文题名。

⑤ 著者姓名。

⑥ 著者单位及所在城市名、国家名，放在圆括号中。

⑦ 期刊名称（以斜体印刷），期刊的出版国家缩写，卷数，期数（本例缺），本文起止页数以及出版年份。

⑧ 文献出处注释，也放在圆括号中。本例注释是注明前述期刊是本会议专辑，给出了会议名称、会议举办地、会议举办时间。

⑨ 文摘。

⑩ 本文参考文献数。

⑪ 参照款目。即与本类有关的但在其他类下的文献篇名，参照款目的文摘号。

4. 著者索引

SA 期文摘的著者索引反映本期报道文献的全部著者及其文摘号，半年和多年累积索引中的著者索引分别反映相应时间段报道文献的著者姓名、文献篇名及其文摘号。著者索引著录格式示例如图 3.10 所示。

```
+Hammerbacher, M. D①.......................................75768②
Hammerli, J. F. +......................................... 71830
Han Te Sun see Te Sun Han
Han Ying duo+............................................. 74870

Hammerin, M.  ③ see Danielsson, P. E............................. 66151
Hammerli, J. F., Iwaki, T., Yamamoto, S.  ③Compact one lens JTC using a
    transmissive amorphous silicon FLC-SLM (LAPS-SLM) ④ ............... 71830
```

图 3.10　SA 著者索引著录格式

著录格式注释：

① 期文摘著者索引著者姓名。注意著者姓和名被倒置后按字顺排列，另外

"+"号表示有合著情况,"+"在著者姓名之后该著者为第一著者,之前为非第一著者。

② 文摘号。

③ 累积著者索引著者姓名,注意非第一著者后用 see 引见第一著者及文摘号,第一著者后则列出全部著者及篇名、文摘号。

④ 文献题名。

5. 小索引

SA 各辑的期文摘的最后以及半年累积著者索引后面附有参考书目索引、图书索引、会议索引、团体著者索引 4 种篇幅不大的索引,我们通常称它们为小索引。

1) 参考书目索引

参考书目索引(bibliography index)又称引用文献目录索引。这种索引是专门将那些本身就是书目、或所附参考文献较多、或稀有课题的文献集中,按篇名简化而成的主题描述语字顺编排,后列参考文献数和文摘号。其具体著录示例如图 3.11 所示。

```
Live-line maintenance① (225 refs. ) ②........................................ 69583③
Low-voltage scanning electron microscopy (63 refs. ) ........................... 70914
Market entry by private international satellite systems (51 refs. ) ............... 73514
MCM assembly yields (64 refs. ) .............................................. 69660
```

图 3.11　SA 参考书目索引著录格式

著录格式注释:

① 主题描述语。

② 参考文献数。

③ 文摘号。

2) 图书索引

图书索引(book index)将图书集中,按书名的字顺编排,其后列著者、编者姓名,出版事项和文摘号等。其著录示例如图 3.12 所示。

```
Field-programmable gate arrays; ① S. D. Brown, R. J. Francis, J. Rose, Z. G. Vranesic, ②
[Dordrecht, Netherlands; Kluwer Academic Publishers 1992] ③ 69471. ④
```

图 3.12　SA 图书索引著录格式

著录格式注释:

① 图书书名。以黑体字印刷，按字顺编排。

② 著者或编者姓名。

③ 出版事项。以方括号括起，其中为出版社所在城市名、国名，出版社名和出版年份。

④ 文摘号。

3）会议索引

会议索引（conference index）将会议文献（包括单篇会议文献、书本式或期刊式会议录）集中，按会议名称简化而成的主题描述语字顺编排。其具体著录示例如图 3.13 所示。

Applications of digital image processing；① San Diego，CA，USA. 22-26
　　July 1991. ②（SPIE）③［1991］69437 (Introductory abstract)，70015. 70839-40，
　　70913，71399，72669，72827-56，72893-905，73675，73715-6，73799，73826-9，
　　73885，73909，74473-4，74613，74738，74749，74785，74835
ATE and instrumentation；Anaheim，CA，USA，13-16 Jan. 1992，［Boston，MA，
　　USA；Miller Freeman Expositions 1991］④ 69586，69597，70150-1，70794. ⑤

图 3.13　SA 会议索引著录格式

著录格式注释：

① 会议名称主题描述语。以黑体字印刷，按字顺编排。

② 会议举办地、举办时间。

③ 会议主办单位。放在圆括号中。

④ 出版事项。内容项目同图书，放在方括号中。

⑤ 文摘号。注意每篇文献均给出文摘号。

4）团体著者索引

团体著者索引（corporate author index）将以团体名称发表的文献（大部分为科技报告）集中，按团体单位名称及其地址字顺编排。其著录示例如图 3.14 所示。

Hewlett-Packard Lab，Palo Alto，CA，USA①
　　Recent progress in polarization measurement techniques，② HPL-92-72. ③ 7425 2④
Mater. Res. Lab，DSTO，Ascot Vale，Vic.，Australia
　　Switch interface for monochromator and radiometer，MRL-TN-598. 73888

图 3.14　SA 团体著者索引著录格式

著录格式注释：

① 团体著者名称及其所在城市、国家名，以黑体字印刷。

② 文献篇名。

③ 报告号。

④ 文摘号。

6. 主题索引

SA 的主题索引只在半年累积索引中有。它与期文摘的主题指南在用途、编排方法上都完全不相同。主题索引按主题词（严格地说是叙词）字顺编排，下列每篇文献的主题说明语和相应的文摘号，可用以从主题角度查得相关的文献。而主题指南只是分类目次表的索引，用以确定可用的分类号。其主题索引的著录示例如图 3.15 所示。

liquid crystal devices①

　　ferroelectric liquid crystal based waveguide modulator② 71832③

　　fiber optic attenuator, develop. 49929

optical video discs④ *see video and audio discs*

optical video waveguide components

　　see also *optical couplers*; *optical isolators*⑤

　　bent slab waveguide, low-lossm single-mode, design (Japanese) 56602

　　ferroelectric liquid crystal based waveguide modulator　　71832

图 3.15　SA 主题索引著录格式

著录格式注释：

① 正式主题词（叙词）。正式主题词取自《INSPEC 叙词表》。

② 文献的主题说明语。

③ 文摘号。

④ 非正式主题词，其后以 *see* 引见斜体字印刷的正式主题词。

⑤ 相关主题词。列于 *see also* 之后，也以斜体字印刷。

对于同一篇文献而言，由于它可能涉及的主题不止一个，在 SA 主题索引中，就可能从不同的主题词下将它找出来。另外，通过主题索引中的参照，即 see，see also，也可以帮助确定更为合适的主题词或者扩大检索范围，找到更多的相关文献。

7. 引用期刊目录

引用期刊目录（list of journals）附于下半年的半年累积著者索引之后，另外各分辑期文摘最后以及上半年的半年累积著者索引之后附有引用期刊增补目录。这两种期刊目录著录示例如图 3.16 所示。

Applied Superconductivity①

　　Coden：ASUEE6②　ISSN：0964-1807③

　　Appl. Supercond. （UK）④ Pergamon Press plz. Headington Hill Hall, Oxford
　　　　OX3 0BW, UK. ⑤ Covered from vol. 1, no. 1-2 Jan. -Feb. 1993⑥

　　Frequency: 12/yr. ⑦

Electrotech. News（UK）④

　　*Electrotechnical News*①Published for the Association of Supervisory &.
　　　Excutive Engineers by Vaughan Publications Ltd. ，Vaughan Road，Harpen-
　　　den，Herta. AL54ED, UK. ⑤

Elektrokhimiya（Russia）

　　Elektrokhimiya ［ English translation in：Sov. Electrochem. （USA）］
　　Institut-Elektrokhimii. Akademiya Nauk SSSR，Moskva-V71，Leninskii
　　Prospekt 31，Russia. ⑧

　　INSPEC coverage is from English translation⑨

图 3.16　SA 引用期刊目录著录格式

著录格式注释：

　　① 刊名全称。在增补目录中刊名全称是索引款目，用黑体字印刷，在引用
期刊目录中，刊名全称是对用缩写刊名作索引款目的解释，用斜体印刷。

　　② 期刊编码。

　　③ ISSN 号码。

　　④ 刊名缩写。在 SA 文摘正文中，期刊文献的出处刊名均以缩写形式给出，
所以如果需要将其转成全称，应使用引用期刊目录。

　　⑤ 出版事项。包括出版社名，出版社所在地。

　　⑥ SA 报道情况。给出从哪一年的哪一期开始报道。

　　⑦ 刊期。

　　⑧ 非英语刊物注释。

　　⑨ 刊物变动情况。

3.2.3　SA 叙词表

　　《科学文摘叙词表》（INSPEC *Thesaurus*），由 INSPEC 编辑出版，是用以确
定课题检索所需主题词、分类号，然后通过主题途径、分类途径查找 SA 中相关
文献的一个极为重要的辅助工具书。

　　从 1973 年第 1 版起，《科学文摘叙词表》经过了多次更新重版，但无论哪一

种版本，它的基本内容都由字顺表（主表）和词族表（附表）两部分组成。

1. 字顺表

字顺表（alphabetic display of thesaurus terms）是该词表的正文内容。它总共给出约 6000 个正式主题词，6500 个非正式主题词。这些词全部按字顺排列，其下再给出有关信息。其具体著录示例如图 3.17 所示。

```
liquid crystal devices①
        NT   liquid crystal displays④
        RT   display devices
             electro-optical devices
             liquid crystals
        CC   B4150D B7260
        DI   July 1973
        PT   display equipment
             liquid crystals
             optoelectronic devices
liquid crystal polymer melts②
        USE   liquid crystal polymers
liquid crystal polymer solutions
        USE   liquid crystal polymers
liquid crystal polymers
        UF   liquid crystal polymer melts③
             liquid crystals polymer solutions
             liquid crystalline polymers
             polymer liquid crystals
        BT   liquid crystals polymer⑤
        TT   liquid crystals materials ⑥
             organic compounds
        RT   polymer melts⑦
             polymer solutions
        CC   A6125H A6130⑧
        DI   January 1985⑨
        PT   liquid crystals polymers⑩
```

图 3.17　SA 叙词表字顺表著录格式

著录格式注释：

① 正式主题词（叙词）。用黑体字印刷，并以字—字相比原则按字顺排列。少数于罗马数字起首的主题词，如 Ⅱ—Ⅵ semiconductors，按照"Ⅰ"字母起首排列。

② 非正式主题词（引入词）。用非黑体字印刷。其下用"USE"指引正式主题词。引入词通常为正式主题词的同义词、不同拼法或简称等。

③ 被取代的词。"UF"＝Used For。

④ 下位词。"NT"＝Narrower Terms。

⑤ 上位词。"BT"＝Broader Terms。

⑥ 族首词。"TT"＝Top Terms。

⑦ 相关词。"RT"＝Related Terms。

⑧ 分类号。"CC"＝Classification Codes。

⑨ 主题词采用日期。"DI"＝Date of Input。

⑩ 以前使用的主题词。"PT"＝Prior Terms。

必须指出，对于任何一个正式主题词来说，凡是词表中给出的它所相关的所有其他主题词，除了被取代的词，即 UF 后列的词不能使用外，其余各项列出的词，包括它自身，全部可以任意选用。

2. 词族表

词族表（hierarchical display of thesaurus terms）是字顺表的辅助表，它将字顺表中有族系等级关系的正式主题词，按照学科之间固有的逻辑关系逐级展开，并以梯形排列，可以起到主题分类作用。

词族表按族首词字顺排列，下属的同级叙词也按字顺排列，为表示区分的级位，该表采用每区分一级用一圆点的方法。其著录示例如图 3.18 所示。

```
liquid crystal devices①
  · liquid crystal display②
liquid crystals
  · cholestric liquid crystals
  · discotic liquid crystals
  · ferroelectric liquid crystals
  ·  liquid crystal polymers
  · nematic liquid crystals
  · smectic liquid crystals
load（electric）
  · load flow
  · load forecasting
  · load management
  · · load distribution
  · · load regulation
  · power station load
```

图 3.18　词族表著录格式

著录格式注释：

① 族首词。以黑体字印刷。

② 下位叙词。以非黑体字印刷，其前有圆点表示级位。有几个圆点即为几级区分。如图3.18中 load（electric）族首词下 load distribution 前有两个圆点表示为二级下位词。

由图3.18示例可见，族首词是外延较大的主题词，它们通常是一类事物的名称。但族首词不同于 SA 分类目次表中的类名词。例如，materials 是族首词，material science 则是类名词。

词族表在检索中可起到启发思路，优选主题词的作用。

3.2.4　SA 检索方法及示例

1. SA 检索方法

SA 各辑除主体部分文摘外，还有许多索引，因此利用 SA 查找文献的途径和方法有多种，但最主要的有三种检索途径，即分类途径、主题途径和著者途径。现分述如下。

1）分类途径

SA 各辑文摘部分都是按学科体系编排的，各辑每期首页均刊有"分类目次表"，详细列出了各级分类号、类目名称及其所在页码。因此，在检索时，只要在分类目次表中选定相应类号，并按所给页码循序查找，即可查到所需文摘款目。从分类途径查找，亦即 SA 文摘部分的检索方法，其步骤为：

（1）分析所查课题的内容与要求及学科归属，以确定应使用 SA 中的哪一辑。

（2）在确定的 SA 分辑中，细查"分类目次表"，找出与课题相对应的分类号及其所在起始页码。若不熟悉分类目次表或难以确定该课题类别，则可选定相应的主题词，利用"主题指南"查出分类号，进而再转查"分类目次表"得到该分类号所在的页码。

（3）按查得的起始页码，依次逐项查阅文摘正文部分，即可查得课题所需的文摘款目。

（4）根据已查得的文摘款目所提供的文献出处，查引用期刊目录等，最后索取阅读原文。

2）主题途径

从主题途径查找文献的关键是选准主题词。其检索方法步骤为：

（1）分析课题，提取检索关键词。

（2）用《科学文摘叙词表》核对主题词，确定可使用的主题词。

（3）选定主题词后，利用主题索引查找，得到文献线索——文摘号，注意阅读说明语。

（4）利用相关主题词进一步查找。

（5）根据所查得的文摘号查找文摘正文，找到课题所需的文摘款目。

（6）据文献出处索取阅读原文。

3）著者途径

在检索文献时，若需查找与专业对口的国外某机构、某公司或某个人所发表的文献情况，可直接利用 SA 的"著者索引"和"团体著者索引"查找。

其检索方法与步骤较之分类途径和主题途径更为简便，即利用已知著者姓名，查找著者索引，得到文摘号后，转查文摘正文以及文献出处，最后根据出处索取原文。例：

欲查找著者"M. S. Strauss"所著的文献，先将姓与名倒置，变成"Strauss，M. S."，利用 EEA 1993 年 1～6 月卷索引中的"Author Index"，查得：

Strauss，M. S. pretecting N-channel output transistors from ESD damage 1-2271。

在查找时，应尽量利用累积著者索引，只是在累积本尚未出版前才用各辑期文摘的著者索引作为补充。

《科学文摘》各辑除上述三个主要检索途径外，还有其他辅助的检索途径，也可用来查找文献线索，如利用"图书索引"、"会议索引"、"参考书目索引"等辅助索引，使用起来相当简便。

2. SA 检索示例

检索示例 1：检索有关 Pentium Ⅱ CPU 的文献资料。

检索工具：CCA（1998 年月刊、半年累积索引）、INSPEC *Thesaurus*。

检索步骤：主要分为分类途径和主题途径两种。

1）分类途径

（1）分析课题，确定类目。Pentium Ⅱ CPU 属于计算机硬件，确定课题关键词为 CPU（central processing unit）、microprocessor、pentium。

（2）直接从 **classification and contents**（分类目次表）中查到其类目为：

    5000 COMPUTER HARDWARE

    5100 CIRCUITS AND DEVICES

          ……

    5130 Microprocessor chips

（3）如果对所检索的课题应该在哪个类目中查找不是很熟悉，可以使用主题指南得到分类号再返回到分类目次表中找到该类目页码的方法进行检索。在

"**subject guide**"（主题指南）中按字母顺序查找得到：

　　　Microprocessors　　5130

　　（4）根据找出的课题分类号 5130 就可在每一期的分类目次表中得到该类的起始页码。如在 1998 年 CCA 第 1 期中得到"5130 Microprocessor chips 345"，在 1998 年 CCA 第 2 期中得到"5130 Microprocessor chips 1155"，345、1155 即是该类在第 1 期与第 2 期中的起始页码。

　　（5）逐期按得到的起始页码浏览文摘正文，从中找出切题的文献，并注明文摘的著录格式。如在 1998 年 CCA 第 1 期中翻到 345 页，找到"microprocessor chips"类目开始浏览得到一篇文献如下：

3810　　　　**Beyond Pentium Ⅱ**　［IA-64］. T. R. Halfhill

BYTE, *Int. Ed.* （USA）, vol. 22, no. 12, p. 80-83, 86 （Dec. 1997）.

Here's the first detailed look at the new breakthrough microprocessor architecture from Intel and Hewiett-Packard-and what it will mean for developers and users. Known as Intel Architecture-64 （IA-64）, the new definition breaks clean with the past in a startling fashion. IA-64 is emphatically not a 64-bit extension of Intel's 32-bit x86 architecture. Nor is it an adaptation of HP's 64-bit PA _ RISC architecture. IA-64 is something completely different-a forward-looking architecture that uses long instruction words （LIW）, instruction predication, branch elimination, speculative loading, and other advanced techniques to extract more parallelism from program code. （no refs.）

　　用同样的方法，逐期查阅选出符合题意的文献，全年共查得文献 4 篇。

　　（6）若需要索取原始文献，可利用下半年累积索引中"List of Journals"（引用期刊目录）把文摘条目中的文献来源缩写还原为全称。再根据文摘条目中提供的年、卷、期号、起止页码获取原始文献。比如要索取上面的文摘号为 3810 文献的全文，先利用"List of Journals"将缩写的刊名"*BYTE*, *Int. Ed.* (USA)"还原为"*BYTE* （*International Edition*）"，再利用有关方面的馆藏目录查出"*BYTE* （*International Edition*）"的收藏单位，找到其 1997 年出版的第 22 卷，第 12 期中的第 80～83 页和第 86 页即为文献全文（也可利用有关的外文电子期刊全文数据库直接查找）。

　　2）主题途径

　　（1）初步考虑主题词为 CPU （central processing unit）、microprocessor、pentium，利用 INSPEC *Thesaurus* 核对主题词应为"**Microprocessor chips**"。

　　（2）在 CCA 1998 年 1～6 月半年累积索引与 7～12 月半年累积索引中的主题索引，按上述主题词查得有关文献 4 篇如下：

Microprocessor chips

Intel Architecture-64，μP archit.　3810

Intel Pentium，Virtual Mode Extensions，undocumented functionality 46039

Pentium II -based systs. ，Vectra VL，Deskpro 6000　38349

Intel' 333-MHz Pentium II s，slow-bus swan song　53101

（3）根据查得的文摘号到 CCA1998 年各期文摘正文中找到具体的文摘条目。

检索示例 2：检索著者为 L. Press 在 1998 年被 CCA 收录文章的文摘号、篇名及其所在单位。

检索工具：CCA（1998 年月刊、半年累积索引）。

检索步骤：

（1）将著者姓名置换为 Press. L. 因为科学文摘各个专辑的文摘正文的著录格式著者姓名是按名在前，姓在后著录，而在著者索引中著者姓名则按姓在前，名在后的方式排列。因此，利用著者索引进行检索时，一定要先将著者姓名置换为姓在前，名在后，再到著者索引中去检索。需要特别指出的是，如果著者是中国人名，无论是在文摘正文还是在著者索引中，其著录格式都是姓在前，名在后，检索时无需置换。

（2）按著者姓氏字顺在 CCA1998 年上半年度及下半年的累积索引中的著者索引中查得：

Press. L.　Tracking the global diffusion of the Internet　6676

Press. L.　Low cost estimation of travel trade-offs　65568

Press. L. ，Burkhart，G. ，Foster，W. ，Goodman，S. ，Wolcott，P. ，Woodard，J. An Internet diffusion framework　99406

（3）根据文摘号 6676、66568、99406 到 1998 年 CCA 文摘正文中得到这三个文摘号对应的具体文摘内容。例如：

6676 cking the global diffusion of the Internet. L. Press（California

State Univ. ，Dominguez Hills，CA，USA）. *Commun ACM （USA）*，vol. 40，no. 11，p. 11-17 （Nov. 1997）.

Everyone knows the Internet is growing rapidly，but measuring that growth with a degree of precision is difficult. At first it was easy to follow network diffusion . The article surveys some of the organizations tracking that diffusion，and presents some of what they see，some of these organizations focus on the Internet itself；others track its telecommunication and social contexts；others measure performance. （8 refs. ）

从 6676、66568、99406 的文摘条目中可知 L. Press 所在单位是美国的 California State Univ. 。

3.3　美国《科学引文索引》

3.3.1　概述

根据估计，在期刊论文中，大约 90% 的论文都有参考文献。每篇论文所引用到的参考文献平均约为 15 篇，其中约有 12 篇来自定期刊物。论文之间的这种引用与被引用的关系使论文彼此联系起来构成一个论文网，从而向读者提供一种独特的检索途径。

一篇文章的参考文献称为引文（被引文献），参考文献的作者称为被引著者或引文著者（cited author），该篇文章称为来源文献（引用文献），来源文献的作者称为来源著者或引用著者（citing author）。刊载来源文献的期刊或专著丛书等称为来源出版物（source publications）。

引文方法的起点可追溯到 1873 年。但真正的开始是美国的尤金·加菲尔德（Eugene Garfield）在 20 世纪 50 年代初进行的一系列实验，一直到 1961 年的《科学引文索引》（Science Citation Index，SCI）得以成型。引文方法是传统检索系统的一种改革。传统的检索系统是从著者、分类、主题等角度来提供检索途径的，而引文索引却是从另一角度，即从文献之间引用与被引用的关系角度，提供新的检索途径。

《科学引文索引》是美国费城科学情报所（Institute of Science Information，ISI）编辑出版的一种综合性科技引文检索刊物。

SCI 创刊于 1961 年，当时为年刊。1966 年改为季刊，1979 年至今为双月刊。每年另外出版年度累积本，每隔 5 年、10 年出版 5 年和 10 年累积本。另外，SCI 还有光盘版 SCI CDE、联机数据库 SCI SEARCH、网络版 Web of Science 数据库出版。

SCI 报道的原始文献基本是期刊文献，收录了全世界 40 多个国家出版的数、理、化、农、林、医、生命科学、天文、地理、环境、材料等基础学科和交叉学科的核心期刊。除期刊外，还包括少量会议录、书评、专著等。2010 年 SCI CDE（核心板）收录期刊 3778 种，SCI Expend（扩展板）收录期刊达 8285 种，2010 年 SCI 核心版收录中国大陆期刊 17 种，扩展版收录中国大陆期刊 84 种。SCI 报道的核心内容并不是原始文献，而是原始文献所附的参考文献。SCI 每年报道约 75 万篇期刊文献和专著丛书以及它们所附的约 1700 万条参考文献。如此庞大的报道量使 SCI 采取多种措施以压缩每篇文献的篇幅：原始文献只报道题录；参考文献只报道著者和出处；涉及期刊、会议录及著者单位名称的一律采用缩写；对著者姓名、关键词中拼写过长的则予以截断。

除了 SCI 外，ISI 还出版《社会科学引文索引》（*Social Sciences Citation Index*，SSCI），《艺术与人文科学引文索引》（*Art & Humanities Citation Index*，A&HCI）。

3.3.2　印刷版 SCI 编排结构与著录格式

SCI 报道内容经计算机编排，被组织成三个互有联系的索引：引文索引（citation index）、来源索引（source index）和轮排主题索引（permuterm subject index）。来源索引报道所摘期刊上的原始文献及其著者、篇名、出处等信息，相当于其他文献检索刊物的著者索引。来源索引所附的团体索引（corporate index，分地区部分和机构部分）提供从著者单位名称查找文献的途径。轮排主题索引将原始文献篇名中的关键词抽出，按一定规则轮流排列而成，相当于其他文献检索刊物的主题索引。引文索引报道来源索引中原始文献所附的参考文献情况，它以被引用著者及其被引用文章作为组织内容的依据，是 SCI 区别于其他文献检索刊物的主要地方。利用引文索引，我们可以从任一知名专家的姓名入手，查得他的文章被引用情况。根据引文情况，判断被引著者及其文章的知名度，获得科学成果的继承和发展情况，甚至摸清某一具体课题的研究人员的情况。

在 SCI 的三大部分中，引文索引部分由于报道量增长较快，1988 年以来，已由原来每期分成二册装帧改为三册，编号依次为 A、B、C。来源索引单独成册，编号为 D，轮排主题索引也由原来每期一册改为二册，编号 E、F。现将各部分的内容结构和著录格式分述如下。

1. 引文索引部分

引文索引部分也由三种索引构成，即引文索引、无著者姓名引文索引（citation index，anonymous）和专利引文索引（citation index，patent）。

1）引文索引

引文索引是根据文献之间相互引证的关系组织起来的。具体地说，它根据现期期刊或少量丛书中发表的文章（称引用文献）后面所附的参考文献（即被引文献）的著者（即被引著者）的姓名组织编排文献的。每篇文献的著者及其出处构成引文索引中的一个标目（也称被引款目）。每一个被引款目引出引用它的引用文献著者及其出处。因此，一个著者无论在过去什么时候发表的文献，只要被他人的一篇在近期发表的已被 SCI 收录的文章所引用，这个著者以及被引用的文献就会出现在引文索引中。另外，在引文索引中，如果同一著者的多篇文章同时被多人引用，则这些被引文献按发表年份的先后次序排列。如果某一著者的同一篇文章同时被多人引用，则这些引用文献按引用著者的姓名字母顺序排列。这里，无论被引著者还是引用著者都只取第一著者。

引文索引的著录格式如下所示：

CADZOW　J①　　　　　　　　　　　　　VOL⑤　PG⑥　　　　　YR⑦

　　　CADZOW JA②————————————————

　83 IEE PROC-F 130　　　　　202③

　　　KIRYU T　　　　IEEE BIOMED④　　39　　280　　　　　92

　　　SREENIVA TV　　IEEE SIGNAL④　　40　　282　　　　　92

　90 2ND P INT WORKSH SI③

　　　WILKES DM　　IEEE SIGNAL④　　40　　703　　　92 L⑧

著录格式注释：

① 本栏起首的被引著者姓名，用大号黑体字印刷，起导引作用。

② 被引著者姓名，用较小的黑体字印刷。受排版空间限制，被引著者姓名最多列 15 个字母，超过部分用"·"删去。

③ 被引用文献，用再小一号的黑体字印刷。多数由期刊论文的发表年份、刊物名称简写和卷页数构成。

④ 引用著者姓名以及来源文献名称（多数为期刊刊名缩写）。引用著者姓名最多列 8 个字母，超过部分也以"·"删除，但在来源索引中可查出被删简的引用著者姓名的完整拼法。来源期刊刊名缩写的全称可在"来源出版物目录"中查到。

⑤ 来源文献的卷数。

⑥ 来源文献的起始页数。

⑦ 来源文献发表年份。

⑧ 来源文献类型代码，具体含义见表 3.1。

表 3.1　来源文献类型代码表

代码	文献类型	代码	文献类型
空白	期刊论文、科技报告、技术资料等	K	编年表
B	书评（只摘录《科学》、《自然》二刊的书评）	L	通信、快报等
C	更正、勘误等	M	会议文摘
D	讨论会、会议论文	N	技术札记
E	编者按或类似文章	R	评论和专题目录
I	个人事项，如讣告、判决、祝词、传记等	W	对计算机硬件、软件、数据库等的评论文章

由上述著录示例及说明，可以发现在已知一篇文献及其作者的前提下，使用"引文索引"查找其被引用情况是相当方便的。例如，从著录示例中我们可了解到，美国超声信号处理专家 J. A. Cadzow 曾于 1983 年在 IEE *Proceedings*—F v. 130，p. 202 上发表过一篇论文。这篇文章分别被 T. Kiryu 和 T. V. Sreeniva 在 IEEE *Biomed* v. 39（1992）p. 280 和 IEEE *Signal* v. 40（1992）p. 282 的两篇文章中引用。如果需要知道引用著者所写论文的题目等，则需转查"来源索引"。使用 SCI 的引文索引，由一个已知著者出发，查找若干篇引用著者的文章的过程，实际上是由利用已掌握的过去发表的文献查找其后以至目前引用过它们的较新文献的过程。这是引文索引不同于其他检索工具的最重要的作用（凡是有关被引论文的著录，都是黑体，凡是有关引用文献的著录，都是普通印刷体）。

2）无著者姓名引文索引

对于无著者姓名的被引文献，SCI 将它们集中在一起，专门编成了"无著者姓名引文索引"。这个索引以被引文献代替引文索引中的被引著者作为索引款目，下列引用著者和来源文献的情况是先按照被引出版物名称缩写的字母顺序，后按照出版物数字次序进行编排的。

无著者姓名引文索引的作用与前述的引文索引相仿，但如果需要查找某个科技报告或某个技术标准的被引用情况，这种索引就是唯一可用的检索工具。

3）专利引文索引

SCI 将被引用的专利说明书集中在一起，编成了"专利引文索引"。其作用可以了解有多少人引用过某专利，引用的人次越多，说明该专利价值越大。这个索引以被引专利的专利号（不含国别代码）作为主索引款目，辅以被引专利的公布年份、发明人、发明书类型以及国别。

专利引文索引主要用于由已知专利号查找该专利在期刊文献中的引用情况。

2. 来源索引部分

SCI 的来源索引部分的内容可分成四部分，一是位于这部分最前面的编写体例和使用方法说明，包括 SCI 概况、代码与惯例表、引文索引、来源索引和轮排主题索引的著录格式说明和历年报道来源文献、引文文献条数统计等。二是紧跟这些说明的，从属于本部分的四个附表：机构与地名缩写表、美国州名代码表、来源出版物目录表以及当年出版物增补目录表。三是占本部分内容四分之一的团体索引，这个索引又分成地区部分和机构部分。四是本部分的正文——来源索引。下面着重介绍其中的来源索引、来源出版物目录、机构地名缩写表以及团体索引。

1）来源索引

来源索引是根据被选用的出版物上刊登的论文著者的姓名字顺而排列的一种

索引。它可以用于由已知著者（引用著者）的姓名查找他们发表的文献（来源文献）的篇名、出处以及著者的单位地址，其作用相当于其他检索刊物的作者索引。

有个人著者署名的来源文献是来源索引报道的主要内容。在这部分索引中，所有文献一律按照著者姓名（包括合著者姓名）的字顺编排。如果某人为第一著者，则在其姓名下有全部著录项目；如果是合著者，则以"see"指明第一著者姓名、登载原文的刊名及卷、页、年份数，但无篇名等其他信息。具体著录格式如图 3.19 所示。

```
KIRVELA O①─────────────────────────────────
    see ANTILA HM②  ANN MED ③            24    55    92④
KIRYANOV YF⑤────────────────────────────────
  · KOCHEMAS GG—⑥ ⑦ (RS) NUMERICAL EXPERIMENTS ON OPC UNDER
  SBS OF BEAMS FOCUSED INTO A NONLINEAR MEDIUM⑧      HC168⑨
  KVAN ELEKTR 10 (12)：1454—1459 91  16R⑩
  ALL UNION EXPPTL PHYS RES INST.  ARZAMAS.  USSR⑪
```

图 3.19　SCI 来源索引著录格式

著录格式注释：

① 合著者姓名。合著者与第一著者一样按照字顺排列。

② 参见（see）到第一著者姓名。

③ 来源刊物的刊名简称。

④ 来源刊物的卷数，文献的起始页数和出版年份。

⑤ 第一著者姓名。注意此处的姓氏为完整拼法，无字符数限制。

⑥ 合著者姓名。以稍小一号黑体字印刷，圆点代表一条完整文献记录。

⑦ 原文语种代码，如表 3.2 所示，无语种代码者为英语。

表 3.2　来源索引原文语种代码表

代 码	语 言	代 码	语 言	代 码	语 言	代 码	语 言
AF	阿非利加语	FI	芬兰语	IT	意大利语	RS	俄语
BE	比利时语	FR	法语	LA	拉丁语	SK	斯洛伐克语
BU	保加利亚语	GA	盖尔语	MA	马来西亚语	SL	斯洛文尼亚语
CA	卡塔语	GE	德语	NO	挪威语	SP	西班牙语
CH	汉语	GR	希腊语	PE	波斯语	SW	瑞典语
CZ	捷克语	HE	希伯来语	PO	波兰语	UK	乌克兰语
DA	丹麦语	HU	匈牙利语	PT	葡萄牙语	WE	瑞士语
DU	荷兰语	IC	冰岛语	RM	罗马尼亚语	XX	多语种

⑧ 来源文献标题。

⑨ ISI 原文索取号。

⑩ 来源期刊刊名简称。用斜黑体印刷，来源期刊的卷数、期数以及原文的起止页数。出版年份，参考文献数。

⑪ 第一著者的单位名称及地址。

在 SCI 摘录的出版物中，有少数文章未署个人姓名。来源索引将它们集中在一起，在索引的起首几页上按来源出版物名称字顺排列。

2）来源出版物目录

来源出版物目录（list of source publications）分成下列两部分：

（1）来源出版物缩写与全称对照表。它是用以查对由引文索引或来源索引查得的出版物名称缩写的全称的工具。它按照出版物（包括期刊和连续出版物）名称缩写的字顺编排，其下列出全称，例如：

IEEE BIOMED　缩写刊名

IEEE TRANSACTIONS ON BIOMEDICAL ENGINEERING　全称刊名

（2）新增来源出版物（source publications added）。它按照新增出版物名称全称的字顺编排，其下列出缩写名称，例如：

ACTA PAEDIATRICA

ACT PAEDAT

3）机构地名缩写语表、常用词缩写语表和美国州名代码表

这三种表用于将来源索引中出现的机构地名和一些常用词的缩写语以及美国州名代码转查成全称。三表全部按照缩写语或代码的字顺编排。其中，机构地名缩写语表列出了 100 余个常见的机构（包括学术团体和政府部门）、公司（如 IBM 等）和地名（主要为国家名）的缩写语。常用词缩写语表列出的有部门名、学科名等常见词，例如，U/UNIV 代表 university，ELECTR 代表 electronics。

4）团体索引

团体索引是依照来源索引中的著者所属单位及其所在地的名称编制的一种索引。利用这种索引可以了解某一学术机构或研究单位的研究动态。团体索引有"地区"和"机构"两部分组成。

（1）团体索引地区部分（corporate index geographic section）。这部分内容是团体索引的正文，其编排顺序分成四级：一级款目首先是美国州名，排完后是其他各国国名；二级款目是城市名称；三级款目是各机构名；四级款目是机构下属部门名。最后是该机构的来源著者姓名及其论文出处。各级款目词一律按字顺排列，具体著录格式如图 3.20 所示。

```
┌─────────────────────────────────────────────────────────────┐
│ PEOPLES R CHINA①                                            │
│                                              VOL  PG  YR     │
│ TAIYUAN②                                                    │
│    • TAIYUAN UNIV TECHNOL③                                  │
│     • APPL MECH RES INST④.................................  │
│ FAN XJ⑤   IENG FRACT  M⑥              41⑦  233⑧  92⑨    │
└─────────────────────────────────────────────────────────────┘
```

图 3.20   团体索引地区部分著录格式

著录格式注释：

　　① 一级款目，或者为美国州名，或者为其他国家国名。用大号黑体字印刷。

　　② 二级款目，都市名。用稍小一号黑体字印刷。

　　③ 三级款目，机构名。用再小一号黑体字印刷，并以小黑圆点起首。

　　④ 四级款目，机构下属部门。也以小黑圆点起首，用斜黑体字印刷。

　　⑤ 来源著者姓名。

　　⑥ 来源刊物缩写。

　　⑦ 来源刊物卷数。

　　⑧ 来源论文的起始页数。

　　⑨ 出版年份。

　　需要指出的是，团体索引地区部分只提供第一著者和原文出处。如果想知道论文的标题，还须根据著者姓名查阅"来源索引"才能获得结果。

　　（2）团体索引机构部分（corporate index organization section）。这部分是地区部分的辅助索引。按照来源著者所在机构名称的字顺编排，其下是该机构的所在地，例如，以上团体索引地区部分中所列大学在本索引的著录如下：

**　　　　TAIYUAN UNIV TECHNOL①**

**　　　　　PEOPLES R CHINA②　　TAIYUAN③**

著录格式注释：

　　① 机构名称。

　　② 国名或美国州名。此处为国名。

　　③ 都市名。

　　团体索引机构部分用于检索者只知机构名称，但不知其所在地时，用本索引查出所在地，然后转查团体索引地区部分，便可得到某机构成员发表的论文。

　　3. 轮排主题索引部分

　　SCI 轮排主题索引使用的主题词是直接来自著者在论文题目中使用的词。这种属于自然语言的主题词称为题内关键词，它们由计算机根据预定程序对输入的论文篇名处理后产生，又称为篇名关键词索引。"轮排主题索引"是将篇名关键词相互组配，从某一篇名所含的全部关键词中每次取两个来做一个款目的标目，故又称"词对式关键词索引法"（paired keyword indexing）。

一般将篇名中的词分成三类：

（1）绝对禁用词（full-stop words），即毫无检索意义或极少检索意义的词，如介词、冠词、连词、代词、疑问词和某些形容词或副词（如 best，little），以及一些含义很多的普通的动词、名词、形容词和副词等，如 come，do 等，约 200 个。

（2）半禁用词（semi-stop words），也称准关键词，指无独立检索意义但却可以起到配合检索作用的词，如 action，analyses，use 等，共 760 个左右。这类词在索引中不能作主标目（primary term，主要词），只能作为副标目（co-term，配合词）使用。

（3）真正的关键词，即能独立表达文献主题的词，它们既能作主标目，也能作副标目。

轮排主题索引部分由轮排主题索引和两个禁用词表构成。轮排主题索引又依照词类的不同，先排单词作为款目词的主题索引，再排列数词、序数词作为款目词的主题索引。轮排主题索引的著录格式如图 3.21 所示。

```
ACTIVITY①
     SEE STOP LISTS
     SA BIOLOGICAL—ACTIVI. （参见）
     SA OPTICAL—ACTIVITY
BACKGROUND②
     BASED③...............................▶KIRYU T
     FATIGUE.............................." ④
             ........................... NISHITAN. H
     INDEX ........................................"
     MYOTAIC.............................." ④
     RELATIONSHIP........................."
                              ZELDOMIC. MA

     EIA
     ANNUAL...............................▶IEEE SONS E Q ⑤
     WORKSHOP.............................." Q
ELECTRONICS—STRUCT. ②
                         ▶ESTRADA F @⑥
     1990C
                         ▶FELDMAN PD⑦
                         ▶KLAVETTE JJ
3—DIMENSION ⑧
                         ▶GILMAN JMA
```

图 3.21　SCI 轮排主题索引著录格式

著录格式注释：

① 禁用词。全禁用词和半禁用词与主要词一样按字顺编入索引，但用"SEE STOP LISTS"指示本词为禁用词。有些禁用词下有"SA"标志，意思为see also。"SA"后给出的词有两类：一类是含有款目词的复合词，如本例；一类是指示同形异义的词，例如，在"IN"词下指示"SA INDIUM"。

② 主要词。限 18 字符以下。如果超过 18 字符，则以"."删去，如本例中的主要词"ELECTRONICS—STRUCT."。

③ 配合词。配合词同样按字顺排列。配合词的右侧给出来源著者姓名。"▶"表示在本主要词下面，这位著者姓名是第一次出现。

④ 著者同上的省略号。

⑤ 无个人著者而以来源期刊刊名代替的符号。

⑥ 同一著者有两篇或两篇以上论文使用相同主要词和配合词的标志。

⑦ 当主要词下只有三篇或三篇以下论文时，取消配合词，而把来源著者直接编排在这个主要词下。

⑧ 以数字起首的主要词的编排顺序依数字从左到右逐位比较，按大小排列。

3.3.3　SCI 检索方法及示例

1. SCI 的检索方法

SCI 的主要检索方法可以根据已知情况以及课题要求，分成四种情况。

（1）已知某知名专家以及他在以前发表的一篇或几篇文献，检索引用这位专家这些文献的情况。检索方法是将已知专家作为被引著者，逐期依字顺查找"引文索引"，就可发现有无引用情况。若有引用情况，还需了解引用文献的题目，只要利用已得的引用著者姓名再转查"来源索引"即可。对已知某专利号，求查它被期刊文献的引用情况的课题检索方法与此相同，只是使用的索引应是"引文索引"的"专利引文索引"部分。

（2）已知某著者姓名，要求查他在近期发表过什么文献。这种课题可直接使用 SCI 的"来源索引"，逐期依字顺检索，便可得到结果。如果需要获取原文，还要使用"来源出版物目录"将"来源索引"给出的缩写刊名换成全称，然后再查馆藏等。

（3）已知某机构名称，求查这个机构的成员发表过什么文献。这种课题又分成已知该机构所在地和未知该机构所在地两种情况。如果已知该机构的所在地，可使用"团体索引"的"地区部分"，依照国名（或美国州名）、城市名、机构名顺序，即可得到结果。如果未知机构所在地，则须先使用"团体索引"的"机构部分"，依机构名称字顺查出所在地，然后再使用"地区部分"即可。如果还需了解机构成员发表文献的题目等，可进一步转查"来源索引"。

（4）检索者只知道要查课题的内容，其他线索一无所有，则可使用"轮排主题索引"。通过概念分析，用所有可用来表达课题要求的词或词组在该索引中试查，选取合乎要求的主要词和配合词后面的著者姓名，再以这些著者姓名转查"来源索引"决定取舍。

2. 检索示例

1）来源著者论文收录检索

检索示例 1：检索谢克昌撰写的论文被 2001 年 SCI 第 1 期收录情况。

检索步骤：

（1）选取 2001 年第 1 期 SCI，找到来源索引分册（1D），在索引正文中按照著者姓 "XIE" 的字母顺序字顺找到 XIE KC：

XIE KC ——————————————

see LI Z APP CATALA 205 85 01

（2）从上结果可知 XIE KC 为合著者，再转查第一著者 LI Z 得到如下条目：

LI Z ——————————————

· XIE KC SLADE RCT —HIGHS ELECTIVE CATALYST CUCL/MCM—41 FOR

OXIDATIFE CARBONYLATION OF METHANOL TO DIMETHYL CARBONATE 388LG

APP CATAL A 205（1-2）：85-92 01 14R

2）引文著者（被引著者）论文被引用检索

检索示例 2：利用 SCI 检索著者 Zhang Fuxin 2000 年在 *Science in China Series D-earth Sciences*（《中国科学》D 辑（英））第一期（Vol. 43，P. 95～107）发表的题目为 *Geological and geochemical character and genesis of the Jinlongshan-Qiulinggold deposits in Qinling orogen*：*Metallogenic mechanism of the Qinling-pattern Carlin-type gold deposits* 的文章被引用情况。

检索步骤：

（1）选用 2001 年 SCI 逐期在"引文索引"中检索，在 SCI 2001 6C 引文索引中按照著者姓 "ZHANG" 的字母顺序检索到如下结果：

ZHANG FY

2000 SCI CHINA D S   43   95

    FAN HR   SCI CHINA D   44   748   01

从以上结果可知，"FAN HR" 在 2001 年第 44 卷《中国科学》D 辑（英）第 748 页发表的一篇文章引用了 Zhang Fuxin 发表在 2000 年第 43 卷《中国科学》D 辑（英）第 95 页的一篇文章。

（2）利用来源索引按照引用著者姓"FAN"的字母顺序可检索到引用者 FAN HR 这篇文章的详细情况如下：

FAN HR

· **XIE YN ZHAI MG**——Ore-forming fluids in the Dongping gold deposit，northwestern Hebei Province

　SCI CHINA D　44（8）：748-757　01　30R

　　CHINESE ACAD SCI RES CTR MINERAL RESOURCES EXPLORAT，BEIJING

　　100101，PEOPLES R CHINA

See LIU JB　　CHIN　SCI B　46　1912　01

　3）机构途径检索（某单位科研人员发表的论文被 SCI 收录检索）

　检索示例 3：检索 2001 第 1 期 SCI 收录著者单位为太原理工大学的论文。

　检索步骤：

　（1）选取 SCI 2001 来源索引分册（1D），如果不知道太原理工大学所在的国家、地区，要先检索团体著者索引的机构部分，按照字顺找到：

TAIYUAN UNIV TECHNOL

PEOPLES R CHINA TAIYUAN

　（2）使用团体著者索引的地区部分：

PEOPLES R CHINA

TAIYUAN

　· TAIYUAN UNIV TECHNOL

　　LIU XG　　FUEL PROC T　69　1　01

· *COLL ARTS & SCI*

· DEPT CHEM..................................

LI Z

　· APP CATALA　　　205　85　01

　　· RES INST SURFACE ENGN.............

　4）主题途径检索

　检索示例 4：钢筋混凝土结构动力分析。

　检索步骤：

　（1）拟定检索词：concrete、structure、dynamic、analysis。

　（2）使用 full stop list、semi-stop list 对所选定的检索词进行核实，structure、dynamic、analysis 三词都在 semi-stop list 中出现，只能用作配合词，所以用 concrete 为主要词，其余三词为配合词。

　（3）选用 2001 年 SCI permuterm subject index（1E）进行检索。检索结果如下：

CONCRETE
  ANALYSIS ——AHMADI MT
          ——BALAN TA
          ——FU CC
CONCRETE
  DYNAMIC ——AHMADI MT
          ——SUN MQ

（4）分析检索结果，著者 AHMADI MT 的文献可能与本课题有关，在 SCI 2001 1D 来源索引中检索该著者的文献：

AHMADI MT
IZADINLA M BACMMANN H ——A DISCRETE CRACK JOINT
MODELFOR NONLINEAR DYNAMIC ANALYSIS OF
CONCRETE ARCH DAM   3918F
  COMPUT STRU   79（4）：403—420   01   13R
    TARBIAT MODARRES UNIV，SCH ENGN，DEPT STRUCT
    ENGN，POB 14115—143，TEHRAN，IRAN

（5）利用 SCI 来源出版物目录（source publications）还原出版物全称：

CMPUT STRU
  COMPUTERS & STRUCTURES

（6）查找此刊物，获得原始文献。

3.4 美国《科技会议录索引》

3.4.1 概述

学术会议及其文献是科技信息的一个重要来源。检索会议文献应了解几个关于会议的常用术语：conference（会议）、congress（代表大会）、convention（大会）、symposium（专业讨论会）、colloquium（学术讨论会）、seminar（研究讨论会）、workshop（专题讨论会）等。典型的国际会议检索工具有：美国的《世界会议》（*World Meeting*，WM），预报未来两年内即将召开的国际会议和重要会议的消息，因此它只是一种消息性检索工具；美国 Data Courier Inc. 出版的《会议论文索引》（*Conference Papers Index*，CPI），报道已经召开或即将召开的会议消息以及在会上宣读的论文（题录性质）；《科技会议录索引》则是一种详尽收集会后发表的会议文献的检索工具。

《科技会议录索引》（*Index to Scientific & Technical Proceedings*，ISTP）是一

种综合性的科技会议文献检索刊物，由美国费城科技情报所（ISI）编辑出版。1978 年创刊，月刊，年报道量约 4000 个会议、论文约 14 万篇，有年度累积索引。该检索工具覆盖的学科范围广，收录会议文献齐全，而且检索途径多，出版速度快，其声誉已盖过其他同类检索工具而成为检索正式出版的会议文献主要的和权威的工具。该刊 66% 来源于专著形式会议录，34% 来源于发表在期刊上的会议文献。

ISTP 收录所有科技领域的会议文献，包括农业和环境科学、生物化学和分子生物学、生物技术、医学、工程、计算机、化学和物理等学科。

ISTP 的优点是可快速有效地查找某个会议的主要议题和内容，并且根据 ISTP 提供的会议论文著者的详细地址，检索者可直接写信向作者索取文献资料。

美国费城科技情报所除出版 ISTP 外，还对应出版《社会科学与人文科学会议录索引》（*Index to Social Sciences & Humanities Proceedings*，ISSHP），覆盖社会科学、艺术及人文领域的所有会议文献，包括心理学、社会学、公共卫生、管理学、经济学、艺术、历史学、文学及哲学。

3.4.2　ISTP 编排与著录格式

ISTP 的全部内容分为 7 个部分（section），其中，类目索引是正文的编排根据，会议录目录是正文，其他是各种索引。

1. 类目索引

类目索引（category index）也叫"范畴索引"，是按会议内容的学科主题字顺编排的。每期约分 200 个类目，每个类目下列出会议名称和会议录顺序号。交叉学科的会议录在相关的学科主题下相互参见。例如：

　　　ECOLOGY ①

　　　　CONFERENCE ON CRITICAL LOADS：　　p59640③

　　　　CONCEPT AND APPLICATIONS②

著录格式注释：

① 类目。

② 会议名称。

③ 会议录编号。

2. 会议录目录

会议录目录（contents of proceedings）是 ISTP 的主体部分或正文，记录了本期收录的所有会议及会议论文完整的著录内容、会议录编号。不论使用 ISTP 中的任何索引，最后都要根据会议录编号到会议录目录中查找相应会议及会议论文的详细内容。会议录提供如下信息：

会议录编号，会议名称及召开时间、地点，会议举办者，论文题目，所有著

者，第一著者住址及论文在会议录中的起始页码等。期刊式会议录正文著录格式
如图 3.22 所示，书本式会议录正文著录格式如图 3.23 所示。

P59561①

SYMP ON THE HETEROSEXUAL TRANSMISSION OF AIDS, New York Acad Med,
New York, NY, Oct 21, 1990. ②

Sponsors：Montefiore Med Ctr, Dept Epidemiol & Social Med/Albert Einstein
Coll Med③

NEW YORK STATE JOURNAL OF MEDICINE, VOL. 87, NO. 5, 1987④

INDIVIDUAL PAPERS AVAILABLE THROUGH THE GENUINE ARTICLE; WITH
ORDERING USE ACCESSION NUMBER KA234⑤

图 3.22　ISTP 正文的著录格式（期刊式会议录）

著录格式注释：

　① 会议录编号。

　② 会议名称、地点、时间。

　③ 举办者。

　④ 刊名、卷、期、出版年。

　⑤ 订购地址和订购号（ISI's Genuine Article service）。

P59561①

12TH CONFERENCE ON INTELLIGENT ROBOTS AND COMPUTER VISION：
ALGORITHMS AND TECHNIQUES, Boston, MA, Sep7-9, 1993. ②

Sponsor：Soc Photo Opt Instrument Engineers

INTELLIGENT ROBOTS AND COMPUTER VISION XII：ALGORITHMS AND
TECHNIQUES, VOL, 2055③

PROCEEDINGS OF THE SOCIETY OF PHOTO-OPTICAL INSTRUMENTATION
ENGINEERS (SPIE). VOL, 2055④

Ed D. P. CASASENT⑤

SPIE int Soc Optical Engineering, Bellingham, 1993, 636pp., 56 chaps.,
N/A softbound. ⑥

PREPAYMENT REQUIRED WITH ORDER. LC ♯92-640183, ISBN 0-8194-1320-8⑦

SPIE INT SOC OPTICAL ENGINEERING PO BOX 10 BELLINGHAM WA 98227-0010⑧

NEURAL-NET SELECTION METHODS FOR GABOR TRANSFORM DETECTION

　FILTER, D. Casasent, J. S. Smokelin (Carnegie Mellon Univ. Ctr Excellence Opt Mt
　Darra, Pittsbourgh PA15213). ⑨.....................2⑩

REAL TIME MODEL-BASED VISION FOR INDUSTRIAL DOMAIN. S. SEIDA,

　M. Magre (Sw Res Inst Div Automat & Data Syst 05 San Antonio TX 78228) 17

图 3.23　ISTP 的正文著录格式（书本式会议录）

著录格式注释：

　　① 会议录编号。

　　② 会议名称、地点、时间。

　　③ 连续出版物名（含副标题）、卷。

　　④ 书名和副标题。

　　⑤ 编辑者。

　　⑥ 出版项。

　　⑦ LC No. , ISBN No. 。

　　⑧ 订购地址和订购号。

　　⑨ 文章题目、著者和第一著者地址。

　　⑩ 起始页码。

　　N/A 表示价格未定可见 ISTP 正文按会议录编号排列。每一种会议录又依次按会议录编号、会议名称、会议地点及日期、会议主办者、会议录名称（含副标题）、丛书名及卷次、会议录编者、会议录出版项、美国国会图书馆（Library for Congress，LC）分类号和 ISBN 号、会议录的订购地址和订购号著录。以上关于会议录的信息著录完后，再接着列出在会议上发表的每篇论文的篇名、著者、第一著者工作单位及地址，以及论文所在的起始页码。此例中⑥的 N/A，是价格的位置，N/A 表示价格未定，如果是 Free，则指对某些优待单位免费分发。

　　期刊式会议录与书本式会议录的著录格式最大的不同是其名称，一个是期刊名（带有年卷期的特征），另一个是书名（具有出版项和 LC 分类号和 ISBN 号，具有编者）。

　　3. 著者/编者索引

　　著者/编者索引（author/editor index）按编著者姓名字顺编排，给出会议录编号和论文的起始页码。

　　　　DONNELLY CA　　　P0045　　　69

　　　　DOWNES SR　　　　P0025　　　E

　　此例的 DONNELLY CA 是会议文章著者，DOWNES 却是会议录的编者，因为他如果是文章著者的话，那么页码在哪儿呢？如果著者的姓（surname）长于 14 个字符的话，则只取前 13 个字符，并加一点。对于复合姓名中的“-”将被取消，例如，J. Smith-Wright 出现为 SMITHWRIGHT J. 。

　　对于某些表示地位或血统的封号，例如，堂·吉珂德中的 Don. ，表示贵族的 van（范）、von（冯）、de（德）、La（拉）、Di 等，将其与姓一起混合，例如，Janice de Gambi 用 DEGAMBI J. 表示。一个例外的情况是对西班牙和葡萄牙人姓名中的连接字母，例如：Jose Impanema y Moriera 表示为 MORIERA JIY.。

4. 会议主持者索引

会议主持者索引（sponsor index）按会议主办者、主持者的缩写名称字顺排列，列出会议地点和会议录编号。可从单位缩写名称表查出其全称。

　　NATL INST GENET
　　　　HOUSTON，TX，USA　　　P00233

5. 会议地点索引

会议地点索引（meeting location index）按会议召开地点的所在国国名字顺排列，国名下再按城市名称。如果会议是在美国召开的，则将按美国州名和城市名排列，而且美国总是排列在所有其他国家之前。换句话说，如果仅从文献的角度看，检索工具把美国的各州"相当"于其他的国家。在《世界会议》中，也是这样编排的。

　　FLORIDA
　　　　FLAGLER BEACH
　　　　　　INTERNATIONAL SYMP ON　P15112
　　　　　　QUANTUM CHEMISTYY，Mar 1-12，1991

6. 轮排主题索引

轮排主题索引主题词选自论文篇名、会议名称、会议录名称，是表达文章主题内容的一些"实质"性的词。主题词有两级，即主要词和配合词，它们共同构成一篇会议文章的主题。编排顺序是主要词＋配合词，即先按主要词，其下再按配合词顺序。在某些主题下还设置了参照项用以扩检。此索引"输出"论文所属的会议录的编号和起始页码。

　　ACOUSTIC①
　　sa SOUND②
　　ABDOMINAL③　P00560④　56⑤
　　ABSENCE　　　P00321　　　T⑥

著录格式注释：
　　① 主要词。
　　② 参见项。
　　③ 配合词。
　　④ 会议录编号。
　　⑤ 页码。

⑥ 表示主要词配合词同时出现在书名中。

7. 团体著者索引

团体著者索引分为两部分，一个是按地域的 geographic section，另一个是按机构名称的 organization section。地域部分按论文第一著者单位的地址排列，大地名下再按小地名，小地名后即为著者单位及著者姓名，右边"输出"会议录编号和论文起始页码。机构索引部分实质上是地域部分的辅助工具，若只知道第一著者的单位而不知具体地址时，可以通过这个索引指引到地域索引部分。

OKLAHOMA（大地名）

　NOMAN（小地名）

UNIV OKLAHOMA（组织机构）

　ALONSO RC（著者）　　　　P00789　　120

　COOK M（著者）　　　　　　P00345　　56

　CRICAMAN RD（著者）　　　P00333　　1209

这是地域部分的团体著者索引。可见俄克拉荷马大学（Univ Oklahoma）下有三个会议文章的著者。

UNIV OKLAHOMA

OKLAHOMA NOMAN

这是按组织机构编排的团体著者索引，可见并不比地域索引告诉我们更多的信息，只让我们知道：俄克拉荷马大学在 Oklahoma 州的 Noman，仅此而已。当然，该大学既然出现了，则我们可知一定有其文章发表。

3.5　美国《化学文摘》

3.5.1　概述

美国《化学文摘》（Chemical Abstracts，CA），于 1907 年创刊，由美国化学会（American Chemical Society）化学文摘服务社（Chemical Abstracts Service，CAS）编辑并出版发行。CA 于 1953 年和 1969 年分别兼并了英国文摘和德国化学文摘（Chinesches Zentralblatt），成为最权威的服务于全世界的化学化工检索刊物。

1. 出版物

美国《化学文摘》现有印刷版、机读版（磁带，光盘 CA on CD）和网络版 SciFinder。

　　印刷版为 CA 传统版本，现为周刊，每年出版两卷，每卷 26 期。2002 年后每期均分为两本，另外还出版有各种卷索引和 5 年累积索引。

　　机读版分为磁带和光盘两种版本，分别为大型文献数据库和普通机构使用。

　　网络版为美国化学文摘社近年来新提供的服务版，有 SciFinder 和 STN 系列，总部在美国（http：// www. cas. org/），中国境内有一中文宣传站点（http：// www. igroup. com. cn/cas/）。

　　图 3.24 与图 3.25 分别为 2010 年美国化学文摘社中文宣传网站首页和主站点首页。

图 3.24　美国化学文摘社中文宣传网站首页

2. CA 的特点

1）摘录范围广、数量大

　　CA 摘录了 194 个国家 56 种文字的 17 000 种期刊及科技报告、会议录、学位论文、图书等的文献，同时还报道了美、英、法、德、日、俄、中等 50 个国家和两个国际性专利组织（欧洲专利组织、世界知识产权组织）的专利，年报道文献量大约 100 万篇。CA 在每一期封面上都印有 "KEY TO THE WORLD'S CHEMICAL LITERATURE"，自称是 "开启化学文献世界的钥匙"，并且文献报道量占世界化学化工文献总量的 98%，CA 报道的内容几乎涉及了化学工作者感兴趣的所有领域，即 "通过赋予化学最宽广的定义，CA 一直包含多种学科的化学层面"。CA 除包括化学的各个领域外，还始终包括以下领域的化学课题：农学、

图 3.25　美国化学文摘社主站点首页

天文学、考古学、生物学、生物工艺学、经济学、教育学、工程学、地球科学、历史学、材料工艺学、冶金学、数学、医学和物理学。

2）出版迅速

为实现 CA 出版的自动化，20 世纪 60 年代，CAS 开发出一种基于计算机的出版技术，1973 年 83 卷起，全部采用计算机编排，印刷版报道时差从 11 个月缩短到 3 个月，美国国内的期刊、北美期刊甚至多数英文书刊在 CA 中当月就能报道。现在 CAS 训练有素的科学家在编辑工序上最大限度地应用了文件分析技术和先进的信息加工技术，9 家主要专利发行机构发行专利后的 2 天内提供该专利参考资料（网络版）。

3）索引完备，索引种类多

索引是文摘刊物质量的标志，CA 有期索引（keyword index、author index、patent index）、卷索引、累积索引、辅助工具，形成了一个完整的索引体系，能从多种途径迅速而准确地检索到所需文献。

4）独一无二的化学物质登记体系（化学物质数据库）

20 世纪 60 年代美国化学文摘社在美国国家科学基金会资助下开发了 CAS 化学物质登记系统，现在已登记的化合物有 5400 多万种，而且每天还以约 4000 种新物质递增。它已成为世界上最详尽、最权威的已知化学物质数据库。

5）文摘质量高

CA 只报道纯学术性和技术性文献，化工经济、市场、新闻、信息文献有姊妹篇——*Chemical Industry Notes* 进行报道。

3.5.2　CA 的文摘

CA 分文摘和索引两部分。图 3.26 为文摘部分的封面。

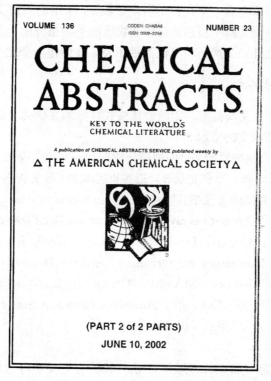

图 3.26　美国《化学文摘》第 136 卷第 23 期封面

CA 文摘部分主要内容包括研究工作的目的和范围、新化学反应、新物质、新材料、新工艺、新理论等，新知识的应用、研究结果和作者的判断、结论等。通过查看文摘，读者可以了解原始文献的主要内容，从而决定是否需要进一步阅读原文，如果需要还能得到索取原始文献的出处。

1. 编排方式

CA 文摘按内容分成 5 大部分 80 类目（从 1967 年起）分类编排，虽然 80 类目的类目类名略有变化，但基本形式不变。5 大部分为：

生物化学部（biochemistry sections）1～20 类；

有机化学部（organic chemistry sections）21～34 类；

高分子化学部（macromolecular chemistry sections）35～46 类；

应用化学和化学工程部（applied chemistry and chemical engineering sections）47～64 类；

物理化学、无机化学和分析化学部（physical、inorganic and analytical chemistry sections）65～80 类。

每个 CA 类目都包含一个广泛的科学领域，CA 中的每篇文摘只会出现在一个类目中，文摘根据文献中报道的过程或物质的类别被分配至某一类目中，如果除被分配的类目之外，文摘还与其他类目相关，会创建一个交叉参考。

2. 文摘的著录格式

在 CA 中，每条文摘都有一定的著录格式，熟悉文摘的著录格式，有助于文献的阅读、取舍和原文的索取。

CA 将摘录的文摘按原始文献的种类分成期刊论文、会议录、学位论文、科技报告、新书及视听资料、专利文献等，近些年还增加了研究披露（电子预印本）。

1）期刊论文文摘的著录格式（serial-publications abstract heading）

135：**14863x①Array-to-array transfer of an artificial nose classifier.** ② Stitzel, Shannon E.；Cowen, Lenore J.；Albert, Keith J.；Walt, David R. ③（Max Tishler Laboratory for Organic Chemistry Department of Chemistry, Tufts University, Medford, MA 02155 USA）. ④*Anal. Chem.* ⑤ 2001，⑥ 73 (21)，⑦ 5266-5271⑧（Eng）⑨，American Chemical Society. ⑩ This paper describes the use of ... ⑪

著录格式注释：

① 文摘号。卷号加文摘（顺序）号，末尾的英文字母为计算机核对字母，在每卷中的文摘号是从 1 号起连续编号。

② 论文题目。一律采用英文，其他语种全译为英文。

③ 作者姓名：姓前名后。不同作者用分号隔开，非拉丁语系者用译音。

④ 作者工作单位或论文寄发单位及地址，用缩写表示，放在圆括号内。

⑤ 期刊名缩写，斜体，全称可以在 CA 的资料来源索引（CASSI）中查到。2002 年开始采用期刊刊名全称，不再使用缩写。

⑥ 杂志的出版年份。

⑦ 期刊的卷（期）。

⑧ 论文在该期刊中的起止页码。⑤～⑧项也可称为文献的来源。

⑨ 论文所用的文种。

⑩ 论文出版机构。

⑪ 摘要。

2）会议录文摘的著录格式（proceedings and edited collections abstract heading）

135：**343928n**① **Use of ion exchange resin for the treatment of cyanide and thiocyanate during the processing of gold ores.** ② Tran，Tam；Fernando，Kapila；Lee，Ken；Lucien，Frank③（School of Chemical Engineering & Industrial Chemistry，The University of New South Wales，Sydney，2052，Australia）. ④ *Cyanide*：*Soc.*，*Ind. Econ. Aspects*，*Proc. Synth. Annu.*. *Meet. TMS*⑤ 2001 ⑥ 289-302. ⑦（Eng）. ⑧ Edited by Young，Courtney A. ⑨ Minerals，Metals & Materials Society：Warrendate，Pa. ⑩

著录格式注释：

① 文摘号。

② 论文题目。

③ 作者姓名。

④ 作者工作单位或论文寄发单位及地址。

⑤ 会议名称或会议出版物名称。

⑥ 会议召开的时间（和会议论文出版时间，本篇无出版时间）。

⑦ 本论文在会议录等的起止页码。

⑧ 文种。

⑨ 会议论文集（或会议录）的编辑。

⑩ 出版者及出版地。

3）科技报告文摘的著录格式（technical report abstract heading）

135：**331195h**① **Studies on groundwater flow and radionuclide migration at underground environments. Final report of collaboration research between JAERI and AECL.** ② Ogawa，Hiromichi；Nagao，Seiya；Yamaguchi，Tetsuji；Mukai，Masayuki；Munakata，Masahiro；Sakamoto，Yoshiaki；Nakayama，Shinichi；Takeda，Seiji；Kimura，Hideo；Kumada，Masahiro；Muraoka，Susumu③（Department of Fuel Cycle Safety Research Tokai Research Establishment，Japan Atomic Energy Research Institute，Naka-gun，Ibaraki-ken，Japan）④*JAERI-Res.* ⑤ 2001，⑥（2000-052），⑦ i-viii，1-101⑧（Japan）. ⑨

著录格式注释：

　　① 文摘号。

　　② 科技报告题目。

　　③ 作者姓名。

　　④ 报告完成单位及地址。

　　⑤ 技术报告（系列）名称。

　　⑥ 报告出版时间。

　　⑦ 技术报告编号。

　　⑧ 页码。

　　⑨ 文种。

　　4）学位论文文摘的著录格式（dissertation abstract heading）

　　135：**234918p**①** The formation of cortical memory representations and the involvement of the hippocampus.** ② Lipton，Paul A. ③（Boston Univ.，Boston，MA，USA）. ④ 2001. ⑤ 190 pp. ⑥（Eng）. ⑦ Avail. UMI，Order No. DA9967175. ⑧From *Diss. Abstr. Int.*，*B* 2001，61（4），1806⑨

著录格式注释：

　　① 文摘号。

　　② 学位论文题目。

　　③ 学位获得者。

　　④ 学位授予单位及地址。

　　⑤ 出版时间。

　　⑥ 学位论文总页码。

　　⑦ 文种。

　　⑧ 学位论文收藏机构及订购号。

　　⑨ 文摘转自《国际学位论文摘要 B 辑》及年、卷、期和文摘号。

　　5）新书和视听资料文摘的著录格式（new book and audio-visual material announcement heading）

　　135：**232639z**①** A genomic perspective on 21ˢᵗ century life sciences.** ［In：Saibo Kogaku，2001；20（10）］. ②（Saibo Kogaku Vol. 20（1））③ Oishi，Michio；Sekiguchi，Mutsuo；Takechi，Masatoshi；Taniguchi，Katsumi；Nakamura，Yusuke；Editors ④（Shujunsha，Tokyo23，Japan）. ⑤ 2001. ⑥ 116 pp. ⑦（Japan）. ⑧

著录格式注释：

　　① 文摘号。

　　② 书名。

③ 原拉丁音译书名。

④ 作者。

⑤ 出版者和出版地。

⑥ 出版时间。

⑦ 总页码。

⑧ 文种。

6）专利文献文摘的著录格式（patent document abstract heading）

135：**347330j** ① **Plasma etching of silicon using fluorinated gas mixtures.**
② Deshmukh, Shashank；Chinn, Jeffrey③（Applied Materials, Inc., USA）
④ U. S. US6, 235, 214⑤（Cl. 216-68；C03C15/00），⑥ 22 May 2001，⑦ US
⑧ Appl. 206, 201, ⑨ 3 Dec 1998；⑩ 9 pp. ⑪ Cont-in-part. Of U. S. ser
No. 206, 201, (Eng). ⑫

著录格式注释：

① 文摘号。

② 专利题目，与专利说明书的原题目不完全相同，以突出该专利说明书的
中心思想。

③ 专利发明人。

④ 专利申请人或专利权人。

⑤ 专利号（专利国名称，专利号）。

⑥ 专利分类号（美国专利分类号，国际专利分类号），除美国专利外为国际
专利分类号。

⑦ 专利公布日期。

⑧ 专利申请国别。

⑨ 专利申请号。

⑩ 专利申请日。

⑪ 专利说明书的页数。

⑫ 本专利与国内其他专利的关系（补充、分割、连续、重印）。

7）电子预印本文摘著录格式（electronic preprint abstract heading）

135：**271928n**①new physics in the new millennium with GENIUS：double be-
ta cecay, dark matter, solar neutrinos. ② Klapdor-Kleingrothaus, H. V. ③
(Max-Planck-Inst. Kernphysik, D-69029 Heidelberg, Germany). ④*Los Alamos
Natl. Lab., Prepr. Arch., High Energy Phys.—Phenomenol.* ⑤［preprint］
⑥26 Feb 2001，⑦1-20，⑧arXiv：hep-ph/0102319 (Eng)，⑨Los Alamos Na-
tional Laboratory. ⑩ Avail：URL：http：// xxx. lanl. gov/pdf/hep-ph/
0102319⑪

著录格式注释：

　　① 文摘号。

　　② 论文题目。

　　③ 作者姓名。

　　④ 作者单位及地址。

　　⑤ 预印本名称。

　　⑥ 预印本。

　　⑦ 在网络上发布的时间。

　　⑧ 论文页码。

　　⑨ 论文在预印本中的号码。

　　⑩ 发布机构。

　　⑪ 论文来源网址。

　　8）参见 for papers of related interest see also section（交叉参考，与本类有关的但刊登在其他类目中的文摘）

For patents of related interest see also section

　　36①　　**92e**② Advances in the chemistry of nitrogen-containing cross-linking agents.

　　38　　111x② Structure of reagent residues in cotton cellulose treated with divinyl sulfone.

　　48　　Unit Operations and Processes③

著录格式注释：

　　① 参见类号，包括 80 个类目，按类号由小到大排列。

　　② 参见文摘号。

　　③ 参见类目名称。

3.5.3　CA 的索引

1. 索引体系

　　CA 的索引分期索引、卷索引和累积索引三种，还有辅助工具。CA 各种索引及辅助工具见表 3.3。

表 3.3　《化学文摘》各种索引及辅助工具表

1. 关键词索引（keyword index）	仅文摘部分（期）有
2. 作者索引（author index）	期、卷、累积索引中均有
3. 专利号索引（numerical patent index）	均有。V29 起
4. 专利对照索引（patent concordance index）	V58 起；1981 年 V94 停

续表

5. 专利索引（patent index）	V94 起合并上述 3、4 后的新索引
6. 主题索引（subject index）	V10 起。V76 起分为以下 GS、CS 两种索引
7. 普通主题索引（general subject index）	V76 起，概念性主题和化学物质类属等作主题词
8. 化学物质索引（chemical substance index）	V76 起有 CAS 登记号的物质分出作主题词
9. 分子式索引（formula index）	是 CS 的辅助工具，但不能代替。只知分子式不知英文名称时核对主题词很方便
10. 环系索引（index of ring systems）	V66 起。1977~1983 年用母体化合物手册代替环系索引
11. 杂原子关联索引（hetro-atom-in-context index）	V67 起。V76 起被淘汰
12. 登记号索引（register number index）	V71 起。1974 年改为登记号手册
13. 索引指南（index guide）	V69 起
14. 资料来源索引（CAS source index）	1970 年起单独出版

1）期索引

CA 的期索引是附在 CA 每一期后面的索引，供检索本期内容使用，有关键词索引（keyword index）、作者索引和专利索引（patent index）三种。

2）卷索引

卷索引是 CA 期刊一卷全部刊出后编制的索引，现在有五种：化学物质索引（chemical substance index）、普通主题索引（general subject index）、分子式索引（formula index）、专利索引和作者索引。

3）累积索引

CA 还出版 10 卷累积索引：从 1907~1956 年，每 10 年累积 1 次；从 1957 年以后每 5 年累积 1 次。如第 14 次累积索引累积了 1997~2001 年 126~135 卷 3 660 000 篇文摘的索引，共有 59 000 000 索引条目，分成 165 册出版。从第 9 次累积索引开始主题索引（subject index）分为化学物质索引和普通主题索引。1920~1946 年，分子式索引只累积出版一本。从 1981 年起专利号索引（numerical patent index）和专利对照索引（patent concordance index）合并为专利索引。在第 12 次累积索引后环系索引（index of ring system）被停止。CA 累积索引出版情况见表 3.4。

表 3.4　CA 累积索引出版情况表

累积索引	15th	14th	13th	12th	11th	10th	9th	8th	7th	6th	5th	4th	3rd	2nd	1st
覆盖年代	2002-2006	1997-2001	1992-1996	1987-1991	1982-1986	1977-1981	1972-1976	1967-1971	1962-1966	1957-1961	1947-1956	1937-1946	1927-1936	1917-1926	1907-1916
卷	136-145	126-135	116-125	106-115	96-105	86-95	76-85	66-75	56-65	51-55	41-50	31-40	21-30	11-20	1-10
Author Index	·	·	·	·	·	·	·	·	·	·	·	·	·	·	·

续表

累积索引	15th	14th	13th	12th	11th	10th	9th	8th	7th	6th	5th	4th	3rd	2nd	1st
Subject Index								•	•	•	•	•	•	•	•
General Subject Index	•	•	•	•	•	•	•								
Chemical Substance Index	•	•	•		•	•				•	•				
Formula Index	•	•	•	•	•	•	•	•	•	•	•	•	•		
Numerical patent Index						•	•	•	•	•					
Patent Concordance Index						•	•	•							
Patent Index		•	•			•									
Index of Ring System				•	•		•	•		•	•				
Index Guide															
On CD-ROM		•	•	•		•									

4）辅助工具

CA 为方便读者检索文献，出版有多种辅助工具，主要有索引指南（index guide）、环系索引、登记号手册（registry number handbook）、资料来源索引（CAS source index）等。

2. 关键词索引

关键词索引从 1963 年第 58 卷开始编制，为附在每期文摘后的主要索引，是 CA 各种索引中使用较多的一种。

关键词索引在选词标准和索引条目结构上与主题索引不同。它是将文献篇名中或文摘中能表示文献实质内容的原文用词（3～5 个）作为关键词。关键词的选取比较自由，它不受检索名词规范化的约束，且其说明语并不考虑语法联系，而仅仅是将数个词简单地组合在一起。在阅读时，只能大概推测出文摘的主要内容，在索引中，关键词采用轮排形式，关键词下列有文摘号，供查阅当期文摘使用。关键词索引著录格式如下：

Desulfurization①

　　　agent calcium activated coke adsorbent flue gas② 10038j③

Calcium①

　　　activated coke adsorbent flue gas desulfurization agent② 10038j③

著录格式注释：

① 关键词。

② 说明语（其余的关键词）。

③ 文摘号。

根据文摘号 10038j 得文摘条目如下：

136：**10038j Preparation of Ca/AC desulfurizers.** Ma，Jianrong；Liu，Shoujun；Liu，Zhenyu；Zhu，Zhenping（Shanxi Institute of Chemical Technology，Taiyuan，Peop. Rep. China 030021）. *Meitan Zhuanhua*. 2001，24（3），37-43（Ch），Kexue Chubanshe. Activated coke（AC），prepd. from…

在本例中，关键词 calcium，activated coke，adsorbent，flue gas，desulfurization agent 中 desulfurization 和 calcium 就进行了轮排，关键词 coke 和 flue 也进行了轮排。因此，检索时，要尽量多地选取与课题有关的词作为关键词。

要注意的是索引中广泛使用缩写词（prepn、detn 等）；这些缩写词在每期文摘前一页和每种卷索引前均有一表（CAS 出版物中使用的缩写词及符号，见图 3.27）。元素符号和化学分子式不作关键词，用其英文名称；常用物质的商品名、习惯名、俗名作关键词，同类化学物质用其单数形式。

3. 作者索引

CA 从创刊初期就有作者索引，它是将作者、合作者、团体名称按字顺混合编排，包括作者名称和文摘号。CA 采用姓前名后的姓名表示法，并且名用首字母，不用全名。

对来自非拉丁语系国家的作者一律用音译方法将其译成拉丁字母，如中国大陆作者按汉语拼音直接音译，日本作者按黑本式转译成拉丁字母，俄罗斯作者按俄英字母音译对照表对译。CA 卷索引的作者索引和累积索引的作者索引均有音译表。

卷索引作者索引和累积索引作者索引与期作者索引的编排方式相同。但是卷索引作者索引和累积索引作者索引除了给出作者姓名和文摘号外，还给出原始文献的篇名。

只要掌握作者姓名或团体机构的名称，通过作者索引就能跟踪了解他们的最新研究成果。

期索引中作者索引著录格式：

Masson A① 246438s②

Masson C R 246008b

Matsushita R 249135b

Matsushita Electric Industrial Co. Ltd. ③ P238230c

Chemical Abstracts Introduction   Vol. 136, 2002

ABBREVIATIONS AND SYMBOLS USED IN CAS PUBLICATIONS

Check the Index Guide for definitions of other abbreviations
and symbols used in abstract titles and text.

a atto- (10^{-18})
A ampere
A angstrom unit
abs. absolute
abstr. abstract
a.c. alternating current
addn. addition
addnl. additional(ly)
alc. alcohol, alcoholic
aliph. aliphatic
alk. alkaline (not alkali)
alky. alkalinity*
a.m. ante meridiem
amt. amount
amu atomic mass unit
anal. analysis*, analytical(ly)
anhyd. anhydrous
AO atomic orbital
app. apparatus
approx. approximate(ly)
approxn. approximation
aq. aqueous
arom. aromatic
assoc. associate
assocd. associated
assocg. associating
assocn. association
asym. asymmetrical(ly)
at. atomic (not atom)
atm atmosphere (the unit)
atm. atmosphere, atmospheric
av. average
b. (followed by a figure denoting temperature) boils at, boiling at (similarly b_{13}, at 13 mm pressure)
bbl barrel
bcc. body centered cubic
BeV or GeV billion electron volts
BOD biochemical oxygen demand
μB Bohr magneton
b.p. boiling point
Bq becquerel
Btu British thermal unit
bu bushel
Bu butyl (normal)
c- centi- (10^{-2})
C coulomb
°C degree Celsius (centigrade)
cal calorie
calc. calculate
calcd. calculated
calcg. calculating
calcn. calculation
CD circular dichroism
c.d. current density
cf. compare (in bibliographic references only)
cfm cubic feet per minute
chem. chemical(ly), chemistry
Ci curie
clin. clinical(ly)
CoA coenzyme A
COD chemical oxygen demand
coeff. coefficient
com. commercial(ly)
compd. compound
compn. composition
conc. concentrate
concd. concentrated
concg. concentrating
concn. concentration
cond. conductivity*
const. constant
contg. containing
cor. corrected
CP chemically pure
crit. critical(ly)
cryst. crystalline (not crystallize)
crystd. crystallized
crystg. crystallizing
crystn. crystallization
cwt hundredweight

d- deci- (10^{-1})
d. density* $t d^{13}$, density at 13° referred to water at 4°; d_{20}^{20}, at 20° referred to water at the same temperature)
D dehye unit
da- deka- (10^{1})
d.c. direct current
decomp. decompose
decompd. decomposed
decompg. decomposing
decompn. decomposition
degrdn. degradation
deriv. derivative
det. determine
detd. determined
detg. determining
detn. determination
diam. diameter
dil. dilute
dild. diluted
dilg. diluting
diln. dilution
dissoc. dissociate
dissocd. dissociated
dissocg. dissociating
dissocn. dissociation
distd. distilled
distg. distilling
distn. distillation
d.p. degree of polymerization
dpm disintegrations per minute
E- exa- (10^{18})
ECG electrocardiogram
ED effective dose
EEG electroencephalogram
elec. electric, electrical(ly)
emf. electromotive force
emu electromagnetic unit
en ethylenediamine (used in Werner complexes only)
equil. equilibrium(s)
equiv. equivalent (the unit)
equiv. equivalent
esp. especially
estd. estimated
estg. estimating
estm. estimation
esu electrostatic unit
Et ethyl
et al. and others
etc. et cetera
eV electron volt
evap. evaporate
evapd. evaporated
evapg. evaporating
evapn. evaporation
examd. examined
examg. examining
examn. examination
expt. experiment
exptl. experimental(ly)
ext. extract
extd. extracted
extg. extracting
extn. extraction
F farad
°F degree Fahrenheit
f- femto- (10^{-15})
fcc. face centered cubic
fermn. fermentation
f.p. freezing point
ft foot
ft-lb foot-pound
g gram
g gravitational constant
(g) gas, only as in $H_2O(g)$
G gauss
G- giga- (10^{9})
gal gallon
Gy gray (absorbed radiation dose)
h hour

h- hecto- (10^{2})
H henry
ha hectare
Hb hemoglobin
hcp. hexagonal close-packed
Hz hertz (cycles/sec)
ID inhibitory dose
Ig immunoglobulin
i.m. intramuscular(ly)
in. inch
inorg. inorganic
insol. insoluble
i.p. intraperitoneal(ly)
IR infrared
irradn. irradiation
IU International Unit
i.v. intravenous(ly)
J joule
k- kilo- (10^{3})
K kelvin
L liter
(l) liquid, only as in $NH_3(l)$
lab. laboratory
lb pound
LCAO linear combination of atomic orbitals
LD lethal dose
LH luteinizing hormone
liq. liquid
lm lumen
lx lux
m meter
m molal
m- milli- (10^{-3})
m. melts at, melting at
M molar
M- mega- (10^{6})
manuf. manufacture
manufd. manufactured
manufg. manufacturing
math. mathematical(ly)
max. maximum(s)
Me methyl (not metal)
mech. mechanical(ly) not mechanism)
metab. metabolism
mi mile
min minute (time)
min. minimum(s)
misc. miscellaneous
mixt. mixture
MO molecular orbital
mo month
mol mole (the unit)
mol. molecule, molecular
m.p. melting point
mph miles per hour
μ- micro- (10^{-6})
Mx maxwell
n refractive index (n_D^{20} for 20° and sodium D light)
n- nano- (10^{-9})
neg. negative(ly)
no. number
obsd. observed
Oe oersted
Ω ohm
org. organic
oxidn. oxidation
oz ounce
p- pico- (10^{-12})
P poise
P- peta- (10^{15})
Pa pascal
p.d. potential difference
Ph phenyl
phys. physical(ly)
p.m. post meridiem
polymd. polymerized
polymg. polymerizing
polymn. polymerization
pos. positive(ly)
powd. powdered

ppb parts per billion
ppm parts per million
ppt. precipitate
pptd. precipitated
pptg. precipitating
pptn. precipitation
Pr propyl (normal)
prep. prepare
prepd. prepared
prepg. preparing
prepn. preparation
prodn. production
psi pounds per square inch
psia pounds per square inch absolute
psig pounds per square inch gage
pt pint
purifn. purification
py pyridine (used in Werner complexes only)
qt quart
qual. qualitative(ly)
quant. quantitative(ly)
R roentgen
redn. reduction
ref. reference
rem roentgen equivalent man
rep roentgen equivalent physical
reprodn. reproduction
resoln. resolution
resp. respectively(ly)
rpm revolutions per minute
RQ respiratory quotient
s second (time unit only)
S siemens
sapon. saponification
sapond. saponified
sapong. saponifying
sat. saturate
satd. saturated
satg. saturating
satn. saturation
s.c. subcutaneous(ly)
SCE saturated calomel electrode
SCF self-consistent field
sec secondary (with alkyl groups only)
sep. separate(ly)
sepd. separated
sepg. separating
sepn. separation
sol. soluble
soln. solution
soly. solubility*
sp. specific (used only to qualify physical constant)
sp. gr. specific gravity
sr steradian
St stokes
std. standard
sym. symmetric(al)(ly)
T tesla
T- tera- (10^{12})
tbs tablespoon
tech. technical(ly)
temp. temperature
tert tertiary (with alkyl groups only)
theor. theoretical(ly)
thermodn. thermodynamic(s)
titrn. titration
tsp teaspoon
USP United States Pharmacopeia
UV ultraviolet
V volt
vs. versus
vol. volume (not volatile)
W watt
Wb weber
wk week
wt. weight
yd yard
yr year

图 3.27   CAS 出版物中使用的缩写词及符号

著录格式注释：

① 个人作者姓在前，名在后，名均缩写为首字母。

② 文摘号。

③ 团体作者。

从上面可看出，期索引中的作者索引，作者不分第几作者，全部轮排，均可检索到文摘号，但看不到任何有关论文主题方面的信息。

卷索引中的作者索引著录格式：

Boatman，Rodney J. ①

—②；Cunningham，S. L.；Ziegler，D. A. ③

A method for measuring the biodegradation of organic po-
togrchemicals，④ 1734r⑤

Cunningham，Suzanne L.　See Boatman，Rodney J. ⑥

著录格式注释：

① 作者姓名。

② 同上面的作者，为第一作者。

③ 第二作者、第三作者。

④ 原文献（论文）题目。

⑤ 文摘号。

⑥ 非第一作者无论文信息，检索其论文情况见第一作者。

4. 专利索引

从 1935 年开始出版专利号索引，1981 年第 94 卷开始出版专利索引，还出版过专利对照索引，有期索引、卷索引和累积索引。

专利索引对于每件专利列出同族的全部专利，包括基本专利、相同专利、相关专利等。

JP（Japan）①

01/006065 A2②（01/040064 B4）

　　　　　　　　　　［89 06065]，③ 110：214817k④

01/006207 B4，*See* DE 2820860 A1⑤

01/047894 A2 ［89 478 94]，111：237554g

　　　　　　　　DE 3740177 A1（Nonpriority）⑥

　　　　　　　　FR 2420670 A1（B1）⑦

　　　　　　　　FR 2619561 A1（Related）⑧111：183903z

　　　　　　　　JP 01/215738 A2（Related）

　　　　　　　　JP 01/226748 A2（Related）

　　　　　　　　JP 01/230440 A2（Related）

　　　　　　　　US 4873079 A（Continuation；Related）⑨

　　　　　　　　WO 89/08863 A1（Designated States：US；

　　　　　　　　Designated

　　　　　　　　　　Regional States：EP（AT，BE，CH，

　　　　　　　　　　DE，FR，GB，IT，LU，NL，SE）；

　　　　　　　　　　Related）⑩

著录格式注释：

① 专利国别代码及国家名称。

② 专利号，A2 表示日本的公开特许（即专利）。

③ 改公元年号的日本公开特许。

④ CA 文摘号。

⑤ 相同专利见基本专利。

⑥ 不具有优先权的相同专利。

⑦ 相同专利。

⑧ 相关专利。

⑨ 部分连续专利。

⑩ 指定专利权国家和地区。

专利索引主要解决三点问题，知道专利号去检索专利文摘，已知专利选择熟悉语种的相同专利，了解专利族的情况。专利索引曾为化学科技工作者解决了不少化工专利问题，随着专利文献的网络化，CA 的专利索引已渐渐失去作用。

5. 化学物质索引

化学物质索引在 CA 中简称 CS，在图 3.28 中 103CS4 就表示第 103 卷化学物质索引第 4 本，主题词从 O 到 P。其他两本分别为 110 卷分子式索引第 1 本和 108 卷专利索引。图 3.29 中间为 13 次累积索引中的化学物质索引第 38 本，其他两本分别是普通主题索引第 21 本，作者索引第 22 本。

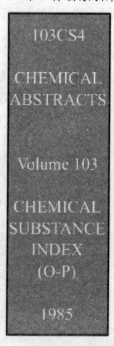

图 3.28　CA110 卷分子式索引（1）、103 卷化学物质索引（4）、108 卷专利索引书脊图

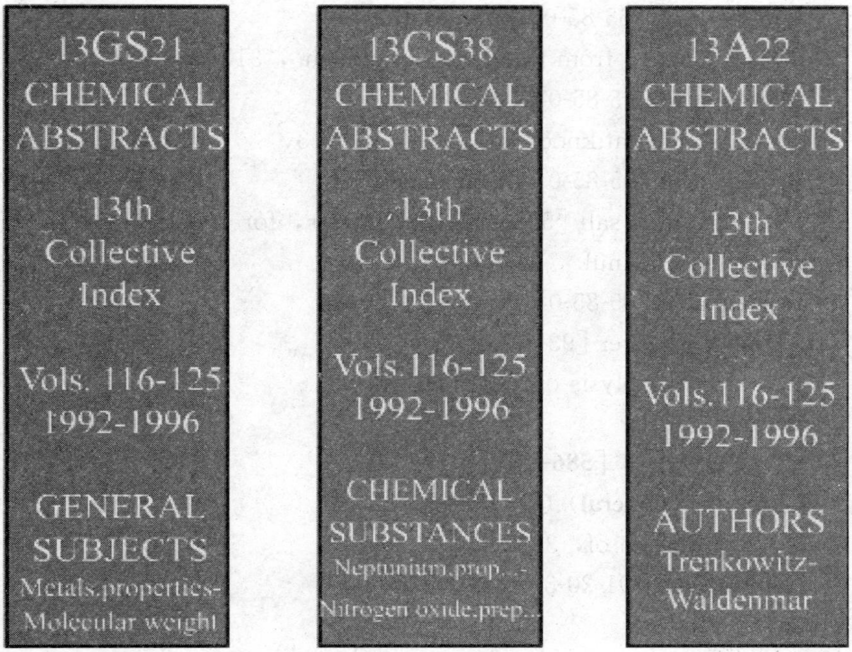

图 3.29　CA 第 13 次累积普通主题索引（21）、化学物质索引（38）、作者索引（22）书脊图

自 1907 年 CA 创刊就有主题索引，从 1972 年起分出化学物质索引（每年有几十万种的新化合物发现）。

凡是化学成分确定、结构明确、价键清楚的化学物质均可作化学物质索引的主题词，也就是经过化学文摘服务社（CAS）注册登记的化学物质均收录在本索引中，并按主题词字母顺序排列。如果一个物质有多个名称，CAS 只选其中一个作为化学物质索引标题。

化学物质索引收录的化学物质包括：①已知的元素、化合物及其衍生物；②已知金属的合金；③特定的矿物；④化合物的混合物和聚合物；⑤抗生素、酶、激素、蛋白质和多糖；⑥有商品名称或字码代号的特定物质。每个母体化合物后面有副标题。化学物质索引著录格式如下：

Benzoic acid① ［65-85-0］②

　　B1246g，③ R28695b

Benzoic acid ［65-85-0］，**analysis**④

　　chromatog. of，⑤ 75444t

　　　detn. of，in food，41804d

Benzoic acid ［65-85-0］，**biological studies**

　　catalase inhibition by，in soils，129546y

Benzoic acid［65-85-0］，**preparation**

　　prepn. of，from fluorene，by oxiden.，3174g

Benzoic acid［65-85-0］，**uses**

　　gasoline antiknock additives，P79613v

Benzoic acid［65-85-0］，**compounds**⑥

　　aluminum salt［555-32-8］，catalysts，for

　polyester manuf.，116449u

Benzoic acid［65-85-0］，**esters**⑥

　　methyl ester［93-58-3］

　　　　hydrolysis of，133359g

Benzoic acid

一，4-acetyl-⑦［**586-89-0**］，5669d

Chromite（mineral）⑧［**1308-31-2**］

　　　flotation of，3352h

Naphthalene［91-20-3］

著录格式注释：

　① 主题词。

　② 化学物质登记号。一种物质一个登记号。

　③ 文摘号。B，P，R 等分别表示原文献为图书、专利、综述，pr，cat，rct 分别表示原文献报道的内容为制备、催化和反应。

　④ 限定性副主题词。有 analysis，biological studies，miscellaneous，occurrence，preparation，process，properties，reactions，uses9 个。

　⑤ 说明语。加上主题词说明原文献主要内容。

　⑥ 化学功能团副主题词。有 acetals（缩醛），anhydrides（酐），compounds（化合物），derivatives（一般衍生物），esters（酯），ethers（醚）等 15 个。

　⑦ 取代基。逗号前的横线代表主题词的母体化合物。

　⑧ 同形异义词释义。

6. 普通主题索引

　　在 CA 中普通主题索引简称 GS。1972 年主题索引分为化学物质索引和普通主题索引，凡是不涉及具体化学物质的主题词都编入本索引。主要包括概念性主题和化学物质的类、化学反应名称及化工过程及设备、成分未确定的化合物、生物化学和生物学主题等。普通主题索引的标题不是单词，是规范化了的主题概念，并按主题词字母顺序排列。普通主题索引除了使用化学物质索引的副标题以外还有如生理器官和组织副标题（heart，muscle）等。

Amines，① **analysis**②

　　planar chromatog. for anal. of，③ R47900h

　　　　in crude oil by water extn. ，45554m④

Acids，miscellaneous

　　removal of

　　　　　from magnesium sulfite liquors，P2685a

Chromatography

　　computer program for，205303s

Molds（forms）⑤

　　for battery terminals，P15431n

著录格式注释：

　　① 主题词。

　　② 副主题词。

　　③ 说明语。

　　④ 文摘号。

　　⑤ 释义。

7. 分子式索引

在 CA 中，分子式索引简称 F，从 1920 年开始编制，能单独使用，主要配合化学物质索引使用，规范化学物质名称。Hill 规则：

（1）含碳化合物碳在前，氢在后，其他元素按字顺排列；

（2）不含碳化合物按元素符号的字顺排列；

（3）相同元素的原子数累加。

以下为多个分子式在 CA 分子式索引中的排列：

$Al_6 Ca_5 O_{14}$

CCl_4

$CHCl_3$

$CNNO$

$CH_2 O$

$CH_3 Cl$

CO

$C_2 Ca$

$C_2 H_4 O$

$(C_2 H_4 O)n$

$C_2 H_4 O_2$

$C_2H_5AlBr_2$

CaO_3Ti

H_4Sn

如乙醇（CH_3CH_2OH）检索时用 C_2H_6O；硫酸（H_2SO_4）检索时用 H_2O_4S。

对酸、醇、有机胺的金属盐类，金属离子不计入分子式，使用等价的原酸、醇、胺的分子式。

$C_{11}H_{18}N$ ①

Benzenemethanaminium， ② *N*-ethyl-*N*,*N*-dimethyl-iodide， ③

　　　［*7375-17-9*］ ④，P39849z⑤

salt with 4-methylbenzenesulfonic acid（1∶1）⑥

　　　［*22703-25-9*］，79425q

一，⑦*N*,*N*,*N*,α-tetramethyl-

　　bromide［*36043-87-5*］，P71171h，98516r

1*H*-Isoindolium，2，3，3a，4-tetrahydro-2,2,5-trimethyl-

　　　［*30481-19-7*］，53889t

Pyridinium，1-hexyl-

　　chloride［*6220-15-1*］，82373p

$C_{13}H_2FeO_{12}Ru_3$

Compd.（$H_2Ru_3FeC(CO)_{12}$），principal ion mass 709，1520p

$C_{14}H_{10}$

Anthracene［*120-12-7*］，See *Chemical substance Index* ⑧

9*H*-Fluorene，9-methylene-［*4425-82-5*］，51046u，66733x.

　　For general derives. see *Chemical substance Index*

$(C_{14}H_{11}N)_n$

Poly（9-ethyl-9*H*-carbazole-3,6-diyl）［*79704-69-1*］，31798t

著录格式注释：

① 分子式。按 Hill 规则排列。

② 化合物母体名称（规范名称）。

③ 化合物取代基。

④ 化合物的登记号。

⑤ 文摘号。在本卷索引（或累积索引）中，文摘篇数少时，有文摘号。

⑥ 4-methylbenzenesulfonic acid 与 benzenemethanaminium，*N*-ethyl-*N*,*N*-dimethyl-iodide 盐的规范名称。

⑦ 代表上面出现的母体名称。

⑧ anthracene（蒽）为常见化合物，文摘量比较大，检索时，用此规范化学

物质名称在化学物质索引中检索。

使用举例：

三氯化锑，根据锑为 antimony，三氯为 trichloro，容易得英文名称为 antimony trichloro，可这个词在化学物质索引查到的文献很少，通过分子式索引才得到其规范名称。

Cl₃Sb

Antimony（1+），trichloro-[64013-14-5]

Stibine，trichloro-[10025-91-9] See Chemical Substance Index

8. 索引指南

索引指南从 1968 年 69 卷起出版，是 CA 规范主题词的工具。其附录内含有近万个主题词。另外，还有各个索引的编排和使用方法。

索引指南开始每年出版一次，以后也随累积索引出版，累积版现有第 8、9、10、11、12、13、14 次的。

索引指南的主要内容包括正文中的几项著录格式，各种索引的著录格式和使用，化学物质命名原则，普通主题等级表，普通主题选词原则等。著录格式如下：

Vacancies（crystal）

See *Crystal vacancies*

Vaccenic acid

See *11-Octadecenoic acid*，（11E）-[693-72-1]

Vacuum

See also related：

Electron tubes

Gettering

Getters

Instantons

Pressure

Vacuum apparatus

Vacuum arc

Vacuum chambers

Vacuum polarization

Vacuum UV radiation

Vacuum apparatus

See also narrower

Vacuum chambers

Vacuum pumps

See also related：Vacuum

Vacuum chambers

Vacuum deposition

See *Vapor deposition process*（见）

Valone

See *1H -indene-1,3（2H）dione*，*2-（3-methyl-1-oxobutyl）-*〔*83-28-3*〕

Vilsmeier-Haack reaction

See　*Vilsmeier reaction*

Vilsmeier reaction

Condensation fo disubstituted formamide-phosphorus oxychloride mixtures with aromatic or heterocyclic compounds to give formyl derivatives is indexed here

有登记号的主题词查 CS，无登记号的查 GS。

使用举例：

Melamine

See *1,3,5-Triazine-2,4,6-triamine*〔108-78-1〕

9. 环系手册

环系手册（Handbook of Ring System）的前身是环系索引，1967 年 66 卷开始编制。其解决在有机化合物中环状化合物很多而且不易命名的问题，也就是帮助读者在使用普通主题索引和化学物质索引之前解决索引标题的母体命名问题。不单独使用。

环系索引将本卷中的环状化合物先按环数排列，相同环数再按环的大小和环上元素的成分排列，再在下面列出环状化合物母体的名称。

3-RING SYSTEMS①

6,6②

$C_5N-C_6-C_6$③

Benzo〔f〕quinoline④

Benzo〔h〕quinoline

1,4-Ethenoisoquinoline

2,6-Methano-3-benzazocine

著录格式注释：

① 环的数目。环的数目取决于将环系转变成开链所需切断的最少链数，且

环与环之间必须有公用原子。

② 环的大小。即组成环的环上原子数，由小到大排列，公用原子重复计算。大小一样的含杂原子的排在前面。

③ 环上元素组成。骨架原子，不考虑氢原子和取代基。

④ 环状化合物的母体名称。

10. 登记号手册

由于化学物质（包括元素和化合物）不断增加，结构复杂，名称混乱，制备或提取得到的一个化合物是否为新化合物难以确定。1969 年 71 卷至 75 卷，此间 CA 开始将它所摘录原文中出现的化学结构明确、化学键清楚的每一种已定结构的化学物质进行了登记，每种化学物质给予一个登记号（CAS registry number）。这个以一个永久的计算机产生的核实的登记号对应可能有好几个名称的一种化学物质，并编制成《登记号索引》和《美国化学文摘社登记号手册》。此外，在美国化学学会出版的各种刊物上，如《有机化学杂志》（J. Org. Chem.）在文章的末尾也附有新物质的登记号。登记号手册已形成了一个独一无二的化学物质登记体系。

从 1969 年 71 卷开始出版登记号索引，1974 年起改出登记号手册。

每个 CAS 登记号有三组号码组成，各组号码之间用连字符连接。登记号索引的主要用途是从化合物、商品名化合物、俗名化合物的登记号可以查出它在 CA 索引中所使用的名称、分子式。著录格式如下：

$[1585\text{-}07\text{-}5]$ Benzene，1-bromo-4-ethyl-$C_8 H_9 Br$

11. 资料来源索引

美国化学文摘社为了节约文摘的版面，期刊等出版物的名称都用缩写表示。为了帮助读者找到原始文献出处的全称，进一步查找原文，CA 出版了本索引。

资料来源索引内容包括刊名缩写（全称）、刊物历史及简介、收藏的机构及收藏情况。

资料来源索引有两种，一种是从 1974 年起出版的季度增刊，另一种是累积版，每 5 年一版，累积版已出版 1907-1969，1907-1974，1907-1979……1907-1999，1907-2004 等。

著录格式如下：

Analytical **Chem**istry.　① ANCHAM. ② ISSN 0003-2700③ （Formerly Ind. Eng. Chem. ，Anal. Ed. ）. ④ In Eng；Eng sum⑤ v19 Jan，1947＋. ⑥ *sm* ⑦ 70 1998. ⑧ *ACS Journals or Maruzen.* ⑨

ANALYTICAL CHEMISTRY. WASHINGTON，D. C. ⑩

Doc. Supplier：CAS⑪

　　　　AAP；AB；ABSR；ARaS；ATVA；AU-M 1953＋；AkU；NcD-MC
1947-1950，1959＋.⑫

著录格式注释：

　　① 刊名全称。黑体部分为刊名缩写（即文摘中斜体部分），非拉丁语系国家
出版的刊物名，用音译名，括号内列出英文意译名。

　　② 刊名代号。美国材料试验学会（ASTM）规定的标准代号。

　　③ 国际连续出版物代码（国际刊号）。

　　④ 刊物（名）变化历史。此为前刊名。

　　⑤ 刊物及摘要文种。

　　⑥ 现刊名时的卷、期、出版日期。

　　⑦ 期刊的出版周期。

　　⑧ 此累积本出版时该刊的卷、年。

　　⑨ 出版社。

　　⑩ 美国图书馆协会的统一编目的刊名、出版地。

　　⑪ 资料提供者（代号，索引中可查到机构名）。

　　⑫ 馆藏情况。AAP 等为文献机构代码，如 AAP 为 Auburn University；AB
为 Birmingham Public Library。

　　对于日文或俄文刊名，查到全称后，还需将其还原成原文种的刊名。俄文刊
名还原按俄音译对照表（transliteration of slavic cyrillic alphabets）对译成俄文。
如 *Zhurnal Analiticheskoi Khimii* 可逐字母对译为：

　　　　Журнал Аналитической Хцмцц（分析化学杂志）

　　日文刊名按"拉丁字母与日文字母音译对照表"译成日文，或利用《科学技
术文献速报（化学·化学工业编 国内编）》年度索引中的引用期刊一览表转译成
日本原刊名。如 *Sekiyu Gakkaishi* 可查到：

　　　　Sekiyu Gakkaishi // 石油学会志　　　F0042A

　　美国《化学文摘》除了前面介绍的辅助工具外，还有一些用户手册等工具，
如印刷版 CA 的用户使用手册（1984 年版）封面见图 3.30 和如何检索印刷版
CA 的电子书。它们分别介绍了各种索引的使用方法、文摘的著录格式、常见问
题的解答以及 CA 通常的检索方法。

3.5.4　CA 的检索方法与检索示例

　　1. CA 的检索途径

　　1）主题途径

　　可使用关键词索引（不规范主题词）、化学物质索引、普通主题索引（规范
主题词）。

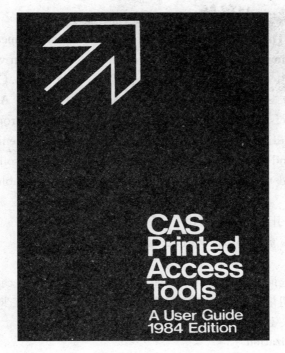

图 3.30　1984 年版印刷型 CA 检索使用手册封面

2) 作者及序号途径

可使用作者索引、专利索引、登记号手册。

3) 分子式和环系途径

对于只知道化合物结构而不知其名称以及结构复杂的化合物或环状化合物，可查得化学物质名称，进一步到化学物质索引检索。

2. CA 检索示例

1) 分类途径：利用目次表检索有关文献

检索示例：检索"重金属污染（heavy metal pollution）"有关文献。

检索步骤：

（1）选取一期《化学文摘》，如 2001 Vol. 135 No. 5，在 abstract sections 中找到生物化学部分，再在其下找到毒理学。如下：

　　　Biochemistry Sections

　　　　1-Pharmacology

　　　　2-Mammalian Hormones

　　　　3-Biochemical Genetics

　　　　4-Toxicology（毒理学）

（2）找到文摘正文中该类所在处，挑选符合要求的文献。

135：**1283n The present progress of research on heavy metal pollution and plant enrichment in soil-plant system.** Li，Hai-hua；Liu，Jian-wu；Li，Shu-ren（Henan Agricultural University，Zhengzhou，Peop. Rep. China 450002）. *Henan Nongye Daxue Xuebao* 2000，34（1），30-34（Ch）. A review and discussion with 57 refs. A summary is presented of the current progress of study on heavy metals pollution and plant enrichment in soil-plant system with an emphasis on the form and distribution of heavy metal pollution in soil，as well as the characteristics and the mechanism of varied crops and vegetables absorbing the heavy metal.

2）关键词索引途径（期索引）

检索示例：检索利用活性炭脱硫方面的文章。

检索步骤：

（1）确定关键词：脱硫 desulfurization、活性炭 activated carbon。

（2）选取一期化学文摘，如选取 2002 Vol. 136 No. 8，在 keyword index 中逐词查找拟定的关键词，得如下结果：

　　　Desulfurization

　　　　agent calcium activated coke adsorbent flue gas 10038j

其中，文摘号为 10038j 的文献符合检索要求。

（3）利用文摘号 10038j 到文摘正文中查看详细记录如下：

136：**10038j Preparation of Ca/AC desulfurizers.** Ma，Jianrong；Liu，Shoujun；Liu，Zhenyu；Zhu，Zhenping（Shanxi Institute of Chemical Technology，Taiyuan，Peop. Rep. China 030021）. *Meitan Zhuanhua*. 2001，24（3），37-43（Ch），Kexue Chubanshe. Activated coke（AC），prepd. from a com. Semicoke through stream activation，was used to prep. Ca/AC desulfurizers by impregnating with Ca（NO_3）$_2$ · $4H_2O$ followed by drying and calcinations. Effects of calcinations temp. and Ca loading on sulfur removal properties were investigated. XRD were used to characterize the Ca/AC. Results showed that the desulphurizers calcinated at 300℃ was most active. Calcination temp. of 250℃ may be too low to allow complete decompn. of the impregnated Ca（NO_3）$_2$. Calcination at ＞300℃ may result in AC burning off. These decreased the desulfurization activity. The Ca loadings ＞7％ showed low desulfurization activity due to blockage of miropores.

3）专利索引途径（期索引）

专利索引是按专利国别代码字顺排列，同一国家之中再按专利号的大小顺序排列。

检索示例：已知中国专利，其公开号为 CN 1 312 350A，检索其有关内容。

检索步骤：

（1）在 Patent Index 中按照国别代码找到 CN，再在其下按照号码顺序查找 1 312 350A，在 2001 Vol. 136 中查到如下结果：

　　　　CN（China）

　　　　　1312350A，136：404076c

说明 CN1 312 350A 为基本专利。

（2）根据文摘号 136：404076c，在文摘正文中查看详细内容：

136：**404076c Preparation of desulfurizing agents containing coarse iron oxide for high-temperature coal gas.** Li，Chunhu；Fan，Huiling；Li，Yanxu；Shang，Guanju；Liang，Shengzhao；Shen，Fang；Zhao，Yunqing（Taiyuan Univ. of Technology，Peop. Rep. China）Fming Zhuanli Shenqing Gongkai Shuomingshu **CN1，312，350**（Cl. C10K1/20），12 Sep 2001，Appl. 2，001，111，031 24 Mar 2001；6 pp.（Ch）. The title desulfurizing agents comprise red mud 50-80，a binder 20-45，and a pore-forming agent（e. g.，lignin，starch or CMC）3-10wt. %. The desulfurizing agents are prepd. by mixing red mud，a lamellar compd. and the pore-forming agent，grinding，adding，extruding，drying at 100° for 5-8 h，and calcining at 500-800° for 2-4 h. The lamellar compd. is selected from bentonite，kaolin，diatomite，etc.

4）著者索引途径（期索引）

著者索引规定姓在前而名在后，姓名按英文字母的顺序排列，中、日、俄姓名需按规定的对译法译出后，在按英文字母顺序排列。

检索示例：利用 2000 Vol. 133 No. 8 检索著者为李福祥的文章。

检索步骤：

（1）在 author index 中按照著者姓名字顺查找 Li，Fuxiang，结果如下：

　　　　Li，B. Q. 106772h

　　　　……

　　　　Li，Fuxiang 7119k

（2）根据文摘号 7119k 到文摘正文中查看详细记录：

135：**7119k Combined manufacture of methyl ester of dichloroacetic acid and mercaptoacetic acid.** Li，Fuxiang；Tao，Xianshui；Lu，Zhiping；Xue，Jianwei；Wu，Lan；Zhang，Xiyu（Inst. Special Chem. TUT，Peop. Rep. China）. *Taiyuan Ligong Daxue Xue Bao* 2000，31（6），725-728（Ch），The research is about united manuf. Of Me ester of dichloroacetic acid and mercaptoacetic acid， using mother soln. of monochloroacetic acid. Under the optimum operating conditions，a high quality Me ester of dichloroacetic acid（≥99.6%）was obtained in a high yield of about 94.8%．The process had the feature of cheap starting material，simple operation，high quality，low cost and less pollution.

5）著者索引途径（卷索引）

卷索引中的著者索引与期索引中的著者索引的不同之处：一是著者姓名尽可能用全称；二是在第一著者之下列出合著者并著录文献篇名及文摘号；三是合著者"See"第一著者。

检索示例：在卷索引中检索著者为李福祥的文章。

检索步骤：

（1）选取《化学文摘》2001 Vol.136 卷索引，按字母顺序找到：

Li，Fuxiang See Lu，Zhiping

从上述结果可知，《化学文摘》2001 Vol.136 卷中刊登了 Li，Fuxiang 的论文，但其本人是合著者；

（2）选取第一著者 Lu，Zhiping 来查看详细文摘，还是在卷索引的著者索引中检索，得如下结果：

Lu，Zhiping

——；Li，Fuxiang；Wang，Qiaoyun

　　Effect of trace sulfur on the titration of

　　　chloroacetic acids，95295p

（3）根据文摘号 95295p 在文摘正文中查看详细记录：

136：**95295p Effect of trace sulfur on the titration of chloroacetic acids.** Lu，Zhiping；Li，Fuxiang；Wang，Qiaoyun（Institute of Fine Chemicals，Taiyuan University of Technology，Taiyuan，Taiyuan，Peop. Rep China 030024）．*Fenxi Huaxue* 2001，29（11），1358（Ch）．According to ZGB17024-90 method，monochloroacetic acid and dichloroacetic acid were detd. By dechlorination and titrn. of the formed chloride by silver ion. The sodium oxalate formed from dichloroacetic acid during dechlorination was titrated with MnO_4^- and dichloroacetic acid was calcd. indirectly. Monochloroacetic acid was detd. by the difference based on the formed chloride. Sulfur，which was used as an catalyst during the prodn.，is a common impurity present in the chloroacetic acid products. Sulfur consumed extra MnO_4^- during the anal. and led to high deviation for dichloroacetic acid and low deviation for monochloroacetic acid.

6）普通主题索引途径（卷索引）

检索示例：检索有关重防腐多元醇聚氨酯涂料螯合剂制备与防腐机理方面的

文献。

检索步骤：

（1）通过分析检索课题可知聚氨酯涂料除了具有优良的防腐蚀性外，还有良好的稳定性和装饰性，在重防蚀涂料体系中作为面漆使用。故选主题词 coating，anticorrosive 和 polyurethane 等。

（2）用索引指南 IG 核实选定的主题词。

在 *Chemical Abstracts Index Guide* 1999 中核实 coating，没有 coating，但有 coatings：

    Coatings

      Valid heading during volumes 126-130（1997-June 1999）only

      See Coating materials

以上结果说明 coatings 仅在 126～130 卷中是 CA 正式使用的主题词，检索其余卷 CA 要用 coating materials 作为正式的主题词。

（3）分别使用 coatings 和 coating materials 在不同年代的 CA 普通主题索引中进行检索，在 Vol. 129 中检索到如下结果：

Coatings

    manuf. of hybrid dispersions of polyurethane and polymers prepd.

      From olefinic compds. for coatings，P5688x

    manuf. of 3-(isocyanatomethyl) -1,6-hexamethylene diisocyanate，

      polyurethanes therefrom, and coatings and adhesives using the

      same with good adhesion and high crosslink d. , P149343d

    manuf. of low-viscosity polyuretidione polyurethanes and crosslinking

      with diamines for solvent and water borne coatings，P261825p

（4）根据文摘号到文摘正文中查看详细内容（仅选 129 261825p）。

129：**261825p Low viscosity polyuretidione polyurethanes and their use as curatives for solvent and water borne coatings.** Goldstein, stepheb L.；O'Cnnor, James M.；Lickei, Donald L,；Barnowski, Henry G.，Jr.；Burt, Willard F.；Blackwell, Ronald S.（Arco Chemical Technology, L.P.，USA）U.S. US 5，814，689（Cl. 524-86；C08G18/06），29 Sep 1998，Appl. 920，494，29 Aug 1997；12pp.（Eng）（文摘略）

7）化学物质索引途径（卷索引）

化学物质索引收录所有化学元素、化合物以及它们的衍生物，各种金属的合金，各种矿物，各种化合物的聚合物，各种抗生素、酶、激素、肽、蛋白质以及多糖等，还有基本粒子等。

检索示例：检索立方晶体三氧化二锑（Sb_2O_3）制备方面的文献。

检索步骤：

（1）经过分析课题可知，本检索课题是用化合物制备，其分子式为 Sb_2O_3，故先定其为检索词。

（2）使用分子式索引核实选定物质的 CA 规范名称。

在分子式索引中以 O_3Sb_2（按 Hill 规则）检索：

O_3Sb_2

　　　　　　Antimony oxide [68-11-1] *See Chemical Substance Index*

以上结果说明，可用 Antimony trioxide 在 CA 化学物质索引 CS 中检索本课题。

（3）分别使用不同年代卷索引的 CS 进行检索，在 CA Vol. 136 CS1 中检索到如下结果：

Antimony trioxide [1309-64-4]，Preparation

Prepn

　　in ethanediol，318291n

（4）利用文摘号 P155711k 在文摘正文中查看详细内容：

136：**318291n Preparation of cubic Sb_2O_3 in ethanediol.** Lu，Zhiping；Wu，Lan；Li，Fuxiang；Xue，Jianwei（Inst. of Special Chem. of TUT，Peop. Rep. China）. *Taiyuan Ligong Daxue Xuebao* 2001，32（5），510-513（Ch）. A method to prep. cubic Sb_2O_3 with $SbCl_3$ by reaction with NH_3 in different alc. systems was studied. The Sb_2O_3 samples were characterized by XRD and SEM. The results show that ethanediol system is the best one. When the H_2O in the ethanediol was $<25\%$ in wt.，the cubic Sb_2O_3 Samples were made at 90° and the size was 1μm.

3.5.5　CA on CD 数据库（光盘版）介绍

CA on CD 光盘数据库由美国化学学会制作，文摘内容对应于印刷型《化学文摘》，月刊，每年 13 期，第 13 期为全年卷索引，除此之外还有累积索引光盘（CI on CD），国家化合物清单光盘（National Chemical Inventories），来源索引光盘（CASSI ON CD）等。

CA on CD 提供四种基本检索途径：

浏览检索（browse）；高级检索（search）；化学物质名称检索（substance）；分子式检索（formula）。

CA on CD 提供两种其他检索途径：相关词检索；登记号检索。

数据库检索软件为 Windows 版本，用户需进入图书馆光盘系统才能使用，点击图标或打开工具栏中的菜单进入相应检索路径。

　　如图 3.31 所示为 CA 光盘版开始页，如图 3.32 所示为 CA 光盘版检索主界面。

图 3.31　CA 光盘版开始页

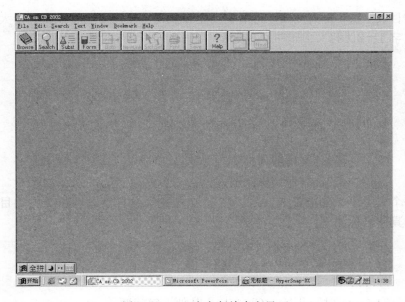

图 3.32　CA 光盘版检索主界面

3.6　英美《金属文摘》

3.6.1　概述

《金属文摘》（*Metals Abstracts*，MA）是美国金属学会（American Society of Metals，ASM）和英国金属学会（MS）共同编辑出版的专业检索工具。其前身是美国的 *Review of Metals Literature*（1944 年创刊）和英国的 *Metallurgical Abstracts*（1931 年创刊），由于这两个文摘刊物在内容上有很多重复之处，因此于 1968 年合并改为现名。目前，收录期刊 2000 多种，另有会议文献、科技报告、图书等其他类型的文献，报道范围涉及黑色金属、有色金属、稀有金属及合金的特性、分析、生产、检验、加工理论和工艺等方面，年报道文献量达 50 000 多条。MA 为月刊，每期配套出版索引本，即 *Metals Abstracts Index*，有主题索引和著者索引，每年还出版 MA 的年度索引本。《金属文摘》网络版数据库 METADEX 属于"CSA 剑桥科学文摘"系列数据库之一。

3.6.2　MA 文摘本的编排结构和著录格式

每期《金属文摘》包括类目表、文摘正文、著者索引三部分。

1. 类目表

类目表（list of section）将冶金工业和金属学领域按性质分成 7 个大类，分别用数字 1、2、3、4、5、6、7 表示：

　　　1　11～16　金属组织
　　　2　21～23　金相分析
　　　3　31～35　金属性能
　　　4　41～46　冶炼
　　　5　51～58　加工工艺
　　　6　61～63　其他器件
　　　7　71～72　其他特殊问题

每个大类里又分出若干小类，共 33 个类别，这样就有两位数的类目号。类目表的具体名称如下：

　　　11 Constitution　　　　组织
　　　12 Crystal Properties　晶体性能
　　　……
　　　71 General and Non-Classified 其他一般问题
　　　72 Special Publications 特殊出版物

2. 文摘正文

文摘正文按类目表中的分类体系编排，著录格式如图 3.33 所示。

23-0365① **Application of heterocyclicazo reagents in chemical analysis of precious metals.** ② Application of heterocyclicazo reagents in precious metal...③G. Zhang ④（Shanxi Normal University）⑤ and G. Liu（Northwestern Polytechnical University（China））. *Guijinshu*（*Precious Met.*）, Mar. 1998，19，（1），43-53，［in Chinese］. ISSN 1004-0676. ⑥

图 3.33 MA 文摘正文著录格式

著录格式注释：

① 文摘号。

② 文献题名。

③ 摘要。

④ 著者。

⑤ 著者所在单位。

⑥ 文献出处。

3.6.3 索引

MA 文摘本后附著者索引、团体著者索引两种索引。MA 的索引本中的索引包括主题索引，著者索引，团体著者索引。除索引本外，还有年度累积索引。在年度索引中有《引用期刊一览表》。

1. 著者索引

著者索引按著者姓名字顺编排。著录格式如下：

Engle，W. ①   22-0012②

      ......

Gross，J. H.   31-0360

著录格式注释：

① 著者。

② 文摘号。

2. 团体著者索引

团体著者索引实际上是著者所在单位索引，按著者所在机构名称字顺编排。著录格式如下：

tsinghua university　　　　31-0291　　31-0315

3. 主题索引

主题索引在期索引本和年度索引本中都有，按主题词字顺编排，在主题词下列出说明语与文摘号。其著录格式如图 3.34 所示。

```
Robots
    See Industrial robots
Industrial robots ①
    Automated maintenance process For bridges ②    35-0053 ③
```

图 3.34　MA 主题索引著录格式

著录格式注释：

① 主题词。

② 说明语。

③ 文摘号。

主题索引采用的主题词只有两级，主题词和副主题词一先一后，并用逗号分开。这里的主题词一般是根据冶金学的概念来确定的，通常是专指性的术语；而副主题词则多是广义的术语。究竟哪些概念能作为主题，哪些只能作副主题词，MA 还根据词的内涵作了一些约定，它把材料、产品、工序、性能、形式和影响因素这六种情况作为主题概念。

主题索引将它所收录的金属文摘按概念划分为 6 类：

材料（Materials），总是作为主题词，一般用过程、性能作为它的副主题词；

过程（Process），可以兼作主题词和副主题词，材料一般不作为它的副主题词，而它可以作为材料、形式的副主题词；

性能（Properties），它和过程的使用规定相同；

产品（Products），总是用来作为主标题词，偶尔也作为过程或性质的副主题词；

形式（Forms），如板材、线材等通常作为主题词，但有时也可作为材料的副标题词；

影响因素（influencing Factors），该类词总是作为副主题词，一般用于过程和性能，而不用于材料。

3.6.4　冶金叙词表

美国金属协会（ASM）编制的冶金叙词表（Thesaurus of Metallurgical

Terms），用来标引各种金属和冶金方面的文献。该表有正式主题词 9000 个，交替参照词 7000 个（包括同义词、狭义词、广义词）。

该词表的编排结构和使用方法与《EI 叙词表》、《INSPEC 叙词表》类似。正式主题词下除 UF（代）参照符号外，还可能有 NT（分）、BT（属）、RT（参）等参照，非正式主题词下仅有 USE 来指引正式主题词。

主题词后加注圆括号，表示对主题词的含义和适用范围加以限定。

　　　　reduction

　　　　reduction（chemical）　　　还原（化学的）

　　　　reduction（electrolytic）　　还原（电解的）

主题词后的括号里标有年份，说明该主题词开始使用的年份。

3.7　美国《机械工程文摘》

3.7.1　概述

美国《机械工程文摘》（*Mechanical Engineering Abstracts*，MEA）创刊于 1973 年，原刊名为 ISMEC *Builletin*，由美国机械工程情报服务处（Information Service in Mechanical Engineering Corporation，ISMEC）编辑出版，后改为现名。现由美国坎布里奇科学文摘社（Cambridge Scientific Abstracts）和工程情报公司（Engineering Information Inc.）联合编辑出版的。原为双月刊，1993 年改为月刊，1～11 期为文摘本，第 12 期为年度索引，称为索引本。

MEA 全面地、综合地报道了全世界有关机械工程、制造工程和工程管理等方面的理论与应用性的文献。MEA 收录了全世界 30 多种语言的机械类的主要期刊约 300 种，报道的文献类型主要有期刊论文、图书、译文及少量的专利文献和博士学位论文。

3.7.2　MEA 编排结构与著录格式

MEA 每期由分类目次表、主题指南、文摘正文部分和索引部分组成。

1. 分类目次表

分类目次表附在每期之前，分类号按 4 位数字组成，1993 年前，分为 9 个大类，46 个二级类，二级类下又分三级类、四级类，分类号由 4 位数字组成。

1000：management and production（管理与生产），分为 2 个二级类。内容包括管理研究（运筹研究、管理、研究与发展、市场金融和经济、人事、教育和训练、法律和政策、情报科学及安全）、生产制造（生产发展、生产控制、可靠性和质量控制等）等。

2000：measurement and control（检测与控制），分为 4 个二级类。内容包括检测科学、检测和专门变量控制、检测和控制设备、流体装置和系统。

3000：mechanics，materials and devices（力学、材料与装置）分为 9 个二级类。内容包括分析力学、机械性质和效应、物理性质和效应、化学性质和效应、材料试验、流体力学、摩擦学、机械构件、音响装置及设备。

4000：production processes，tools and equipment（生产加工、工具与设备），分为 6 个二级类。内容包括淬火、成型加工和设备、加工和机械工具、连接加工和设备、光制加工和设备、手工工具。

5000：energy and power（能源和动力），分为 5 个二级类。内容包括热力学，加热、冷却和通风，燃料技术，发动机，机械和流体动力传动。

6000：transport and handing（运输与搬运），分为 6 个二级类。内容包括机动车工程、非机动车工程、铁路工程、船舶工程、航空与航天工程以及机械航运。

7000：mechanical engineering and natural resources（机械工程与自然资源），分为 4 个二级类。内容包括农业工程、矿业、油和天然气、生态（噪声、污染）。

8000：mechanical engineering in science and industry（机械工程在科学与工业中的应用），分为 7 个二级类。内容包括核子工程、电子工程、电气工程、土木工程、光学工程、医学工程、工业加工工程。

9000：other application of mechanical engineering（机械工程的其他应用），分为 4 个二级类。内容包括军事工程、商用设备、家用设备、计算机科学与技术。

1993 年起，类目改为 6 个大类。

1000：civil engineering，general（土木工程，综合），分为 8 个二级类。

2000：mining engineering，general（矿业工程，综合），分为 4 个二级类。

3000：mechanical engineering，general（机械工程，综合），分为 9 个二级类。

① Mechanical Engineering，Plant & Power

② Nuclear Technology

③ Fluid Flow；Hydraulics，Pneumatics & Vacuum

④ Heat & Thermodynamics

⑤ Aerospace Engineering

⑥ Automotive Engineering

⑦ Naval Architecture & Marine Engineering

⑧ Railroad Engineering

⑨ Materials Handling

4000：electrical engineering，general（电气化工程，综合），分为 5 个二级类。

5000：chemical engineering，general（化学工程，综合），分为 2 个二级类。

6000：engineering，general（一般工程），分为 4 个二级类。

2. 主题指南

主题指南可以帮助我们确定类目。读者研究的课题通常是某一问题的某一方面，有时很难从分类目次表上直接确定类号，这时可考虑使用主题指南。该主题指南按主题词字顺编排，每个主题词给出了相应的分类号。

例如：Heat exchangers　　5250

　　　　Water treatment　　7833

3. 文摘正文

文摘正文部分按照分类目次表分类体系排列文献，其著录格式如图 3.35 所示。

91-094221① 　**30MW solar thermal power station-an investigation.** ② ［En］③ by H. W. Fricker④，ENERGY WORLD，no. 181，Sep. 1990，pp. 17-21. ⑤

Solar thermal power stations of the tower type... ⑥

图 3.35　MEA 文摘著录格式

著录格式注释：

① 文摘号。短横前两位数字为年代号，短横后数字为文摘顺序号。

② 文献篇名。黑体字印刷，如非英文用英文译出。

③ 文种代码。

④ 著者。

⑤ 文献出处：注出原始文献出处及卷、期、年、月、页。

⑥ 摘要。

4. 索引

MEA 的索引部分可分为期索引和年度索引，期文摘后附的索引有两个：著者索引、主题索引。年度索引（卷索引）本中同样包括著者索引和主题索引两个索引。

著者索引按著者姓名字顺编排："著者（姓，名）＋文摘号。"主题索引按主题词字顺编排："主题词＋说明语（主题词）＋文摘号。"主题词是规范化的主题词，它来源于 ISMEC *Controlled Vocabulary*，其下列出与主题有关的文摘的文摘号，同时将这些文献的说明语（其他主题词）也列出。主题索引著录格式如图 3.36 所示。

```
Welding，①
    ……
    Robots，Inspection，Flame Cutting ②…01281③
Robots
    ……
    Inspection，Welding，Flame Cutting…01281
    ……
```

图 3.36　MEA 主题索引著录格式

著录格式注释：

① 主题词。

② 文献的说明语（其他主题词）。

③ 文摘号。

3.7.3　主题词表

《机械工程文摘》目前采用的主题词表是 ISMEC *Controlled Vocabulary*，该词表按主题词字顺编排，每个词汇下用 Sn，U，Uf，Rt 四种代号说明词间关系。ISMEC *Controlled Vocabulary* 的作用是核对主题词，著录格式如下：

Sn＝Scope note 时间范围注释

e. g. Mechanical systems

Sn Used from 1979 forward

U＝use（用）指明应该使用某规范化的主题词。

e. g. Mechanical waves

U Vibrations

Uf＝use for（代），指明现在的主题词是规范化词，可代用某些非规范化的主题词。

e. g. Vibrations

Uf Jitter

Uf Liner vibrations

Uf Mechanical systems

Rt＝related term（相关词），指明这些主题词是相互有关的。

e. g. Dynamics

  Uf Motion

  Rt Aerodynamics

  Rt Attitude control

  Rt Ballistics

  Rt Energy

  Rt Fluid dynamics

  Rt Force

  Rt Hemodynamics

  Rt Hydrodynamics

  Rt Impact

  Rt Mechanics

  Rt Momentum

  Rt Rotating bodies

3.8　美国《应用力学评论》

3.8.1　概述

  美国《应用力学评论》（*Applied Mechanics Reviews*，AMR）于 1948 年创刊，月刊，由美国机械工程师学会（American Society of Mechanical Engineers，ASME）编辑出版，报道世界上有关工程基础学科方面的期刊文献、图书、会议文献、科技报告，并对此进行评论，发表当前力学领域里的重大课题的相关文献。

  AMR 收录了世界上重要的专业出版物约 1500 种，包括介质力学、动力学、固体力学、流体力学、固体振动和有限元方法等力学领域，同时还包括力学的应用领域及其相关学科，如自动控制技术、热传递、地球科学、能源工程、环境工程以及生物科学等。其文献类型主要有期刊、图书、会议录、科技报告、年鉴，年报道文献量约 2 万条。

  AMR 称为 reviews，实际上是以文摘为主，包括文摘员的观点和评价，是一种评论性文摘刊物。

  AMR 规模不大，算不上是一种大型检索工具，但其专业性非常强，在应用力学这一特定专业领域内是最著名的检索工具。事实上，AMR 的报道内容在 EI、SA 等其他一些综合性或专业性检索工具里也有报道，但在应用力学这一专业领域内，都不如 AMR 系统、全面，检索起来也不如用 AMR 方便。

3.8.2　AMR 编排结构与著录格式

AMR 由类目表（table of contents）、评述性文献（feature articles）、书评及短评（book review and notes）、期刊文献评论（review of the journal literature）、著者索引几部分组成。

1. 评述性文献

AMR 每期均特约世界上有名的力学专家撰写对一些新型学科领域或某一力学专题的综述或评论性文章一到数篇，每篇文章都附有大量的参考文献，指出某应用力学方面的水平状况和发展趋势，这些文章均受该领域科技人员的重视。

2. 书评及短评和期刊文献评论

AMR 书评及短评占有很大的比重，这是其他检索工具所没有的。AMR 把文摘分为评论性文摘和短评两种。评论性文摘由 AMR 聘任的特约评论员撰写，对图书的评价比较详细，在文摘号中用 R（review）表示；短评由 AMR 编辑人员自己编写，篇幅短，在文摘号中用 N（note）表示。AMR 的期刊文献评论是其月刊本最主要的部分。

AMR 的书评以及短评和期刊文献评论构成了该检索工具的文摘部分，分别按主题分类表分类体系编排，每条文摘除反映文献主题内容外，还包括摘录者的分析评论。文摘著录格式如图 3.37 所示。

10A194① Study of chaotic motion in elastic cylindrical shells. （6 refs）② - Qiang Han, Haiyan Hu（Inst of Vib EngNanjing Univ of Aeronaut and Astronaut, Nanjing, Jiangsu, 210016, China）, Gui-Tong Yang（Taiyuan Univ of Tech, Taiyuan, Shanxi, 030024 China）, ③Eur J Mech A 18（2）351-360（Mar-Apr 1999）. ④

The chaotic motion of an elastic cylindrical shell has bean studied in this paper, its dynamic equation contains square and cubic nonlinear items. By means of the Galerkin approach and the Melnikov method, the critical condition for chaotic motion has bean obtained. Two demonstrative examples have bean discussed through Poincare mapping, phase portrait and time history. ⑤

图 3.37　AMR 文摘著录格式

著录格式注释：

① 文摘号。文摘号由期号＋书评或刊评代号＋顺序号构成，其中，书评或刊评代号不参加顺序编排，顺序号每期从 1 开始编起。书评或刊评代号中字母含

义为 B：图书；J：期刊；A：期刊文献文摘；T：期刊文献题录；R：专家评论；N：编辑人员编的评论。

　　② 文献篇名。篇名后为本文参考文献数量。

　　③ 著者及著者单位。

　　④ 期刊名称缩写，卷，期，出版年月。

　　⑤ 摘要。

　　3. 索引

　　AMR 的索引有期索引和年度索引。每期文摘后附有著者索引，年度索引本包括著者索引、关键词索引（keyword index to subject classification scheme）、主题索引三种索引。

　　1）著者索引

　　AMR 著者索引按著者姓名字顺排列，著者后给出文献篇名和文摘号，其著录格式如图 3.38 所示。

> **YANG，GUI-TONG**：①Impact torsional buckling of plastic circular
> cylindrical shells：Experimental study，② 10A725③
> -Study of chaodic motion in elastic cylindrical shells，②
> 10A194③
> -Analysis of dynamic failure of plastic spherical shells
> under local impact，②　12A196③

图 3.38　AMR 著者索引著录格式

著录格式注释：

　　① 著者姓名。

　　② 文献篇名。

　　③ 文摘号。

　　2）关键词索引

　　关键词索引其作用是确定类目，按 keyword 字顺排，著录格式如下：

　　　　Concrete structures

　　　　　　reinforced-　　282H

　　3）主题索引

　　名为主题索引，实为分类索引，分类依据是主题分类表，把分类表中的类名作为主题词使用。它按分类表的分类体系把主题词分为三个等级，依次为大标题（super headings）、主标题（main headings）和副标题（subheadings），每个副标题词下再按文摘号顺序编排，著录格式如图 3.39 所示。

Ⅰ. FOUNDATIONS & BASIC METHODS①

102. Finite Element Methods②

102c. Structral applications ③

Nonlinear curved-beam element for each structures, ④ J Struct Eng 117（11）3496-3515,

（Nov, 1991），⑤ 1A26⑥

图 3.39　AMR 主题索引著录格式

著录格式注释：

  ① 大标题。

  ② 主标题。

  ③ 副标题。

  ④ 文献篇名。

  ⑤ 缩写刊名、卷、期、起止页码、出版时间。

  ⑥ 文摘号。

4. 其他辅助性工具

  在 AMR 年度索引本中除了以上三个索引外，还有几个辅助性工具，主要有以下两个：

  1）AMR 核心期刊目录（core journals scanned for AMR）

  它是 AMR 收录核心期刊的一个刊名缩写和刊名全称的对照表，按出版物缩写字顺编排，著录格式如下：

    Soil Dyn Earthquake Eng①

      Soil Dynamics and Earth quake Engineering（4）0267-7261

      （Elserier，UK）②

著录格式注释：

  ① 缩写的刊名。

  ② 刊名全称。

  2）主题分类详表（AMR subject classification scheme）

  它是 AMR 文摘部分和主题索引编排所依据的分类表，分为 10 个大类，84 个二级类目，1000 多个三级类目。其 10 个大类如下：

  Ⅰ. foundations & basic methods　　力学的基础理论和基本方法

  Ⅱ. dynamics & vibration　　动力和振动

  Ⅲ. automatic control　　自动控制

Ⅳ. mechanics of solids   固体力学

Ⅴ. mechanics of fluids   流体力学

Ⅵ. heat transfer   热传递

Ⅶ. earth sciences   地球科学

Ⅷ. energy & environment   能源与环境

Ⅸ. bioengineering   生物工程

Ⅹ. general & miscellaneous   综合及其他

3.9　美国《数学评论》

3.9.1　概述

美国《数学评论》(*Mathematical Reviews*，MR）是在国际数学界享誉很高的评论性和报道性的文摘杂志，由美国数学协会（American Mathematical Society，AMS）于 1940 年创刊，月刊，每年 12 期。该杂志评论的文献包括期刊、图书、会议录、文集和预印本，其中对 1800 多种期刊做选评，对 400 余种数学核心期刊做全评。目前，中国有近 150 种期刊被选评。其报道的主要内容是数学基础理论和应用数学，具体报道的内容范围从每期前编有的文摘分类表（也是目次表）中可看出。1980 年前，数学文摘分类表分为 60 大类，1981～1999 年分为 61 大类，比原来多了第 37 大类的"动力学和各态历经理论"；2000 年为 62 大类，比 1999 年前加了第 97 个大类的"数学教育"；但 2001 年以后又恢复为 61 个大类，类目和 1999 年以前一样。另外，这些大类的号码是文摘分类表中编的固定号码，号码不按顺序编（详细看文摘分类表）。

MR 每年每期编号用英文小写字母顺序从"a、b、c、…、k、m"（"l"不用）的 12 个字母代表期号，如"2001a"意为 2001 年 a 期，"2001b"意为 2001 年 b 期。这些每期的英文小写字母在每年每期中都是作固定期号，每期的正文文摘号一直用这个字母到本期文摘结束。

3.9.2　印刷版 MR 的编排与著录格式

MR 每期的编排结构是由文摘分类表、文摘部分和索引三个部分组成。

1. 文摘分类表

它是月刊的内容目次，也是 MR 的分类目次表。2001 年以后，每期的文摘分类表为 61 个大类，每一个大类都编有固定号码，由两位数字组成，这些大类的号码不一定连续，而是留有空号，这空号留给新类使用。这些固定号码在文摘正文中一直代表本大类作为文摘号的一部分，如"11 Number theory 数论"意为第 11 大类是数论，在文摘正文中，如文摘号为"2001b：11006"意为：2001年，b 为第二期或 b 期，11 为大类类号，006 为这个文摘的顺序号。

数学评论文摘分类表（目次表）

00　general　数学一般问题

01　history and biography　历史和传记

03　mathematical logic and foundations　数学逻辑与数学基础

05　combinatorics　组合理论

06　order，lattices，ordered algebraic structures　级、格和有序代数结构

08　general algebraic systems　普通数学（代数）系统

11　number theory　数论

12　field theory and polynomials　域论和多项式

13　commutative rings and algebras　交换环和交换代数

14　algebraic geometry　代数几何

15　linear and multilinear algebra；matrix theory　线性代数和多项线性代数、矩阵理论

16　associative rings and algebras　结合环和结合代数

17　nonassociative rings and algebras　非结合环和非结合代数

18　category theory，homological algebra　范畴论和同调代数

19　K-theory　K 理论

20　group theory and generalizations　群论及推广

22　topological groups，lie groups　拓扑群，李群

26　real functions　实函数

28　measure and integration　测度和积分

30　functions of a complex variable　复变函数

31　potential theory　势论

32　several complex variables and analytic spaces　多复变量及解析空间

33　special functions　特种函数

34　ordinary differential equations　常微分方程

35　partial differential equations　偏微分方程

37　dynamical systems and ergodic theory　动力学和各态历经理论

39　difference and functional equations　差分和函数方程

40　sequences，series，summability　序列、级数、可和性

41　approximations and expansions　近似法和展开式

42　Fourier analysis　傅里叶分析

43　abstract harmonic analysis　抽象调和分析

44　integral transforms，operational calculus　积分变换、运算微积分

45　integral equations　积分方程

46　functional analysis　泛函分析

47　operator theory　算子理论

49　calculus of variations and optimal control；optimization　变分法和最优控制、优选法

51　geometry　几何学

52　convex and discrete geometry　凸集与相关几何论题

53　differential geometry　微分几何

54　general topology　普通拓扑

55　algebraic topology　代数拓扑

57　manifolds and cell complexes　流形和胞腔复形

58　global analysis，analysis on manifolds　整体分析、流形分析

60　probability theory and stochastic processes　概率论和随机过程

62　statistics　统计

65　numerical analysis　数值分析

68　computer science　计算机科学

70　mechanics of particles and systems　质点力学和系统力学

74　mechanics of deformable solids　变形固体力学

76　fluid mechanics　流体力学

78　optics，electromagnetic theory　光学、电磁理论

80　classical thermodynamics，heat transfer　经典热力学、热传递

81　quantum theory　量子理论

82　statistical mechanics，structure of matter　统计力学、物质结构

83　relativity and gravitational theory　相对论和万有引力理论

85　astronomy and astrophysics　天文学和天文物理

86　geophysics　地球物理

90　operations research，mathematical programming　运筹学、数学规划

91　game theory economics，social and behavioral sciences　对策理论、经济学、社会行为科学

92　biology and other nature sciences　生物学及其他自然科学

93　systems theory，control　系统理论、控制
94　information and communication circuits　情报与通信、电路

2. 文摘部分

MR 的文摘是评论性和报道性文摘，其文摘部分的编排是按文摘分类表中的大类先后顺序编排的，即按代码"00、01、03 …"的大类依次编排，排完"00"大类后，再排"01"大类，每一大类的文摘顺序号从 001 开始，同一大类下编有的二级类目或三级类目连续编号，以此类推。每个大类排完后，MR 还编有参见文摘号，如"See also 01003，★42001，35006 …"等，参见号为读者提供更多的相关内容。图 3.40 是 MR2001 年 j 期的某个图书文摘著录格式：

```
2001j：00002 ① 00A05 ②
 Castic，John L. ③
★Five more golden rules ④
Knots，codes，chaos，and other great theories of zoth-century mathematics. ⑤
John Wiley & Sons，Incl，New York， ⑥ 2000 ⅳ + 268pp. $16.95⑦
ISBN 0-471-39528-5 ⑧
This book is identical with the hardcover edition.
［2000. MR 2001f：00002 ］⑨
```

图 3.40　MR 图书文摘著录格式

著录格式注释：

① 文摘号（年号＋期号＋大类类号＋顺序号）。

② 二级类号。

③ 作者姓名。

④ 书名，凡篇名前有星号的为图书，没有星号的为期刊或会议论文集。书名用黑体字印刷。书名是英文的照原文，是俄文的用俄文，书名后注明（Russian），后面的⑤～⑨项都用英文译出。

⑤ 丛书名或副书名、卷号等。

⑥ 出版社、出版地。

⑦ 出版年、页码、价格。

⑧ 文摘内容、此篇文摘内容较简单，但 MR 中很多文摘内容都很长或较长。

⑨ 有些文摘有第 10 项，一般为文摘员姓名及地址，但大多数没有，此文摘也没有。

3. 索引部分和检索方法

MR 每期正文后都附有著者索引和关键词索引，下面介绍其编排和检索

方法。

　1) 著者索引

　MR 创刊以来，每期正文后都编有著者索引。著者索引是按本期的所有文摘著者的英文字母顺序编排的，同一个文摘有几个著者都分别在不同的字顺中找到要找的著者。因此要找的文献只要知道其中的一个著者，就可以从该著者入检。著者后面的数字是文摘号，有些著者后面有两个文摘号，表示此作者有两篇文献。用文摘号去查文摘正文就查到该作者的文摘。下面以 2000 年 12 期的一个著者检索为例说明。

　如知道某篇文献的作者是 Xu Xuejun，从著者索引去入检，此文作者是"X"开头，就用这个字母到著者索引，按字母顺序查到"X"，第二个字母也按字顺去查，即查到

　　　　Xu Xuejun① ······74087②
　　　　Xu Yancong ······ 45008
　　　　Xu Yanan ······ 41025

著录格式注释：

　① 著者姓名。

　② 文摘号（74 大类＋文摘顺序号）。

　用 74087 这个文摘号到文摘正文查，先用 74 这大类查，74 为"变形固体力学"大类，查到"74"再按文摘顺序查，即可查到该篇文献。

　2) 关键词索引

　关键词索引按关键词英文字母顺序排列，并给出相应的文摘号，适用于无特定作者的文集、会议录、讨论班纪要、传记等的检索。关键词来自这些出版物的题名、会议录、讨论班的时间地点、传记的人物姓名、出生年等。关键词索引著录格式如下：

　Congress：①

　Industrial ＆Applied Mathematics，4th International ICIAM 99②　　00027③

著录格式注释：

　① 会议或专业会议（congress 为一个主要关键词）。

　② 在专业会议下的一个具体索引，题为"1999 年第四届国际工业与应用数学大会"，是与 congress 有关的关键词题目。

　③ "00"为第一大类类号，"027"为顺序号。

　在查关键词索引时，要注意 MR 关键词索引的特点，它适用于一部分文摘中未提供具体著者的论文集或著作集，而不是用来查阅单篇期刊论文或其他文献。另外，选择关键词要灵活，应多选一些有关的词（如同义词、近义词、上位词或下位词等）去试，命中机会才会多一些。但如果知道具体作者，还是利用著

者索引来检索容易得多。

3.9.3　MathSciNet 数据库

1. 数据库介绍

MathSciNet 是美国数学会的评论期刊 Mathematical Reviews 及检索期刊
（Current Mathematical Publications，CMP）的网络版，提供 200 多万条数学文
献的书目数据及评论，可提供从 1940 年至今全部数据的检索。所录文献内容包
括数学及数学在统计学、工程学、物理学、经济学、生物学、运筹学、计算机科
学中的应用等信息。CMP 是以报道全球已经出版或即将出版的数学文献为主旨
的通告性杂志。

2. 检索指南

MathSciNet 提供出版物、作者、杂志、作者被引用的信息、杂志被引用的
信息检索入口。

1）出版物检索

图 3.41 是 MathSciNet 出版物检索界面，这种检索的检索项目是最齐全的。
在下拉菜单中可以选择字段，包括作者姓名、作者姓名加编者和译者、题目、评
论、杂志名称、研究机构的特定代码、系列名称、数学主题分类号、《数学评论》
条目号、评论员姓名、全文、参考文献。在检索框中输入检索词，选择好各个检索
词之间的关系，按搜索按钮，即可以得到检索结果。在这种检索入口同时可以限制
检索的时间段和出版物类型。每一字段均支持截词符"＊"：代表一个或多个字符。

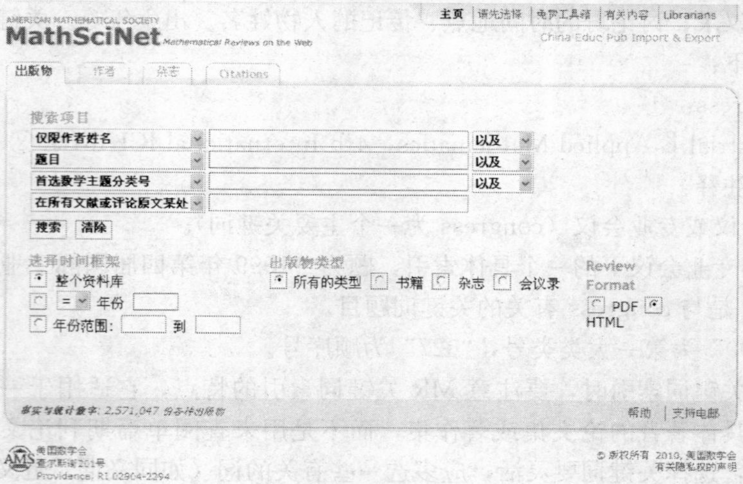

图 3.41　MathSciNet 出版物检索界面

2）作者检索

作者检索界面见图 3.42，作者姓名的输入方法是全拼，姓在前，名在后，用逗号隔开。例如：张宏伟，输入：zhang，hongwei，不区分大小写，也可以写成：zhang，hong＊。

图 3.42　作者检索界面

输入检索词后，页面给出符合检索条件的作者姓名。点击您需要的作者姓名，即可以链接到该作者的所有文献。

3）杂志检索

杂志检索的检索框中可输入刊物的全称、缩写、一部分或 ISSN 号。检索结果为符合检索条件的期刊列表，点击欲浏览的刊名，页面给出该期刊的基本信息，继续点击 list journal issues，则页面列出系统收录该刊的卷（年）、期列表，点击欲浏览的卷期，则可浏览该刊目录以及每篇文章的题录、被评论情况。杂志检索界面见图 3.43。

4）作者被引用的信息检索

与作者检索方式相同，若检索的结果大于 1 个，会以下拉框的形式将检索结果列在其中，以供选择。选择好作者后，点击 list results for this author，可以获得该作者被引用的文献信息。作者被引用的信息检索界面如图 3.44 所示。

5）杂志被引用的信息检索

与杂志的检索方式相同，同时需要选择被引用的年份。若检索的结果多于 1 个，会以下拉框的形式将检索结果列在其中以供选择。选择好杂志以后，点击 list results for this journal，可以获得该期刊被引用的文献信息。杂志被引用的信息检索界面见图 3.45。

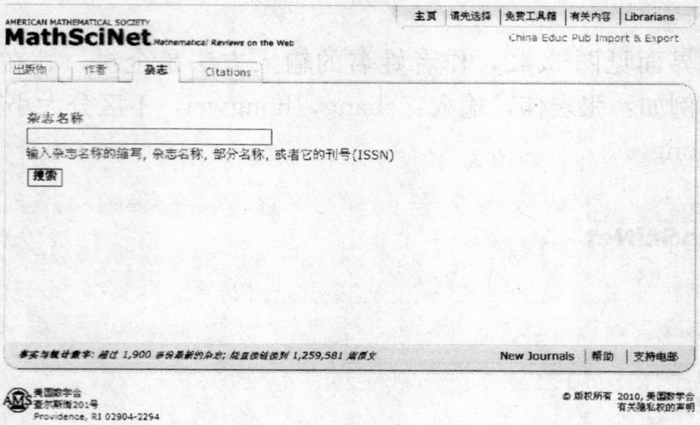

图 3.43　杂志检索界面

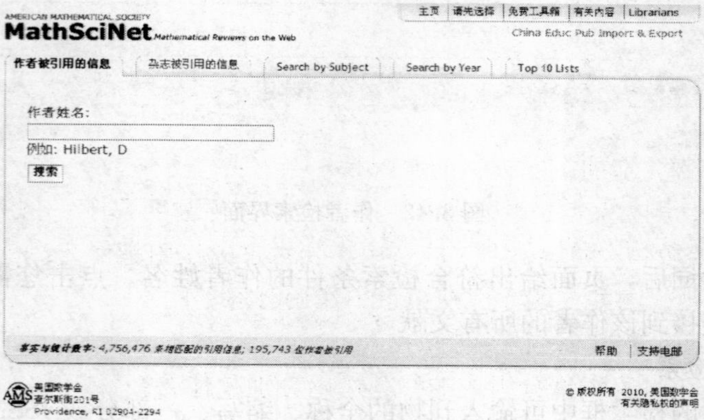

图 3.44　作者被引用的信息检索界面

图 3.45　杂志被引用的信息检索

本 章 小 结

　　本章主要从传统的文献检索角度介绍了 9 种常用的外文检索工具的印刷版编排结构和使用方法。本章重点介绍了国内非常重视的美国《工程索引》，美国《科学引文索引》，美国《科技会议录索引》，检索电类文献首选的检索工具英国《科学文摘》和检索化学化工、材料专业文献最权威的检索工具美国的《化学文摘》。本章还介绍了 4 个比较典型的专业检索工具英美《金属文摘》、美国《机械工程文摘》、美国《应用力学评论》和美国《数学评论》。

　　本章对这 9 种检索工具的概况、文献收录学科范围和类型、工具正文部分和索引部分的编排结构和著录格式以及重要的附录部分进行了较为详细的介绍，对启发学生从不同的角度思考和解决学术研究问题有很大的帮助。

思考与练习

　　1. 1987 年 EI 增加主题索引的原因是什么？

　　2. EI 正文是按什么方式编排的？使用的规范主题词有什么变化？

　　3. EI 的出版物一览表和 SA 的引用期刊目录的作用是什么？

　　4. SA 主题指南和主题索引在检索中作用有何不同？

　　5. SA 正文是按什么方式编排的？

　　6. SCI 是由哪三大部分组成的？其作用分别是什么？

　　7. 化学文摘在卷索引和累积索引（如 general subject index）中使用规范主题词，但为什么从来没有编制出版过叙词表（thesaurus）？

　　8. 化学文摘的资料来源索引主要解决检索过程中的什么问题？对于中文、日文和俄文期刊，资料来源索引能检索到原始刊名吗？

　　9. AMR 和 MR 两个检索工具有什么显著特点？

第4章 专利与专利文献的检索

4.1 知 识 产 权

4.1.1 知识产权概念

知识产权意指"知识财产"或"知识所有权",它是指行为主体(公民、法人或其组织)对其在科学技术、文学艺术或者工商业活动等领域里,主要基于脑力劳动完成的智力成果所享有的专有权利。知识产权,英文为 intellectual property,我国港、台地区多译为"智慧财产权"。知识产权的主要功能是保护知识拥有者和创新者的利益,它是法律赋予知识产品所有人对其智力创造成果所享有的某种专有权利。

4.1.2 知识产权种类

从《世界知识产权组织公约》对知识产权的相应规定来看,知识产权可以分为两大类:版权、工业产权。

版权也称著作权,是作品的创作者及作品的传播者所享有的权利,其保护对象是以满足精神需求为目的的智力成果,包括文学、艺术和科学作品以及它们的传播媒介。

工业产权是指著作权以外的知识产权,其保护对象概括为工商业领域里以满足物质需求为目的的发明创造或识别性标记,主要有专利权和商标权,还有同一领域里制止不正当竞争行为的某些规则,即禁止不正当竞争的权利。

1. 工业产权

人们依法对应用于商品生产和流通中的创造发明和显著标记等智力成果在一定地区和期限内享有的专用权。

工业产权是涉及工业、农业、商业、采掘业和一切制造成品或天然产品的产权。包括专利、商标、服务标记(如区别服务性行业的标记)、厂商名称、货源名称(货源标记)、原产地名称(地理标志)和制止不正当竞争等的权利。

2. 版权

版权也称著作权(1990 年颁布的《著作权法》专门设有一条:"第五十一

条：本法所称的著作权与版权系同义语。"2001 年 10 月 27 日通过的《著作权法》修正案作了这样的修改："第五十六条：本法所称的著作权即版权。"），指作者或出版者对其作品享有印刷、出版、复制和销售等权利。内容包括作者权与邻接权。

1）作者权

作者权是著作权人（作者）对其创作的文学、艺术和科学作品依法享有的权利，包括对作品的人身权和财产权。

2）邻接权

邻接权原意是指与著作权相关、相近似的权利，是法律赋予作品传播者的权利，包括表演者权、录音录像制作者权、出版者的权利、广播电视组织权等。它是作品传播者对其传播作品过程中所创造的成果所享有的权利。

4.1.3　有关保护知识产权的国际公约组织

我国加入了 10 多个知识产权国际公约，其中比较重要的有以下几个。

1.《保护工业产权巴黎公约》

《保护工业产权巴黎公约》（*Paris Convention of the Protection of Industrial Property*）1883 年 3 月 20 日缔结于巴黎，1884 年 7 月 7 日生效（又简称《巴黎公约》）。它是知识产权保护领域第一个世界性的国际公约，也是参加国最多、影响最大的一个国际公约。我国于 1984 年参加该公约。《巴黎公约》保护工业产权的条款涉及保护范围、基本原则、最低保护标准等方面的内容，而其中关于基本原则的规定，构成公约最基本的，也是最重要的内容。

1）国民待遇原则

国民待遇原则是《巴黎公约》的首要原则，它的含义是在知识产权的保护上，成员国必须在法律上给予其他成员国的国民以本国国民所享有的同样权利，包括自然人也包括法人。其次，非成员国的国民满足一定条件的也可享有国民待遇。

2）优先权原则

优先权原则也是该公约中的最重要的原则之一。《巴黎公约》第四条规定，成员国国民已经在一个成员国内正式提出的第一次工业产权申请（包括发明专利、实用新型、外观设计申请或商标注册的申请），该申请人（或者其权利继受人）再向其他成员国提出同样内容的申请的，在规定期间内（发明和实用新型 12 个月、外观设计为 6 个月、商标为 6 个月）应享有申请日期上优先的权利。即在此期间提出的申请可视为第一次申请的申请日期。

3）专利、商标独立原则

《巴黎公约》第三基本原则，各缔约国授予的专利权和商标专用权是相互独立的。各成员国根据自己的专利法或商标法批准或驳回相应的申请，不受其他国家的影响和干涉。

4）强制许可原则

各成员国可以采取立法措施，规定在一定条件下核准强制许可，以防止专利权人可能的滥用权利。但是只有在专利权人自提出专利权申请之日起，满 4 年或自被批准专利权之日起，满 3 年未实施专利，而又提不出正当理由时，专利授予国才可以采取强制许可。

2.《保护文学艺术作品伯尔尼公约》

《保护文学艺术作品伯尔尼公约》（*Berne Convention of the Protection of Literary and Artistic Works*）于 1886 年 9 月 9 日由 10 个国家发起，在瑞士首都伯尔尼正式签订（又简称为《伯尔尼公约》）。它是世界上第一部版权方面的国际公约。到 1998 年 1 月 31 日止，已有 130 个国家成为其成员国。我国于 1992 年 7 月 1 日加入该公约，10 月 15 日，公约对我国正式生效。《伯尔尼公约》条款涉及保护范围、基本原则等内容，其中，基本原则有国民待遇原则、自动保护原则、版权独立保护原则。

3. 世界知识产权组织

世界知识产权组织（World Intellectual Property Organization，WIPO）于 1970 年成立，1974 年成为联合国下属的专门机构，总部设在日内瓦，有 100 多个成员国。其宗旨是在全世界范围内促进知识产权的法律保护，协调有关国际区域条约组织的工作。我国于 1980 年加入该组织。

4.《专利合作条约》

《专利合作条约》（*Patent Cooperation Treaty*，PCT）于 1970 年 6 月 19 日签订于华盛顿，1978 年 12 月 5 日正式生效。条约规定：在缔约国范围内，申请人一旦使用一种规定的语言在一个国家提交一件国际专利申请，就同该申请人向该国际申请中规定的国家分别提出专利申请具有相同的效力。经审批后即成为统一的多国有效专利。条约宗旨是简化申请人向多国申请专利的手续，避免各国专利局重复性劳动，协调各国专利审批程序。

5. 欧洲专利局

欧洲专利局（European Patent Office，EPO）是根据《欧洲专利公约》，于 1977 年正式成立的一个政府间组织。其主要职能是负责欧洲地区的专利审批工作。欧洲专利局现有 19 个成员国。

通过欧洲专利局在欧洲国家获得专利权保护有以下几个特点：

（1）依照《欧洲专利公约》的规定，一项欧洲专利申请，可以指定多国获得保护。一项欧洲专利可以在任何一个或所有成员国中享有国家专利的同等效力。在这种情况下，可以简化在多国单独提交专利申请的手续，节约开支，方便申请人。

（2）欧洲专利是按照统一的法律审查批准的，不会因为各国专利法在程序和审查要求的不同而造成不同后果，给申请人以安全感。

（3）欧洲专利局采用英、法、德三种语言，申请人有较大的选择使用语言的自由，从而也减少了逐一国家以不同语言申请的费用。

4.2　专利的基本知识

4.2.1　专利制度

1. 专利制度

专利制度是国际上通行的一种利用法律和经济手段管理科技成果的管理制度。其基本内容是依据专利法。

美国第 16 任总统亚伯拉罕·林肯说得好："专利制度为智慧之火添加利益之油。"（The patent system has added the fuel of interest to the fire of genius.）

专利制度是在技术发明成为商品的历史条件下产生和发展起来的。世界上最早建立专利制度的是威尼斯城邦，1416 年，它批准了第一件有记载的专利。17 世纪末至 18 世纪初，西方各国相继颁布了专利法。19 世纪下半叶出现了国际性专利组织，缔结了各种国际条约和协定。目前，全世界已经有 160 多个国家建立了专利制度（包括发明证书制度），我国 1979 年成立了中华人民共和国专利局，着手拟定我国的专利法和专利制度。1984 年 3 月 12 日，正式通过了《中华人民共和国专利法》并于 1985 年 4 月 1 日起实施。

2. 专利制度的作用

1）专利制度使技术的评鉴法制化

长期以来，在我国计划经济体制下所形成的科技成果的管理方式是对科技成果进行评定或鉴定。这种评鉴方式不过是在学术或管理范畴内对成果的学术水平的评定或对科研课题执行情况的检查，这种方式在法律上不被国际社会所认可。而科研成果若要获得专利权，必须经专利局依法进行审查。凡授予专利权的发明必须符合专利"三性"（新颖性、创造性、实用性）要求。因此，专利的审查实质是将技术的评鉴法制化，而且这种方式又为国际社会所公认。

2）专利制度使技术资产化

一项纯技术不能成为工业产权（技术秘密除外）。纯技术一旦被授予专利权就变成了工业产权，形成了无形资产，具有了价值。因此，技术发明只有申请专利，并经专利局审查被授予专利权，才能变成国际公认的无形资产。

3）专利制度使技术权利化

即一项技术申请专利，经审查一旦被授予专利权，就有权受到法律保护。

这种权利表现为两个方面：一方面，就是对发明技术的自身保护。一项技术一旦申请专利，无论这项技术通过发表论文，还是参加学术会议或展示会，或以其他方式的公开，均是在法律保护下的公开，任何人即使通过上述途径学会或掌握了这项技术，在这项技术被授予专利权后，也不能随便使用。另一方面，就是对市场的占领。一种产品只要被授予专利权，就等于在市场上具有了独占权。未经专利权人的许可，任何人都不得生产、销售该专利产品。

4）专利制度使技术信息化

一项发明创造问世，如果没有专利制度，其所有者会尽可能的采取一定的保密措施，以避免其技术为其他人所知。但如果申请专利，获得专利权，其技术内容就可任意公开，任何人即使知道了其专利内容，在没有得到专利权人允许的情况下，都不能实施其专利。同时专利的先申请原则，也使得发明创造所有人为使技术成果得到保护，都尽可能早的提起专利申请，也使得很多发明创造一经完成就很快的公诸于世。

4.2.2　专利

1．专利的概念

从狭义上讲，专利是指技术上受法律保护的一种权益，是法律授予发明人或专利所有人的一种禁止他人生产、销售其发明的权利。

从广义上讲，专利包括三个方面的含义：专利权（从法律角度理解），是指受法律保护的权利；发明本身（从技术角度理解），是指受法律保护的技术，也就是受专利法保护的发明创造；专利文献（从文献角度理解），是指记录发明创造内容的专利文献。其核心是第一点——专利权，而发明本身（专利技术）和专利文献是专利的具体体现。

专利权是指国家专利审批机关（国家知识产权局专利局）对提出专利申请的发明创造，经依法审查合格后，向专利申请人授予的、在规定时间内对该项发明创造享有的专有（独占）权。

2．专利的特点

1）专有性

专有性也称独占性、排他性。即专利权人对发明创造享有独占性的制造、使用、销售的权利，其他任何单位和个人未经专利权人许可不得生产、制造、经营、使用、销售其专利产品或者使用其专利方法。

2）地域性

地域性是指一个国家依照本国专利法授予的专利权，仅在该国法律管辖范围内有效，对其他国家没有任何约束力，并对其专利权不承担保护的义务。若要在其他国家得到保护，需要到相应国家申请专利或根据相关的国际公约或双边协定办理。

3）时间性

时间性是指专利权人对其发明创造所拥有的法律赋予的专有权只在法律规定的时间内有效，期限届满后，专利权人对其发明创造不再享有制造、使用、销售的专有权，其发明创造就成了社会的公共财产，任何单位或个人均可无偿使用。

3. 专利的种类

各国专利法所称的专利，其意义各不相同，我国的专利法将发明、实用新型及外观设计统称为专利。在同一部专利法中，通过制定不同的条款，来分别进行界定和保护。这一点由《中华人民共和国专利法》（以下简称《专利法》）第二条可以看出："本法所称的发明创造是指发明、实用新型、外观设计。"而在一些国家，如德国、日本，其专利是专指发明，对于实用新型和外观设计，则另有相关法律进行规定。

依据被保护的发明创造的实质内容来看，专利一般分为三种类型：发明专利、实用新型专利、外观设计专利。这三种类型专利，发明与实用新型专利是主要的，占到专利的 90%以上。

1）发明专利

发明专利在科学技术成就中属于改造客观世界的成就（属于认识客观世界的发现、科学理论、计算公式和管理方案等不能申请专利）。《专利法》规定，发明是指对产品、方法或者其改进所提出的新的技术方案。能取得专利的发明可以是产品发明，也可以是方法发明。保护期为 15~20 年。《专利法》规定发明专利保护期限为 20 年。

2）实用新型专利

《专利法》规定，实用新型是对产品的形状、构造或者其结合所提出的适于实用的新的技术方案，即具有一定的特性但不足以获取发明专利的技术，给予期限短于发明专利的垄断保护。实用新型专利一般发明水平比较低，多属于一些比较简单或改进性的技术发明。保护期为 10 年。实用新型专利申请必须是产品专利申请。

3）外观设计专利

对产品的外形、图像、色彩或结构做出的富有美感并适用于工业上应用的新设计可申请外观设计专利。

4. 授予专利权的条件

授予专利权的发明和实用新型专利，必须具备新颖性、创造性和实用性。

1）新颖性

新颖性是指在申请日前没有同样的发明或者实用新型在国内外出版物上公开发表过、在国内公开使用过或者以其他方式为公众所知，也没有同样的发明或者实用新型由他人向专利行政部门提出过申请并且记载在申请日以后（含申请日）公布的专利申请文件中。

一般而言，发明创造一旦公开，就被视为现有技术的一部分而失去新颖性，这是一个基本原则。但这个原则也有例外，在某些情况下的公开，并不失去新颖性。《专利法》第二十五条规定了三种不丧失新颖性的例外：

（1）在国际展览会上首次展出的。对国际展览会上首次展出的发明创造给予一段时间不丧失新颖性的优惠，是发起缔结《巴黎公约》的直接原因。这种保护的原则从一开始就载入了《巴黎公约》，并成为其成员国所承担的义务。对中国而言，这里的国际展览会应是由中国政府主办或他国主办而被中国政府承认的国际展览会。

（2）在学术会议上首次发表的。按照《中华人民共和国专利法实施细则》（2001）第31条的规定，这类会议限制在国务院主管部门或者全国性学术团体组织召开的学术会议或者技术会议。这种会议一般限于被邀请的人士参加，如果参加者对参与发明创造的内容负有保密义务，那么在会议上首次发表的发明创造不构成公开。

（3）他人未经申请人同意而泄漏其内容的。负有保密义务的人违反规定，将发明创造的内容公开；第三人用盗窃、欺诈等不正当手段取得发明创造的内容。这两种公开都是违背申请人本意的，属于非法公开。为保护申请人的利益，故作出此项规定。

在申请日以前6个月内发生上述情形的，该申请不丧失新颖性。

2）创造性

创造性又叫发明高度、先进性、非显而易见性等，发明或者实用新型要获得专利权，必须具备创造性。

创造性，指同申请日以前的已有技术相比，该发明有突出的实质性特点和显著的进步，该实用新型有实质性特点和进步。

显然，同申请日以前的已有技术相比，这是判断新颖性的时间标准。但一项发明创造具备了新颖性，不一定就有创造性。因为创造性侧重判断的是技术水平的问题，而且判断创造性所确定的已有技术的范围要比判断新颖性所确定的已有技术范围窄一些。

突出的实质性特点指发明创造与已有技术相比具有明显的本质的区别。也就是说，该发明创造不是所属技术领域的普通技术人员能直接从已有技术中得出构成该发明创造的全部必要的技术特征。显著的进步指该发明创造与最接近的已有技术相比具有长足的进步。这种进步表现在发明创造克服了已有技术中存在的缺点和不足，或者表现在发明创造所代表的某种新技术趋势上，或者反映在该发明创造所具有的优良或意外效果之中。

《专利法》规定，实用新型的创造性，是指同申请日以前已有技术相比，该实用新型有实质性特点和进步。这里可见发明创造的"突出的"和"显著的"就是判断发明和实用新型创造性的区别所在。

3）实用性

实用性是发明或者实用新型专利申请授予专利权的又一必要条件。《专利法》规定："实用性，是指该发明或者实用新型能够制造或者使用，并且能够产生积极效果。"

能够制造或者使用，是指发明创造能够在工农业及其他行业的生产中大量制造，并且应用在工农业生产上和人民生活中，同时产生积极效果。这里必须指出的是，专利法并不要求其发明或者实用新型在申请专利之前已经经过生产实践，而是分析和推断在工农业及其他行业的生产中可以实现。

实用性包括实践性、再现性、有益性。

授予外观设计专利权的实质条件，应当同申请日以前在国内外出版物上公开发表过或者国内公开使用过的外观设计不相同和不相近似，并不得与他人在先取得的合法权利相冲突。

《专利法》第二十五条：对下列各项不授予专利权

（1）科学发现；

（2）智力活动的规则和方法；

（3）疾病的诊断和治疗方法；

（4）动物和植物品种；

（5）用原子核变换方法获得的物质。对上款第四项所列产品的生产方法，可以依照专利法授予专利权。

5. 专利的审批程序

1）登记制度（形式审查制度）

专利申请交专利局后，由专利局进行形式审查，即对文件的格式、费用等进行审查，而不涉及发明的技术内容，只要形式审查合格即批准授予专利权。

形式审查的优点是审批及时，发明公布快，申请所负担的费用少，专利局也无需配备大量的审查人员。其主要缺点是由于没有进行专利性的审查，导致专利的质量降低，很多不符合专利性的发明往往被授予专利权。

2）实质审查制度

实质审查制度对专利申请不仅进行形式上的审查，还要从技术角度确定发明的专利性，即审查其是否符合专利法所规定的新颖性、创造性和实用性的要求，以确定是否授予专利权。其分即时审查、延迟审查两种形式。

即时审查：申请人向专利局提出专利申请求并缴纳了审查费以后，即开始进行实质审查。其优点是授权的专利质量高，诉讼纠纷少，但审批专利要花较多的人力和时间，往往造成专利申请的大量积压。美国曾经实行即时审查制，因大量专利申请积压，后改为形式审查制。

延迟审查（早期公开，延迟审查）：是指专利局接到一项专利申请，进行形式审查后，将实质性审查推迟一段时间进行的一种制度，又称早期公开，延迟审查制。申请人提出专利申请后，专利局先进行形式审查，然后将发明早期公开，申请案一般从申请日起 18 个月内公开，从公开之日起，申请人就享有临时保护权，然后在一定期限内应申请人的要求，进行实质审查。申请人可以在提交专利申请的同时提出实质性审查的要求，也可在规定期限内随时提出实质性审查的要求，并缴纳审查费。请求实质审查的期限各国不同，日本、德国、荷兰自申请日起 7 年，澳大利亚 5 年，中国 3 年，英国和欧洲专利局 6 个月。申请人无正当理由在上述期限内不请求实质审查的，该申请即被视为撤回。但是，专利行政部门认为必要的时候，例如，对于国计民生有重大作用的发明等，可以自行对专利申请进行实质审查。

延迟审查制的优点是发明内容公开及时，给专利申请人以充分的时间考虑是否请求实质性审查，同时减轻专利局的审批工作量。其缺点是审查程序复杂，专利审查的不确定状态过长。

我国对发明专利实行实质性审查中的早期公开、延迟审查，国务院专利行政部门收到发明专利申请后，经初步审查认为符合本法要求的，自申请日起满 18 个月，即行公布。国务院专利行政部门可以根据申请人的请求提早公布其申请。自申请日起 3 年内根据申请人随时提出的要求，对其进行实质性审查。

对实用新型、外观设计专利申请，实行形式审查，经初步审查没有发现驳回理由的，由国务院专利行政部门作出授予实用新型专利权或者外观设计专利权的决定，发给相应的专利证书，同时予以登记和公告。

自国务院专利行政部门公告授予专利权之日起，任何单位或者个人认为该专利权的授予不符合本法有关规定的，可以请求专利复审委员会宣告该专利权无效。专利复审委员会对宣告专利权无效的请求应当及时审查和作出决定，并通知请求人和专利权人。宣告专利权无效的决定，由国务院专利行政部门登记和公告。对专利复审委员会宣告专利权无效或者维持专利权的决定不服的，可以自收到通知之日起 3 个月内向人民法院起诉。

4.3 专 利 文 献

4.3.1 专利文献简介

1. 专利文献的由来

专利文献是实行专利制度的国家及国际性专利组织在审批专利过程中产生的官方文件及其出版物的总称。

实行专利制度的国家规定，每有一种新的技术发明，发明人或申请人向专利局提出专利申请时必须交一份详细说明该发明的具体内容和要求保护的技术范围的书面材料，必要时附图加以解释。这种反映新技术、新工艺、新产品、新设备的一篇篇技术资料经过多年的日积月累，逐渐成为各国专利局收藏的一笔巨大的知识财富，这就是专利文献的由来。专利文献有广义和狭义之分，广义的专利文献是指与专利有关的所有文献，包括专利申请文件、专利公报、专利主题词表、专利文摘、专利检索工具、专利分类表、与专利有关的法律文件及诉讼资料等。狭义的专利文献是指专利说明书，我们通常提到的专利文献就是指的狭义的专利文献——专利说明书。它是专利申请人向专利局递交的说明发明创造内容及指明专利权利要求的书面文件，既是技术性文献，又是法律性文件。由于各国的专利法不同，专利种类的划分也不尽相同，所以专利说明书的种类也不尽相同。美国分为发明专利、外观设计专利和植物专利。中国、日本、德国等国分为发明专利、实用新型专利和外观设计专利。由于专利技术通过专利说明书加以公开，是专利文献的主体，是科技人员关心的焦点，因而也是专利检索的主要对象。

2. 专利说明书的结构

专利说明书是专利文献的主体。其主要作用一方面是公开新的技术信息，另一方面是确定法律保护的范围。只有在专利说明书中才能找到申请专利的全部技术信息及准确的专利权保护范围的法律信息。用户在检索专利文献时，最终要得到的就是这种全文出版的专利文件。

工业品外观设计专利（industrial design）不用写发明内容、权利要求等，只要在向专利局申请时提交产品的照片和图片等文件，并且应当写明使用该外观设计的产品及其所属的类别。

发明专利说明书（patent specification）、实用新型专利（utility model）一般包括以下三部分。

1）扉页

与发明有关的以及和法律有关的内容、各著录项目都印在扉页上，包括发明名称、申请人、专利权人、申请号、公开（公告）号、分类号等全部著录项目和摘要及附图，要求优先权的还有优先权申请日、申请号和申请国。

2）正文部分

正文部分要对发明内容，包括发明背景、有关发明简要叙述、有关本发明的详细叙述（如有附图将结合附图加以说明）进行报道。正文部分内容一般可划分为五个方面：

（1）前言（发明背景介绍或专利权人介绍）；

（2）同类专利存在的问题；

（3）本专利要解决的问题及其优点；

（4）专利内容（原料、制造条件等）的解释；

（5）实例（包括使用设备、原料制备、配方、生产条件、结果等）。

3）权利要求书

权利要求书一般是将发明的内容概括成若干条，第一条是总的介绍专利的主要内容，后几条是具体的内容。专利权限部分也称权力要求部分，是发明中明确要求给予保护的范围，它是一件专利申请的核心，只在发明专利说明书中正文的内容介绍部分记载而未写入权力要求范围的发明内容，专利法不予保护。

此外，有的专利说明书还附有必要的简图和检索报告（即相关文献目录）。

如果我们熟悉专利说明书的这种行文结构，在使用专利说明书时，就没有必要对说明书的全文逐字逐句加以阅读。因为专利说明书中，上述几个方面的内容重复部分很多。例如，你要了解配方、操作步骤和条件，只要阅读实例部分即可，而且其中第一个实例是最主要的。要了解专利主要内容，只要看专利内容解释部分就行。这样可以大大节省研读文献的时间。

3. INID 代码

为易于识别和查找专利文献，便于计算机存储与检索，自 1973 年起，各国专利局出版的专利文献开始标注统一的专利文献著录数据代码，即 INID 代码〔Internationally Agreed Numbers for the Identification of （Bibliographic) Data〕。这种代码由圆圈或方括号所括的两位阿拉伯数字表示。例如：

［10］文献标志　　　　　　　　　［51］国际专利分类号

［11］文献号　　　　　　　　　　［52］本国分类号

［12］文献种类的简述　　　　　　［53］国际十进位分类号

［19］专利国别或机构代码　　　　［54］发明名称

［20］国内登记项　　　　　　　　［55］主题词

[21] 申请号　　　　　　　　　　　　[71] 申请人

[22] 专利申请日期　　　　　　　　　[72] 发明人

[32] 优先权申请日期　　　　　　　　[73] 专利权人（专利所有者）

[45] 获专利权说明书的出版日期　　　[74] 律师或代理人

4.3.2　专利文献的特点

1. 内容新颖、范围广泛

每一件专利说明书不仅详细记载了解决某项课题的最新技术方案，而且涉及广泛的、各行各业的应用科学技术领域。专利文献具有它独特的优越性，由于大多数国家（包括我国在内）专利部门在受理专利申请时，都是根据"优先申请原则"，即先申请的可获批准，后申请的要被拒绝。这就促使发明人抢时间向专利局申请专利，尽早公开已有的发明，从而使专利文献成为报道新技术最快的情报源。世界上许多重大发明都先于其他资料而首先通过专利文献问世。如引起世界第一次产业革命的瓦特蒸汽机，可以说是科学史上划时代的发明（1769 年 1 月 5 日获得英国专利），以及一些高精尖技术（如宇航服的压力平衡、火箭点火装置等），小至日常生活用品（如拉链、发卡、别针、纽扣等）的发明，都可以在专利文献中找到。据报道，全世界最新技术成果 90％～95％ 先发表在专利文献上。还有人统计过，每年授权的 30 多万件专利中，有 27 万件没有以其他文献形式报道过。这意味着检索应用技术方面的文献如果不检索专利文献，就将失去了获取相关技术知识的绝大部分机会。

2. 系统、详尽、实用性强

专利说明书是递交审批的文件，要对发明内容的细节作出完整和充分的说明，描述得详尽程度要使同行业的专业人员看过说明书后，能够实施这项专利。这不仅是供审查、鉴定所必需的，也是申请人为了自己的发明取得充分的专利而必需的。因为对申请人在说明书中没有明确述及的技术细节，法律是不给与保护的。从发明者自身来说，也希望尽量将发明作明确、详尽的叙述，以便顺利获得批准，并有效地保护自己的发明。如 GB110800 专利，仅附图就有 1000 多张，其详细程度是一般期刊、会议、学位、论文无法比拟的。

3. 格式统一

专利说明书不同于一般科技文献，是一种特殊类型的技术文献，各国对专利说明书的格式和内容的要求基本相同。各国专利受理部门要求专利申请人递交的专利申请文件的书写按照一定的格式，要遵循一定的章法，因而专利文献标准化程度很高，均包括扉页、权利要求、说明书、附图等几部分内容。扉页采用国际通用的 INID 代码标识著录项目，引导读者了解和寻找发明人、申请人、请求保护的国家、专利权的授予等有关信息。权利要求说明技术特征，表述请求保护的范围。说明书清楚、完整地描述发明创造内容。附图用于对文字说明的补充。更重要的是，专利文献均采用或标注国际专利分类划分发明所属技术领域，从而使各国的发明创造融为一体，成为便于检索的、系统化的科技信息资源。

4. 数量多、重复出版量大

随着科学技术的发展，各国专利的申请数量和授权数量越来越多。据世界知识产权组织统计，目前有 90 多个国家（地区）及组织用大约 30 种文字出版专利文献，每年出版的专利文献大约有 100 多万件，反映了 30 多万件新技术、新发明。积累起来，全世界总共有专利（包括失效的）约 2000 万种。但是每年公布的 100 多万件专利中，第一次公布的只占 35 万件左右，重复率达 2/3。即每 1 件专利都有 3～5 件相同专利。其中，尤以化学化工专利文献重复率最高。

造成如此严重重复局面的原因是由于专利保护的地域性。一件好的专利为了能在不同的国家得到保护，必须分别向这些国家提出专利申请。特别是一些比较重大的发明或者有广大市场前景的发明，通常要在十几个国家申请。另一个造成大量重复的原因是，有些国家的专利局对申请专利的说明书，先后不止一次公布，如我国的发明专利要公布两次（发明专利申请公开说明书、发明专利申请审定说明书，有时还要有发明专利说明书）。文献的大量重复有弊也有利，重复文献多，增加了检索工作量，但增加了检索成功的机会，同时我们可以从不同文字记载的同一件发明的说明书中，选择自己熟悉的语种，为检索者提供了选择阅读语种的方便和弥补馆藏的不足。另外，一项发明的相同专利越多，说明该发明受保护的范围越大，垄断的市场范围越大，在一定程度上反映了该项技术的重要性。

5. 报道迅速

各国专利法均规定申请专利的发明必须具有新颖性，特别是由于大多数国家采用了先申请原则，即分别就同样发明内容申请专利的，专利权将授予最先申请者。这就促使发明者在完成发明构思后迅速申请专利。事实上，一些重大的发明常在专利文献公开 10 余年后才见诸其他文献。近年来，一些国家相继采用了早期公开制，发明说明书自申请专利之日起满 18 个月即公布于众，这又加快了发明内容公开化的进程。

6. 集技术、法律、经济信息于一体

专利文献记载技术解决方案，确定专利权保护范围，披露专利权人、注册证

书所有人权利变更等法律信息。同时，依据专利申请、授权的地域分布，可分析专利技术销售规模、潜在市场、经济效益及国际间的竞争范围。专利文献是一种独一无二的综合科技信息源。

4.3.3 中国专利说明书

1. 专利说明书的种类

根据我国现行的专利审查制度，在审查程序的不同阶段出版三种类型说明书：一是发明专利申请公开说明书，这种说明书是专利局对发明专利申请进行初步审查后出版的；二是发明专利申请审定说明书，它是专利局对发明专利申请进行实质性审查并批准授权后出版的；三是实用新型专利申请说明书，它是专利局对实用新型专利申请进行初步审查并批准授权后出版的。三种说明书与公报同日出版。

1) 发明专利申请公开说明书

这是一种未经实质（专利性）审查、也尚未授予专利权的发明专利申请说明书。发明专利申请提出后，经初步（形式）审查合格，自申请日起满 18 个月即行公布，出版发明专利申请公开说明书。其他国家出版的与此类似的说明书有：日本公开特许公报、欧洲专利申请说明书、德国公开说明书等。

2) 发明专利申请审定说明书

这是根据我国 1985 年专利法出版的一种经过实质（专利性）审查、尚未授予专利权的说明书。1985 年专利法规定，发明专利申请自申请日起 3 年内，专利局可根据申请人随时提出的请求，对其申请进行实质审查。经实审合格的，作出审定，予以公告，出版发明专利申请审定说明书。自公告日起 3 个月内为异议期，期满无异议或异议理由不成立，对专利申请授予专利权。为减少重复出版，一般不再出版专利说明书。1993 年专利法取消了异议程序，发明专利申请审定说明书也停止出版。

3) 发明专利说明书

这是根据我国 1993 年专利法开始出版的一种经过实质（专利性）审查、授予专利权的发明专利说明书。对发明专利申请经实审合格即可授予专利权，出版发明专利说明书。许多国家出版这类说明书，如美国专利说明书、欧洲专利说明书、俄罗斯专利说明书等。

4) 实用新型专利申请说明书

这是根据我国 1985 年专利法出版的一种经过初步审查、尚未授予专利权的实用新型专利申请说明书。1985 年专利法规定，对实用新型专利申请实行初步审查制，实用新型专利申请提出后，经初步审查合格，即行公告，出版实用新型专利申请说明书。自公告日起 3 个月内为异议期，期满无异议或异议理由不成立，对实用新型专利申请授予专利权。为减少重复出版，一般不再出版实用新型专利说明书。1993 年专利法取消了异议程序，实用新型申请说明书也停止出版。

　　5）实用新型专利说明书

　　这是根据我国 1993 年专利法开始出版的一种经过初步审查、授予专利权的实用新型专利说明书。1993 年专利法取消了授权前的异议程序，对实用新型专利申请经初审合格即可授予专利权，出版实用新型专利说明书。类似的说明书如日本实用新案公报。

　　2. 中国专利说明书的编号体系

　　中国专利说明书上的专利申请号（专利号）的编号，2003 年以前，申请年份用两位数字表示，第 3 位数字用来区分 3 种不同专利："1"表示发明专利；"2"表示实用新型专利；"3"表示外观设计专利。后 5 位数字表示当年的各种专利的流水号。

　　专利说明书中的公开号、公告号的英文字母表示各种专利说明书的类别。例如：

　　A——发明专利申请公开说明书；

　　B——发明专利申请审定说明书；

　　C——发明专利说明书；

　　U——实用新型专利申请说明书；

　　Y——实用新型专利说明书。

表 4.1　中国专利的编号体系的变化

专利种类	编号名称	1985~1988	1989~1992	1993~2003.9.30	2003.10.1~
发明	申请号（专利号）	88 1 00001	88 1 03229.2	93 1 05342.1	200310101523.7
实用新型		88 2 10369	88 2 04457.X	93 2 00567.2	200320100715.1
外观设计		88 3 00457	88 3 01681.4	93 3 01329.X	200330100936.4
发明	公开号	CN88100001A	CN 1030001A	CN 1 087369A	CN 1 497330A
	审定号	CN88100001B	CN 11003001B	CN 1 020584C（改称授权公告号）	CN 1 00334501C（授权公告号）
实用新型	公告号	CN88210369U	CN 22030001U	CN 2 131635Y（改称授权公告号）	CN 2 646205Y（授权公告号）
外观设计	公告号	CN88300457S	CN 3003001S	CN 3 012543D（改称授权公告号）	CN 3 364066D（授权公告号）

从表 4.1 可以看出，1985～1988 年，三种专利申请号都是由 8 位数字组成，前两位表示申请年份，88 指 1988 年，第三位数字表示专利种类，1 代表发明专利，2 代表实用新型专利，3 代表外观设计专利，后五位数字代表当年内该类专利的序号。专利号与申请号相同。公开号、审定号、公告号是在申请号前面冠以字母 CN，后面标注大写英文字母 A、B、U、S。CN 是国别代码，表示中国。A 是第一次出版的发明专利申请公开说明书，B 是第二次出版的发明专利审定说明书，U 是实用新型专利说明书，S 是外观设计公告。

1989～1992 年编号体系有两个变化，一是增加了计算机校验码，就是把三种专利申请号由 8 位数字变为 9 位，前 8 位数字含义不变，小数点后面是计算机校验码（可以是一位数字或英文字母 X，使用时可不考虑）。二是公开号、审定号、公告号分别采用了 7 位数字的流水号编排方式，取消了其中的年份。

1993 年后的编号体系变化主要有二，一是改变了后注字母。发明专利授权公告号后面标注字母改为 C，实用新型和外观设计专利授权公告号后面的标注字母分别改为 Y 和 D。二是改变了编号名称，发明专利说明书、实用新型专利说明书、外观设计专利公告的编号都称为授权公告号。

近年来，我国专利申请量增长迅速，原有的专利申请号只有 5 位流水号，已不能适应专利申请量增长的需要。因此，国家知识产权局于 2003 年 2 月份成立了专门工作小组，修改专利申请号。于 2003 年 10 月 1 日正式施行。经过修改的新专利申请号参考了世界知识产权组织关于专利申请号的标准以及现行专利申请号的使用习惯，采用国际上通行的 12 位阿拉伯数字表示，包括申请年号、申请种类号和申请流水号三部分。按照由左向右的次序，第 1～4 位数字表示受理专利申请的年号，第 5 位数字表示专利申请的种类，第 6～12 位数字（共 7 位）为申请流水号，表示受理专利申请的相对顺序，例如，200510000551.9。

3. 使用专利文献应注意的事项

（1）充分利用专利文献，科学研究不属于侵权。

（2）注意识别专利文献的真正价值。

实行"早期公开、延迟审查制"后，有人为了扰乱竞争对手视线，抛出不成熟的申请；有人用防卫性手段占领空白技术领域，实际往往是不成熟的技术；为了有所保留，说明书中往往写入许多次要情报。为此，一方面要充分查阅能查到的专利文献，另一方面要认真分析专利发明的有效价值。

（3）要注意专利文献提供的法律信息。

各国专利法都规定了专利权的保护期限，过了保护期，人人可以使用、制造、销售，还应注意某些专利是否提前失效。

4.4　专利文献检索

4.4.1　专利文献检索的目的

1. 专利性检索

专利性是指授予专利的发明创造应具备的新颖性、创造性和实用性。申请人在申请专利前，应检索相关的专利文献，看看该项发明是否具有新颖性、创造性与实用性，以免提出申请后不能获得专利权；发明专利的申请人请求实质审查，按专利法规定应向专利局提交相关的参考资料，包括专利文献。

2. 避免侵权检索

侵权检索是防止侵权检索和被动侵权检索的总称。防止侵权检索和被动侵权检索在一般情况下是指两种完全不同目的的检索。防止侵权检索是指为避免发生专利纠纷而主动对某一新技术新产品进行的专利检索，其目的是要找出可能受到其侵害的专利。被动侵权检索则是指被别人指控侵权时进行的专利检索，其目的是要找出对受到侵害的专利提起无效诉讼的依据。专利诉讼是一件复杂而又费钱的事务，因此在一项新技术投放市场之前应进行有无侵权的检索，以设法避免构成对他人专利权的侵犯。这类检索主要围绕专利权的保护范围和有效期限进行查找和分析。

3. 专利法律状态检索

专利法律状态检索是指对专利的时间性和地域性进行的检索，它分为专利有效性检索和专利地域性检索。专利有效性检索是指对一项专利或专利申请当前所处的状态进行的检索，如该专利的专利权是否处于有效期限内，是否已经转让等，其目的是了解该项专利是否有效。专利地域性检索是指对一项发明创造都在哪些国家和地区申请了专利进行的检索，其目的是确定该项专利申请的国家范围。这类情报可供有意进行技术引进和专利转让的公司企业参考，了解有关技术的先进程度、是否取得了专利、专利权是否有效的问题，以便就引进和自行研制做出决策，或加强自己的谈判地位，避免上当受骗。

4. 技术预测检索

对特定领域内专利申请情况进行系统调查，便可以了解该技术领域的现状与发展动向，为制定科技政策、科技规划、科学研究与技术开发选题、成果鉴定等提供依据。

5. 具体技术方案检索

具体技术方案检索是科技人员最熟悉的检索，通过针对特定的技术问题查阅相关的技术方案，可以从中受到启发，帮助解决现有技术难题，或者加快产品开发与技术革新进程，降低研究开发费用。

4.4.2 《国际专利分类表》

检索专利文献一般有分类途径、主题途径、申请人或专利权人途径。在使用传统的专利检索工具检索专利文献时，从分类角度检索专利是一种非常重要的途径，而专利分类法的使用是使用分类途径检索检索专利文献的关键。

1. 《国际专利分类表》分类体系

从分类途径检索专利文献必须使用专利分类表。现在各国普遍采用的分类表是《国际专利分类表》（*International Patent Classification*，IPC），只有美、英等少数国家用自己的专利分类表，但在说明书上也附有国际专利分类号。

建立专利制度初期，由于当时技术水平不高，各国专利文献量少，无需专利分类法。例如，美国在 1830 年以前，所有专利文献都是按年代排列的。19 世纪中叶，美国、欧洲许多国家进入高速发展阶段，专利文献量逐年增长，为便于检索、排档，各国都相继制定了各自的专利分类法。美国于 1831 年首次颁布专利分类法，那时只是把专利文献分成 16 个组。19 世纪末 20 世纪初，各国又相继颁布了较为现代化和成熟的专利分类法：美国于 1872 年，德国于 1877 年，英国于 1880 年，日本于 1885 年，法国于 1904 年，这些分类法对实用技术进行了详细分类。但是随着国际间技术贸易的发展，尤其是很多国家采纳了审查制的现代专利制度，又由于专利局授予的专利权是推定有效的，其稳定性主要取决于审查质量，因此各专利局必须对大量的，特别是一些主要工业国家的专利文献进行检索。很多国家也意识到：各国分类思想的差异，采用的分类原则、分类系统和标记符号等各有不同，仅通过国与国之间分类对照表的转换，既烦琐，准确性又差。各国一直在寻求解决这个问题的办法。《国际专利分类表》便是在这一背景下产生的。

第一版《国际专利分类表》于 1968 年 9 月 1 日正式生效，以后每 5 年修订一次，共分 8 个部、118 个大类、620 个小类，小类之下还分有大组和小组，类目总数达 64 000 余个。由于国际专利分类系统结合了功能分类原则及应用分类原则，兼顾了各个国家对专利分类的要求，因此适用面较广。目前世界上已有 50 多个国家及 2 个国际组织采用 IPC 对专利文献进行分类。由于 IPC 各版之间的变化比较大，要注意查找哪一年段的专利应使用那一年段相应的 IPC。

《国际专利分类表》的内容设置包括了与发明创造有关的全部知识领域。将技术内容按部、分部、大类、小类、主组、分组逐级分类，组成完整的分类表。IPC 包括了与发明专利有关的全部技术领域。

1）部

IPC 的第一个分类等级共分 8 个部（section）。在 IPC 中，首先将与发明专利有关的全部技术领域划分为 8 个部，并分别用 A～H 中的一个大写字母进行标记。每个部包含了广泛的技术内容。

部的类名：每一个部的类名都概括地指出该部所包含的技术范围，通常对类名的陈述主题不作精确的定义，一个部的类名往往是简要表明该部所包括主题范围的概括性特点。例如，C 部的类名是化学；冶金。D 部的类名是纺织；造纸。

部的内容：在英文、中文版，部的内容后的参见和附注省略。部的内容只是列出了该部各大类类号、大类类名、小类类号、小类类名的概要。由名称和符号组成，用 A～H 8 个大写字母来表示，这 8 个部分别是：

A 部　生活必需品（human necessities）

B 部　操作、运输（operations；transporting）

C 部　化学和冶金（chemistry and metallurgy）

D 部　纺织与造纸（textiles and paper）

E 部　永久性构筑物（fixed construction）

F 部　机械工程；照明；加热；武器；爆破（mechanical engineering；lighting；heating；weapons；blasting）

G 部　物理学（physics）

H 部　电学（electricity）

《国际专利分类表》共有 9 个分册，第 1～8 分册分别代表 A、B、C、D、E、F、G、H 8 个部，第 9 分册是《使用指南》。《使用指南》是《国际专利分类表》的大类、小类和大组的索引。此外，它对《国际专利分类表》的编排、分类法和分类原则都作了解释和说明，可以帮助使用者正确使用《国际专利分类表》。

2）分部

为了使使用者对部的内容有一个概括性地了解、帮助使用者了解技术主题的归类情况，部内设置了由情报性标题构成的分部（subsection）。分部只起到将某一大部的内容再进一步细分，以方便用户检索的作用，而不作为分类中的一个等级，不设类号，也没有任何分类标记，其作用是将一个部中包含的不同技术主题用情报性标题分开，所以分部只刊主标题，而无分类号。如 A 部生活必需品包含 4 个分部，它们是农业、食品与烟草、个人和家庭用品、健康与娱乐。在 IPC 的 8 个部中，除 H 部电学之下未设分部外，其他部下均设有不同的分部。

3）大类

分部下面按不同的技术主题范围分成若干个大类（class），每一大类的类名对它所从属的各个小类所包括的技术主题作一个全面的说明，大类标志由大类名称和大类号组成，其中，类号又是由有关部的符号再加上两位阿拉伯数字组成，是对部的进一步细分。其完整的表示形式为：部号＋类号。类名表明该大类包括的主题内容。例如：

B64 飞行器、航空、宇宙飞船

4）小类

大类下面设一个或多个小类（sub-class），是 IPC 的第三级类目，是对大类的进一步细分。国际专利分类的设置原则是通过各小类的类名，并结合小类的有关参见或附注尽可能精确地定义该小类所包括的主题范围。小类标志由小类名称和类号组成。小类号由部类号、两位阿拉伯数字的大类号及一个大写字母组成，其完整的表示形式为：部号＋大类号＋小类号。例如：

A21B 面包烘烤、烘烤用的机器及设备

5）主组

主组（main-group），又称为大组，是 IPC 的第四级类目，是小类下的进一步细分。主组的标志由类号加类名组成，类号为小类类号加上 1～3 位数字，然后是一个 "/" 符号再加上两个零数组成，其完整的表示形式为：部号＋大类号＋小类号＋主组类号，主组的类名明确表示出发明的技术主题范围。例如：

A21B1/00 烘烤面包炉

6）分组

分组（sub-group），又称为小组，是 IPC 的第五级类目，是主组的展开类目。分组里的标志与主组里的类似，只是在 "/" 之后不是两个零而是一个两位（有时三位到四位）的数字。例如，A21B1/02 按加热装置特点分类的烘烤面包炉。小组之内还可继续划分出更低的等级，并在小组文字标题前加注 "·" 的方法来标示小组之内的等级划分，各分组的文字标题前印有个数不同的圆点。标题前的圆点越多，表明该分组的等级越低，最多的有细分到七级的。这种小组内的等级划分在分类号中是表现不出来的。例如：

A23L 1/32 ·蛋制品

A23L 1/322 ··蛋卷

A23L 1/325 ·水产食物制品；鱼类制品、鱼肉；鱼卵代用品

A23L 1/326 ··鱼肉或鱼粉；小颗粒、团块或片

现以 B64C25/30 为例来说明 IPC 等级：

部	B	操作；运输
大类	B64	航空；飞机；宇宙航行
小类	B64C	飞机；直升机
主组	B64C25/00	降落传动装置
一点分组	25/02·	起落架
二点分组	25/08··	非固定的，如在飞行时投弃的
三点分组	25/10···	可伸缩、可拆选式
四点分组	25/18····	操作机构
五点分组	25/26·····	有关的控制或锁定装置
六点分组	25/30······	紧急开动

所以，从以上可以看出，B64C25/30 这一分类号的内容，就是指"用于飞机或直升机起落架上的非固定的、可伸缩、可折叠的，紧急开关用的控制或锁定的装置"。其完整的分类号为 Int. Cl^n B64C25/30，其中，Int. Cl^n 是第 n 版国际专利分类的缩写。

其中，从 B64C25/02 到 B64C/30，其在小组内的等级是依次降低的，但从分类号上是看不出来的，只能根据分类表中小类文字标题前的圆点数目加以判别。IPC 类号的完整书写形式为 [51] Int. Cl^7 B64C25/08。其中，Int. Cl^7 表示国际专利分类第七版。

2. 确定课题的国际专利分类号

确定课题的国际专利分类号一般有直接法、关键词索引法和间接法三种。

1）直接法

直接使用《国际专利分类表》查找课题专利分类号的方法，也称为"由上而下"的方法，即先确定课题大致所属的"部"，使用这个部所在的分册，按照目录中给出的"大类"、"小类"、"主组"、"小组"逐级向下查找。

直接使用《国际专利分类表》给具体技术课题分类，从《使用指南》入手。《使用指南》是根据 IPC 前 3 级类号组排起来的一本索引。通过《使用指南》查找分类号，是根据课题性质，先初步确定大的分类范畴，即以《使用指南》中的"大类目录"为起点，用"大类目录"中所给出的大类号引渡到"小类目录"，根据"小类目录"中所给出的小类号，再引渡到"大组目录"，寻找大组号。这样逐级缩小命中范围，最后根据"大组目录"所给出的 IPC 大组号，再有目的地选取某个分册（大部），去查出更细的类号。

2）关键词索引法

从《关键词索引》入手，《关键词索引》（Official Catchword Index）是查找 IPC 的入门工具书，是通过事物名称查找国际专利分类号的一个辅助性索引工具。它是配合 8 大部 IPC 单独印行的一本词表性索引。这种索引中按关键词字顺排列，在关键词下列有细分的下属关键词（subcatchword），后者可称修饰词或限定词，大都以词组形式表示，后列 IPC 号。

用该索引确定某项技术的分类号时，应注意表中给出的是比较粗的初步分类号，若要找到确切的分类号，还需根据分类表索引给出的初级分类号到 IPC 中进一步进行查找。由这种索引得到的专利分类号，要使用相应的国际专利分类表分册予以核查，以便确认类号和得到更切题的详细分类号。

例：查找"环氧树脂的制备"一题的专利文献，可选"epoxy"一词作关键词，查阅《关键词索引》得到：

epoxy

——compounds of low—molecular　　C07D301/00

weight　　　303/00

polycondensates containing

——groups　　　C08G 59/00

polymerisation of cyclic ethers　　　C08G 65/02

根据以上查得的 IPC 号，再用 C 分册，按顺序翻到各个类号，进一步挑选列在各类号下更切题的细分类号。假如要查找环氧乙烷的文献，根据内容可选第一个类号 C07D301/00；要查找环氧树脂的文献，则可选第三个类号 C08G 59/00，然后用 C 分册，找出这两个类号，再进一步挑选列在它们下面的更切题的细分类号。依此，从《关键词索引》入手，可以大大减少在 8 个分册中随意翻查的盲目性。

3）间接法

国际专利分类号可以通过阅读已有的专利说明书或查找《化学文摘》、《金属文摘》等报道专利的检索工具间接地得到。通过检索工具方法查找国际分类号的优点是可以使用主题词，甚至分子式（如《化学文摘》）方法，途径较多。

4.5　中国专利文献检索

1. 手工检索中国专利文献

中国专利公报与中国专利索引是手工检索中国专利文献的工具。

1）专利公报

我国专利公报自 1985 年 9 月 10 日起开始分三种形式出版：《发明专利公报》、《实用新型专利公报》和《外观设计专利公报》。这三种公报与专利说明书同日出版。1985 年为月刊，1986 年《实用新型专利公报》改为周刊。1990 年起三种公报按照国际惯例均改为周刊，每星期三出版，一年为 52 期，一年 1 卷，1985 年为第一卷，依次类推。卷号后是期号，表明公报出版周次。例如，第 13 卷第 10 号，表示 1997 年第 10 周出版的公报。

每期公报的前面，经常刊登专利局公告，内容多为法律性公告。

第一部分公布或者公告发明专利申请和实用新型专利申请中记载的著录事项、摘要和摘要附图，著录事项包括该申请的名称、国际专利分类号、申请日、申请号、公开号或授权公告号等。对于实用新型专利公报的公开就是授权公告公布。但发明专利的授权公告只有著录事项。外观设计专利公报公告的除著录事项之外，还包括外观设计的各种视图或者照片，以及简要说明，不出单行本。1994 年我国参加了《专利合作条约》（PCT），中国专利局已经成为 PCT 申请的受理局，国际专利合作条约联盟大会指定的国际检索单位和国际初步审查单位，所有《发明专利公报》增加了国际申请有关著录事项。

第二部分是专利事务。记载与专利申请的审查及专利的法律状态有关的事项。诸如申请的撤回、专利权的撤销、专利权的无效宣告、专利权的终止、专利权的继承或转让等。由于三种专利的审查方法不一，所以专利事务略有不同。

第三部分是索引。这部分将每期公报所公布的专利申请以及授权的专利，按 IPC、专利号和专利权人编排三个索引，即国际专利分类号索引、专利号码索引和申请人索引，同时给出授权公告号/专利号对照表。这里要注意的是 1993 年以前的索引编排方法有所不同。

由于我国的专利编号自申请到授权，均统一用一个号码，但在公报上为了区别出各个不同审查阶段，在专利号码前冠有相应的汉语拼音字头，例如：

GK——公开号；

SD——审定号；

ZL——专利号。

若为实用新型专利或外观设计专利，在申请号前冠以 GG，表示该专利申请的公告号。

2)《中国专利索引》

《中国专利索引》是检索专利文献的一种十分有效的工具书。该索引 1997 年以前出版《分类年度索引》和《申请人、专利权人年度索引》两种：《分类年度索引》是按照国际专利分类或国际外观设计分类的顺序进行编排的；《申请人、专利权人年度索引》是按申请人或专利权人姓名或译名的汉语拼音字母顺序进行编排的。两种索引都按发明专利、实用新型专利和外观设计专利分编成三个部分。1997 年开始改为三种，在保持原来两种不变的基础上，增加《申请号、专利号索引》，这是以申请号数字顺序进行编排。并且改为每季度出版一次，从而缩短了出版周期，更加方便了用户。

当我们知道分类号、申请人名、申请号或专利号时，就可以以它们为入口，从索引中查出公开（公告）号，根据公开（公告）号就可以查到专利说明书，从而了解某项专利的全部技术内容和要求保护的权利范围。若要了解该专利的法律状态，可以通过索引查出它所刊登的公报的卷期号。如果想了解某一技术领域的现有技术状况，或者说，既不知道申请人，又不知道专利号，但又想了解自己所从事的发明创造项目的专利技术状况，可以根据该项目所属技术领域或者关键词，去查阅《国际专利分类表》，确定其分类号，从分类索引中的专利号、申请人所申请的专利名称，进一步查阅其专利说明书。

2. 中国专利文献的网上检索

随着互联网的普及，利用网络检索自己所需的文献信息已经非常方便。免费检索中国专利文献数据库的两个权威网站：

1）国家知识产权局网站

打开国家知识产权局主页，网址为：http://www.sipo.gov.cn，（图 4.1），在其右下方位置有专利检索区，可以直接检索，也可以点高级搜索进入到检索界面（图 4.2）检索中国专利文献，或者进入主页右下角专利信息试验系统检索。

图 4.1　国家知识产权局主页

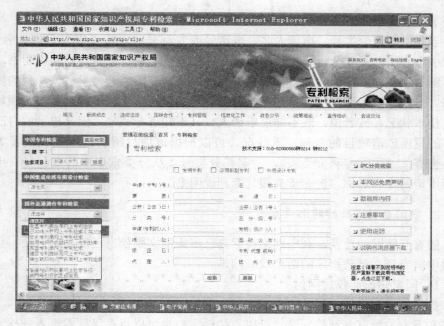

图 4.2　高级检索界面

（1）专利高级搜索使用说明。

分类号

专利申请案的分类号可由《国际专利分类表》查得，键入字符数不限（字母大小写通用）。

分类号可实行模糊检索，模糊部分位于分类号起首或中间时应使用模糊字符"％"，位于分类号末尾时模糊字符可省略。

检索实例：

已知分类号为 G06F15/16，应键入"G06F15/16"。

已知分类号起首部分为 G06F，应键入"G06F"。

已知分类号中包含 15/16，应键入"％15/16"。

已知分类号前三个字符和中间三个字符分别为 G06 和 5/1，应键入"G06％5/1"。

已知分类号中包含 06 和 15，且 06 在 15 之前，应键入"％06％15"。

申请（专利）号

申请（专利）号由 8 位或 12 位数字组成，小数点后的数字或字母为校验码。

申请号可实行模糊检索。模糊部分位于申请号起首或中间时应使用模糊字符"％"，位于申请号末尾时模糊字符可省略。

检索实例：

已知申请号为 99120331.3，应键入"99120331"；如申请号为 200410016940.6，

应键入"200410016940";检索时不需要键入校验码。

已知申请号前 5 位为 99120,应键入"99120"。

已知申请号中包含 2033,应键入"％33"。

已知申请号前 3 位和后 3 位分别为 991 和 331,应键入"991％331"。

已知申请号中包含 91 和 33,且 91 在 33 之前,应键入"％91％33"。

公开(告)日

公开(告)日由年、月、日三部分组成,各部分之间用圆点隔开;"年"为 4 位数字,"月"和"日"为 1 或 2 位数字。

公开日可实行模糊检索。模糊部分可直接略去(不用模糊字符),同时略去字符串末尾的圆点。

检索实例:

已知公开日为 1999 年 10 月 5 日,应键入"1999.10.5"。

已知公开日在 1999 年 10 月,应键入"1999.10"。

已知公开日在 1999 年,应键入"1999"。

已知公开日为 1999 年某月 5 日,应键入"1999..5"。

已知公开日为某年 10 月 5 日,应键入".10.5"。

已知公开日在某年 10 月,应键入".10"。

已知公开日为某年某月 5 日,应键入"..5"。

如需检索公开日为 1998 到 1999 年之间的专利,应键入"1998 to 1999"。

公开(告)号

公开(告)号由 7 位数字组成。

公开号可实行模糊检索。模糊部分位于公开号起首或中间时应使用模糊字符"％",位于公开号末尾时模糊字符可省略。

检索实例:

已知公开号为 1219642,应键入"1219642"。

已知公开号前 5 位为 12196,应键入"12196"。

已知公开号中包含 1964,应键入"％1964"。

申请(专利权)人

申请(专利权)人可为个人或团体,键入字符数不限。

申请人可实行模糊检索。模糊部分位于字符串中间时应使用模糊字符"％",位于字符串起首或末尾时模糊字符可省略。

申请人还可实行组合检索。组合检索的基本关系有两种:"and"(逻辑与)关系和"or"(逻辑或)关系。必须同时满足的若干检索要求,相互间为"and"关系;必须至少满足其中之一的若干检索要求,相互间为"or"关系。

检索实例:

已知申请人为吴学仁，应键入"吴学仁"。

已知申请人姓吴，应键入"吴"。

已知申请人名字中包含"仁"，应键入"仁"。

已知申请人姓吴，且名字中包含"仁"，应键入"吴％仁"。

已知申请人姓吴或郑，应键入"吴 or 郑"。

已知申请人姓吴或郑，且名字中包含"仁"，应键入"（吴 or 郑）and 仁"。

已知申请人为北京某电子遥控开关厂，应键入"北京％电子遥控开关厂"。

已知申请人为北京某厂，厂名中同时包含"电子"和"开关"，且"电子"在"开关"之前，应键入"北京 and（电子％开关）"。

已知申请人为北京某厂，厂名中同时包含"电子"和"开关"，但不知二者的先后顺序，应键入"北京 and 电子 and 开关"。

已知申请人为北京某厂，厂名中包含"电子"或"开关"，应键入"北京 and（电子 or 开关）"。

已知申请人为北京或上海的某厂，厂名中包含"电子"或"开关"，应键入"（北京 or 上海）and（电子 or 开关）"。

已知申请人为北京某电子厂或上海某开关厂，应键入"（北京％电子）or（上海％开关）"。

已知申请人为某厂，厂名中可能同时包含"电子"和"开关"，也可能同时包含"遥控"和"数码"，且均不知先后顺序，应键入"（电子 and 开关）or（遥控 and 数码）"。

发明（设计）人

发明（设计）人可为个人或团体，键入字符数不限。

发明人可实行模糊检索。模糊部分位于字符串中间时应使用模糊字符"％"，位于字符串起首或末尾时模糊字符可省略。

检索实例：

已知发明人为李志海，应键入"李志海"。

已知发明人姓李，应键入"李"。

已知发明人为深圳某实业有限公司，应键入"深圳％实业有限公司"；也可键入"深圳％实业％公司"或"深圳％实业"。

地址

地址的键入字符数不限。地址可实行模糊检索。模糊部分位于字符串中间时应使用模糊字符"％"，位于字符串起首或末尾时模糊字符可省略。

检索实例：

已知申请人地址为香港新界，应键入"香港新界"。

已知申请人地址邮编为 100088，应键入"100088"。

已知申请人地址邮编为 300457，地址为某市泰华路 12 号，应键入"300457％泰华路 12 号"（注意邮编在前）。

已知申请人地址为陕西省某县城关镇某街 72 号，应键入"陕西省％城关镇％72 号"，也可键入"陕西省％72 号"、"城关镇％72 号"或"72 号"。

名称

专利名称的键入字符数不限。专利名称可实行模糊检索，模糊检索时应尽量选用关键字，以免检索出过多无关文献。模糊部分位于字符串中间时应使用模糊字符"％"，位于字符串起首或末尾时模糊字符可省略。

检索实例：

已知专利名称中包含"照相机"，应键入"照相机"。

已知专利名称中包含"汽车"和"化油器"，且"汽车"在"化油器"之前，应键入"汽车％化油器"。

摘要

专利摘要的键入字符数不限。专利摘要可实行模糊检索，模糊检索时应尽量选用关键字，以免检索出过多无关文献。模糊部分位于字符串中间时应使用模糊字符"％"，位于字符串起首或末尾时模糊字符可省略。

检索实例：

已知专利摘要中包含"网络"，应键入"网络"。

已知专利摘要中包含"闸瓦"和"摩擦系数"，且"闸瓦"在"摩擦系数"之前，应键入"闸瓦％摩擦系数"。

主分类号

同一专利申请案具有若干个分类号时，其中第一个称为主分类号。

主分类号的键入字符数不限（字母大小写通用）。主分类号可实行模糊检索。模糊部分位于主分类号起首或中间时应使用模糊字符"％"，位于主分类号末尾时模糊字符可省略。

检索实例：

已知主分类号为 G06F15/16，应键入"G06F15/16"。

已知主分类号起首部分为 G06F，应键入"G06F"。

已知主分类号中包含 15/16，应键入"％15/16"。

已知主分类号前 3 个字符和中间 3 个字符分别为 G06 和 5/1，应键入"G06％5/1"。

申请日

申请日由年、月、日三部分组成，各部分之间用圆点隔开；"年"为 4 位数字，"月"和"日"为 1 位或 2 位数字。申请日可实行模糊检索。模糊部分可直接略去（不用模糊字符），同时略去字符串末尾的圆点。

检索实例：

已知申请日为 1999 年 10 月 5 日，应键入"1999.10.5"。

已知申请日在 1999 年 10 月，应键入"1999.10"。

已知申请日在 1999 年，应键入"1999"。

已知申请日为 1999 年某月 5 日，应键入"1999..5"。

已知申请日为某年 10 月 5 日，应键入".10.5"。

已知申请日在某年 10 月，应键入".10"。

已知申请日为某年某月 5 日，应键入"..5"。

（2）专利信息服务平台试验系统。

图 4.3 为国家知识产权局网站开发的检索国内外专利文献的专利信息服务平台试验系统。该系统既可以检索中国专利也可以检索美国、欧洲、日本和 WO 等数十个国家和专利组织的专利文献，并提供中国、美国、欧洲和 WO 专利的全文检索。该系统提供快捷检索、表格检索、高级检索、法律状态检索、IPC 分类检索多种检索方式，并支持逻辑组配检索。

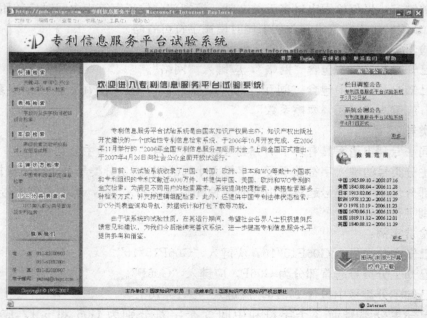

图 4.3　国家知识产权局网站专利信息服务平台试验系统

图 4.4 是专利信息服务平台试验系统快捷检索界面，快捷检索是迅速、简捷获取专利信息的一种检索途径，提供关键词、申请/公开（公告）号和申请/发明人三种检索功能。用户可用申请号、公开（公告）号、申请人名称、发明人名称或关键词，直接输入检索框中进行检索。

图 4.4　专利信息服务平台试验系统快捷检索界面

图 4.5 是专利信息服务平台试验系统表格检索界面，表格检索是根据数据库

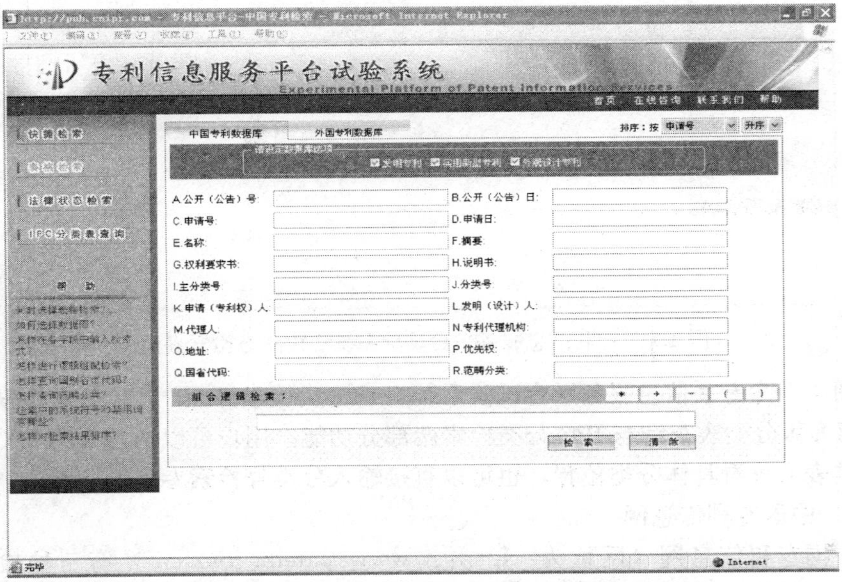

图 4.5　专利信息服务平台试验系统表格检索界面

可检索字段按照表格方式设置的检索功能，用户可以按照一定的输入要求在各字段检索框中输入检索式，还可对各检索字段进行逻辑组配。利用表格检索，用户可以更精确地检索到所需要的专利信息，相对于快捷检索而言，表格检索功能更为强大，适合于有一定检索经验的用户。

系统提供中国专利法律状态信息的查询，如图 4.6 所示是专利信息服务平台试验系统法律状态检索界面，用户可通过申请（专利）号、法律状态公告日、法律状态三个字段检索中国专利的法律状态信息。中国专利法律状态信息主要有：公开、实质审查请求生效、审定、授权、专利权的主动放弃、专利权的自动放弃、专利权的视为放弃、专利权的终止、专利权的无效、专利权的撤销、专利权的恢复、权利的恢复、保护期延长、专利申请的驳回、专利申请的撤回、专利权的继承或转让、变更、更正等。

图 4.6　专利信息服务平台试验系统法律状态检索界面

图 4.7 为专利信息服务平台试验系统 IPC 分类检索界面，IPC 分类检索分为 IPC 第 8 版分类表查询与 IPC 分类检索两部分功能。用户可以通过查询 IPC 第 8 版分类表来查看具体分类位置，也可以直接输入分类号检索专利。

2）中国专利信息网

中国专利信息网（网址为：http：// www. patent. com. cn ）有三种检索界面，分别是简单检索、逻辑组配检索和菜单检索。菜单检索界面与国家知识产权局专利检索界面基本一样，如图 4.8 所示是逻辑组配检索界面。

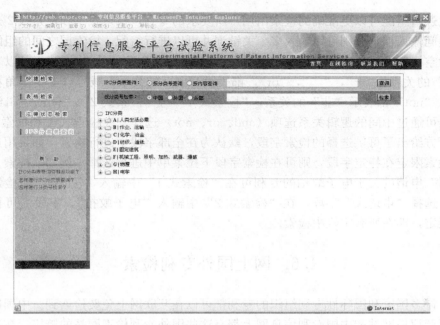

图 4.7 专利信息服务平台试验系统 IPC 分类检索界面

图 4.8 中国专利信息网逻辑组配检索界面

逻辑组配可以更准确的检索出用户所要求的专利，检索式 1 和检索式 2 是检索提问输入框，分别可以输入多个关键词并可以进行组配，检索词之间的组配关系为空格、逗号、＊和 & 这 4 个符号（支持半角和全角）及"and"都可以表示"且"的关系；"＋"，"｜"，"or"，都表示"或"的关系；减号（支持全角和半角）、"not"都表示"非"的关系；"检索式 1"与"检索式 2"之间的逻辑组配关系可通过中间的逻辑关系选项（and、or、not）选择。在检索式 1 和检索式 2 的下方给出了可供选择的检索字段，默认为在全部字段中进行检索。如果用户要将检索限定在特定字段，则可在检索字段下拉菜单中进行选择。例如，检索"王小明"申请的关于电子蚊拍的专利可在"检索式 1"中输入"王小明"，检索字段 1 选择"申请人"字段，在"检索式 2"中输入"电子蚊拍"，字段 2 可再进行限定，即在所有字段中检索。

4.6 网上国外专利检索

许多国家和国际性专利组织的专利都可以在互联网上免费检索到。中国国家知识产权局网站和中国专利信息网上都有这些国外专利检索网站的链接。在这些网站中比较好用的有美国专利商标局（USPTO）的专利检索网站、日本的专利检索网站以及欧洲专利局（EPO）的专利检索网站 esp@cenet。

1. 欧洲专利局的专利检索网站介绍

从 1998 年开始，欧洲专利局的 esp@cenet 开始向 Internet 用户提供免费的专利服务，服务的具体内容包括提供欧洲专利局和欧洲 19 个国家出版的专利、世界知识产权组织 WIPO 出版的 PCT 专利和美国、加拿大、日本等国的专利信息以及专利的全文扫描图像、1920 年以来的世界各国专利的信息检索，其中 1970 年以后所收集的专利都有英文的标题和摘要可供检索。

从 esp@cenet 检索专利信息可以从如图 4.9 所示欧洲专利局的站点（http：// ep. espacenet. com/）进行，也可以从欧洲专利组织各成员国的站点进行，各成员国的站点可支持本国的官方语种。欧洲专利局网站提供简单检索、高级检索、专利号检索和分类检索 4 种检索途径及题目关键词、文摘或题目关键词、专利权人、国际专利分类号等 10 个字段的检索。图 4.10 为欧洲专利局专利检索网站 quick search 检索界面，图 4.11 为欧洲专利局专利检索网站高级检索（advanced search）检索界面。

2. 检索示例

检索有关脱硫催化剂（catalysts for sulfur compounds removal）的专利。

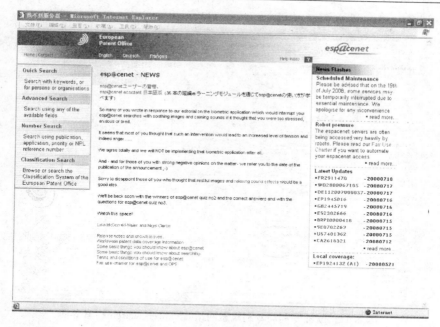

图 4.9　欧洲专利局专利检索网站主页面

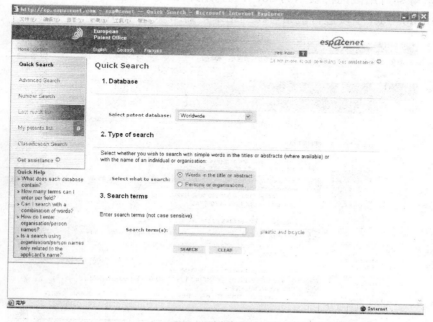

图 4.10　欧洲专利局专利检索网站 quick search 检索界面

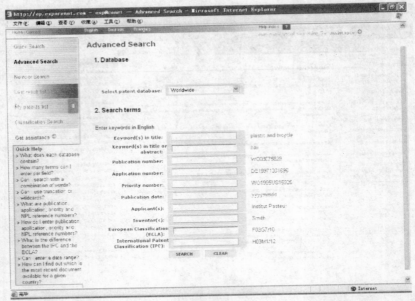

图 4.11　欧洲专利局专利检索网站 advanced search 检索界面

在高级检索界面选择 sul* 和 removal（sulfur、sulphur、sulfide、desulphur-ization 等词可用截词符表示为 sul* ）分别填入 keywords in title 和 keywords in title or abstract 字段进行检索可得到结果，如图 4.12 所示。

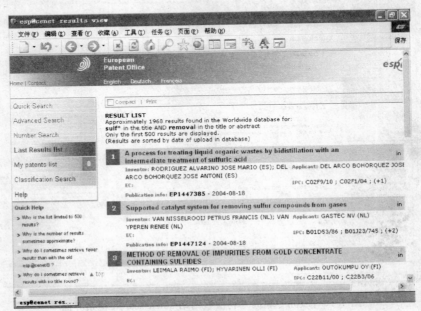

图 4.12　检索脱硫催化剂专利结果

在图 4.12 的检索结果中选择一条记录（第 2 条记录），点击专利题目即可进入本专利的详细记录格式界面，（图 4.13）。在详细记录格式界面内点击 orignal document 即可一页页的看到、保存、打印专利说明书全文（PDF 格式）。

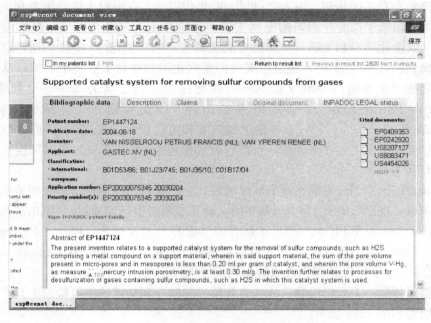

图 4.13　专利的详细记录格式

4.7　德温特专利检索工具及其检索方法

4.7.1　概况

英国德温特出版公司（Derwent Publication Ltd.）是英国一家专门从事出版专利信息的私营公司，创立于 1951 年。它报道世界上 39 个国家和 2 个国际组织（欧洲专利公约组织、世界专利合作条约组织）的专利文献以及 2 种技术杂志（英国 *Research Disclosures*、美国 *International Technology Disclosures*）上发表的技术发明，是世界上最大的专利文献出版公司。目前年报道量已达 100 万件，占世界专利总量的 70%，并能提供 1200 万件专利文献的检索和 300 万件发明的详细说明书。德温特公司用英文编写和报道世界各国的专利文献，1987 年起报道中国专利。无论是在著录、检索深度，还是在使用效率、学科覆盖面等方面，德温特专利检索工具都居世界专利检索工具之首。

德温特出版公司是从报道本国的专利文献开始的，1951 年首先创办了《英国专利文摘》（*British Patent Abstracts*），随后出版美、苏、法、英、德、日、比利时、荷兰 8 国的分国专利文摘，如《比利时专利文摘》、《法国专利文摘》等。到 1979 年，这类刊物增加到 10 个国家和地区共 12 种，从而形成一套按国别编辑的专利文摘丛刊。进入 20 世纪 60 年代以后，在编辑上述分国专利文摘的同时，又出版了按专业编辑的专利文摘，1963 年起，陆续创办了《药物专利文摘》、《农业化学专利文摘》、《塑料专利文摘》。到 20 世纪 70 年代初期，这类专利文摘刊物增加到 12 种，报道范围也扩大到化工和材料工业整个领域，从而形成一套按专业编辑的专利文摘丛刊，并把这套丛刊定名为《中心专利索引》（*Central Patent Index*），1970 年开始出版。1974 年创刊《世界专利索引》（*World Patent Index*，WPI），报道的国家和地区扩大到 20 多个，报道范围也逐步扩大到整个工业技术领域，目前它收集报道 39 个国家和 2 个国际性专利组织的专利文献。

随着按国别划分专利文摘的陆续增加，它的报道范围也逐步扩大到整个工业技术领域，现出版的有 1974 年创刊的《世界专利索引目录周报》（*World Patent Index Gazette*，WPIG）、1975 年创刊的《世界专利文摘》（*World Patent Abstracts Journal*，WPAJ）、《优先权周报》（*WPI Weekly Priority Concordance*）、《WPI 累积索引》及按国别出版的专利文摘周报等。

德温特的一系列出版物已成为查找世界各国专利文献的主要检索工具。其主要出版物如图 4.14 表示。

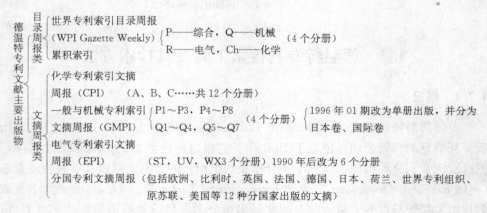

图 4.14　德温特专利检索工具体系

4.7.2　德温特出版公司专利分类系统

德温特检索系统收录全面、报道广泛、体系完整，已为各国普遍采用，成为系统查找世界各国专利文献的最重要的检索工具。德温特出版公司出版报道的专利文献除利用 IPC 分类外，还使用德温特自编分类系统对其进行分类。德温特分类系统属于应用性分类系统，非常适合大众查找专利的需求。

德温特分类表首先将所有的技术领域划分为三个部分：即化学（chemical）、一般与机械（general and mechanical）、电气（electrical）。每部分技术内容按等级划分，共分三级。第一级类目用一个大写字母表示，如 P 表示人类生活必需品；第二级类目用一位数字表示，如 P1 表示 农、轻、医，P2 表示生活日用品；第三级类目亦用一位数字表示，如 P26 表示 沙发、床、椅。

在检索时，首先根据技术主题查找其所属的一级类目，然后再在其下查找二级和三级类目。例如，查找有关沙发、床、椅方面的课题，首先利用德温特分类表确定其所属的一级类目为 P 为人类生活必需品；在 P 大类下继续查，找到 P2 为生活日用品；在 P2 下即可查到 P26 为沙发、床、椅，其最后分类号即为 P26。根据分类号 P26 就可到德温特检索工具相应的类目去查有关的专利文献了。

在德温特出版公司出版的每一期《世界专利索引目录周报》的封二、封三上，都刊有德温特分类表，并附有对应的 IPC 类号，查找起来非常方便。

4.7.3　《世界专利索引目录周报》

1974 年创刊的《世界专利索引目录周报》是 CPI、GMPI、EPI 和各种按国家出版的专利文摘的总索引。它分成 P，Q，S-X 及 A-M 4 个分册出版。每周出版一期，每期分 4 个分册，其内容是：

P 分册：一般技术（section P：general），包括农业、轻工、医药、一般加工工艺与设备、光学、摄影等。

Q 分册：机械（section Q：mechanical），包括运输、建筑、机械工程、机械零件、动力机械、照、明、加热等。

S-X 分册：电气（section R：electrical），原名为 R 分册，1988 年第 36 周起改现名。包括仪器仪表、计算机和自动控制、测试技术、电工和电子元器件、电力工程和通信等。

A-M 分册：化工（section CH：chemical），原名为 CH 分册，1988 年第 36 周起改现名。包括一般化学、化工、聚合物、药品、农药、食品、化妆品、洗涤剂、纺织、造纸、印刷、涂层、照相、石油、燃料、原子能、爆炸物、耐火材料、硅酸盐及冶金等。

WPIG 的 4 个分册中，A-M 分册是查找化学化工方面专利文献的主要分册。它与 CPI 配套。由于这 4 个分册是根据国际专利分类体系划分的，所以化学化工有关的类目在其他 3 个分册中也不少。所以化学工作者也应该掌握这 3 个分册的使用方法。

WPIG 每个分册均有以下 4 种索引。

1. 专利权人索引

专利权人是指占有专利发明权的人。专利权占有者大多数都是团体机构和公司企业，因此专利权人索引相当于公司名称索引。专利权人索引（patentee index）的特点是按专利权人的代码字顺编排，代码相同的按申请日期先后编排，日期相同的按基本专利、相同专利、非法定相同专利顺序编排。利用本索引检索时，需把待查的公司名称通过《公司代码手册》（*Derwent Company Code Manual*）查出代码后进行检索。该索引的主要用途是查找某一公司企业或个人在各国的专利申请情况。

2. 国际专利分类号索引

国际专利分类号索引（IPC Index）是按国际上通用的专利分类法来查找专利文献的一种检索工具。WPIG 的分类索引就是按《国际专利分类表》编制的。IPC 索引将当期报道的所有专利说明书题录按照 IPC 主组号的字母数字顺序排列。其著录内容与前面的"专利权人索引"大体相同。

国际专利分类号索引的使用方法是按国际专利分类号查找有关条目。然后根据条目中的德温特分册分类号和专利号，找出期号相同的文摘周报相应分册，查阅专利文摘。也可以直接根据专利号索取专利说明书。如果查得的条目为相同专利（即专利号前有"＝"的），可根据其中登记号，查登记号索引，找出其基本专利和其他相同专利刊载在何年何期、以便找到该条专利的文摘。根据专利权人，查专利权人索引，也可以达到同样的目的。但查专利权人索引要知道专利权人代码方可检索。为此，只要根据查到的条目中的专利号，利用同期后面的专利号索引即可得知该专利权人的代码。

3. 登记号索引

德温特除收录基本专利（指相同专利中德温特出版公司最早收载的一篇）外，还报道与该基本专利内容相同的在其他国家重复申请，或发明内容有改进在同一国家再申请的专利（指同一个专利权人，就同一内容的发明在不同国家批准的专利）。这些专利称为基本专利的同族专利。

德温特出版公司规定，凡是第一次收到来自"主要国家"［按其报道专利文献量分为主要国家（major countries）、次要国家（minor countries）］的专利，称为基本专利。若首先收到的是来自"次要国家"的专利，则先把它定为临时基本专利，待收到来自来自"主要国家"的专利后，将后者定为基本专利。在收到基本专利后，无论从"主要国家"还是"非主要国家"收到的与基本专利内容相同的专利都称为相同专利。凡是在基本专利申请日期后，超过法定的优先权有效期，再行申请的相同专利，称为非法定相同专利。

登记号索引（accession number index）又称入藏号索引，主要是用来查找同族专利的。因为德温特出版公司只对基本专利给一个登记号，此后当相同专利来到时，不再给出另外的登记号。也即德温特出版公司对同一专利在不同国家申请，或在同一国家不同时期申请的专利，均统一编在一个登记号下。即在这个登记号下构成一个专利族（即同族专利，包括基本专利、等同专利和相关专利）。这样，通过此索引能查到所有相同的专利。这对于用户按语种选用专利说明书（以便选择最熟悉语种的专利说明书），了解某件专利在国际上的专利权涉及范围，有很大的便利。

4. 专利号索引

专利号索引主要用于查找登记号或专利权人代码，并以此线索转查其他索引。从已知的专利号入手进行检索。索引中只提供德温特登记号和专利权人代码。据此必须转查登记号索引和专利权人索引。专利号按专利国别代号字母顺序排检。同一国家的专利号按年份和号码大小顺序排检。

5. 优先权索引

WPIG 各分册中包含的以上 4 种索引外，还有优先权索引（WPI priority index），也称优先案索引。它把机械、电气、化工、一般综合在一起，在《世界专利索引目录周报》以外单独印行，每周出版一期。其著录格式与登记号索引基本相同。优先权索引将同族专利按照优先项的次序排列，报道它们的专利号、入藏登记号和收录文摘的德温特刊物的期号。其作用是从优先项找出其相同专利；或从已知的申请号查找基本专利号和相同专利号，以索取专利说明书。在该索引中除可以查到基本专利号和相同专利号外，还可以得知各号专利的文摘所报道的分册号和年期号，据此可以进一步转查文摘周报。

4.7.4　德温特文摘周报

德温特文摘周报与以上的目录周报配套，同步出版。检索时一般先使用目录周报，找到专利线索，然后在文摘周报中查找文摘，以便筛选。文摘周报每期后面也附有索引，它们可以起到辅助检索的功能。

文摘周报有多种形式，以内容分，有快报型文摘周报（alerting abstracts bulletins）和基本专利文摘周报（basic abstracts journals，现改称 documentation abstracts journals）；从编排形式分，有按国分编和按分类分编两种形式（alerting abstracts bulletins country order 和 alerting abstrtacts bulletins classified）。

文摘周报按德温特分类编排，即先按德温特分类号排列，再按专利号排列

（按专利国别代码顺序和专利号）。每期文摘周报后面还附有本期专利权人、入藏登记号和专利号索引。德温特文摘周报有 CPI，GMPI，EPI 及分国专利文摘等 4 大类。

1.《一般与机械专利索引》

《一般与机械专利索引》（General & Mechanical Patents Index，GMPI）的前身是《世界专利文摘》（WPA Journals）（分类版），1988 年改为现名，简称 GMPI。包括有《GMPI 文摘周报》的 4 个分册（1996 年 01 期改为单册共 15 册，并分为日本卷 Japan、国际卷 International）和《速报文摘胶卷：一般与机械部分》。

4 个分册 P1～P3、P4～P8、Q1～Q4 和 Q5～Q7 分别与 WPIG 中的 P 分册、Q 分册对应。

GMPI P1～P3——生活必需品（human necessities）。包括：（P1）农业、食品、烟草；（P2）个人和家庭用品；（P3）健康和娱乐品。

GMPI P4～P8——成型加工（performing operation）。包括：（P4）分离与混合；（P5）金属成型；（P6）非金属成型；（P7）压制、印刷；（P8）光学、照相及其他。

GMPI Q1～Q4——运输与建筑（transport，construction）。包括：（Q1）一般车辆；（Q2）特种车辆；（Q3）搬运、包装、储存；（Q4）建筑物、公路、铁路、桥梁、给排水等。

GMPI Q5～Q7——机械工程（mechanical engineering）。包括：（Q5）发动机、泵；（Q6）机械元件；（Q7）照相、加热等。

2.《化学专利索引》

《化学专利索引》（Chemical Patent Index-Alerting Abstracts Bulletin Classified，CPI）创刊于 1970 年，原为《中心专利索引》（Central Patent Index），1986 年改为现名。报道化学化工和冶金方面的专利文献。CPI 有 15 个大类目，分为 A、B、C、D、E、F、G、H、J、K、L 和 M 12 个分册出版。各分册名称如下：

A Polymer Chemistry

AE Polymer & General Chemistry

A+ Polymer Applis。

B Pharmaceuticals H Petroleum

C Agricultural Chemistry

D Food，Disinfectants，Detergents

E General Chemistry

E+ General Chemistry Applis。

F Textiles，Paper，Cellulose

G Printing，Coating，

    Photographic Chemistry

H 石油

J　*Chemical Engineering*　　　　　　L　*Refractories，Ceramics*

K　*Nucleonics，Explosives，Protection*　　M　*Metallurgy*

1)《CPI 快报型文摘周报》（Alerting Abstracts Bulletins）

该刊物的特点是出版周期较快，距说明书公布时间 5～8 周，文摘内容简单明了。叙述发明的主要特点、用途和优点，有时也摘录实施例。有分国排序本和分类排序本两种，各 12 个分册，分别用英文字母 A、B、C…来表示，提供短文摘，又称 CPI 速报版。最后部分有 3 个索引：专利权人索引、登记号索引和专利号索引。

2)《CPI 文献型专利文摘》

《CPI 文献型专利文摘》（*Documentation Abstracts Journals*）原称《基本专利文摘》（*Basic Abstracts Journals*），1988 年下半年改为现称。本刊所摘录的内容比快报型专利文摘详细得多。它全部收录基本专利，包括以下内容：新的化合物、反应产物、结构、检出的物质、精制、回收、活性、加工方法、配方、用途、优点、重要的配料、仪器设备、专利权限等。并分项加注小标题，看上去十分醒目。通过这种文摘能够比较具体地了解专利的实质内容，能较准确地判断原文的参考价值；原文无法取得或语言看不懂的，可以通过它得到主要数据和某些启发，它比较适合科研单位使用。文摘报道时间为说明书出版后 7 周以内，和快报型文摘也相差不多。

CPI 各分册的文摘或题录均按德温特分类号顺序编排；在同一类下，按专利号中的专利国别字顺排；国别相同，按专利号由小到大排。而与专利权人代码、德温特登记号及国际专利分类号（IPC）均无关。所以，检索 IPC 时，必须知道德温特分类号和专利号。若从 IPC 和专利权人途径检索文摘，必须使用 WPI，得出德温特分类号和专利号，才能实现。

3.《电气专利索引》

《电气专利索引》（Electrical Patent Index，EPI）创刊于 1980 年，1988 年改称为《电气专利索引文摘周报》（EPI Alerting Abstracts Bulletins），分为 S、T、U、V、W 和 X6 个分册（1990 年第 49 周前为 3 个分册），与 WPIG 的 S～X 分册对应。有按国家分编和按德温特分类法编排两种版本各 6 个分册。用于专门查电气电子方面的专利文献。最后有 4 个索引：专利权人索引、登记号索引、专利号索引和手工代码索引。

EPI-ST——仪器仪表与计算技术（instrumentation，computing）。包括：(S) 仪表、测量和试验；(T) 计算与控制。

EPI-UV——电子元件与电路（electronic components，circuits）。包括：(U) 半导体、电子电路；(V) 电子元件。

EPI-WX——通信与电力（communication，electric power）。包括：（W）通信；（X）电力工程。

4. 分国专利文摘周报

德温特出版公司按国家收集出版的专利文摘有 12 种。20 世纪 70 年代以前只收集化学化工类（Ch），以后才陆续增加综合类（P）、机械类（Q）和电气类（R）的内容。至今法国、日本、荷兰等国的专利仍然只报道 Ch 类。德温特出版公司为了满足专业面较窄的读者和单位的需要，从 CPI 12 个分册中抽选，汇编成 21 种文摘小分册，单独出版发行。

4.7.5　《世界专利索引》的符号体系

德温特公司的出版物采用了大量的标记符号，下面分别加以说明：

（1）专利号前的符号。

＊——基本专利；

＝——相同专利；

♯——非法定相同专利。

（2）专利题名前的"＊"号。

专利权人索引中表示基本专利；IPC 索引中表示该专利文献首次排列在此 IPC 分类号下。

（3）登记号后、期号前的符号。

1983 年 27 期以前的符号：

A——1978 年；

B——1979 年；

C——1980 年；

D——1981 年；

E——1982 年（其中 47~52 期用 J）；

K——1983 年。

1983 年 27 期以后，改为用公元年份后两位数，如 83 为 1983。

（4）登记号索引中年期号后出现的"＋"号表示该专利具有多重优先权。

（5）专利权人代码后的符号：

空白——表示大公司；

——　——小公司；

／——个人；

＝——苏联机构。

本 章 小 结

　　本章介绍了知识产权的概念及种类，介绍几个保护知识产权的国际性组织，对专利的基本知识（专利制度、专利、专利权、专利的特点、专利的种类、申请专利的条件等）和专利文献的概念及专利说明书结构做了详细介绍，还对检索专利文献的作用，中国专利说明书编号体系的含义，国家知识产权局网上专利数据库检索功能、国际专利分类法进行了详细介绍。简要介绍了《世界专利索引》（WPI）和网上检索国外专利和获取专利说明书原件的方法。

思考与练习

　　1. 什么是知识产权？知识产权包括哪两大类？

　　2. 什么是专利制度？专利制度的作用有哪些？

　　3. 什么是专利？专利的特点是什么？

　　4. 我国将专利分为几种？保护期分别是多少？

　　5. 授予发明专利、实用新型专利必须具备的条件是什么？

　　6. 专利审批制度有哪两种？我国的三种专利分别采用什么审批制度？

　　7. 什么是专利文献？检索专利文献的作用是什么？

　　8. 专利说明书结构是由哪几部分组成的？哪部分内容与法律最相关？

　　9. 说明中国专利说明书中申请号的含义。

　　10. 手工检索中国专利文献和国外专利文献的工具是什么？

　　11. 利用国家知识产权局专利检索网站检索太原理工大学 2000～2010 年申请的专利名称中包含"纳米"的专利有多少。

　　12. 利用 esp@cenet 专利网站检索申请人包含"山西"，发明人包含"王"的专利有多少。

第 5 章　计算机信息检索

随着计算机技术、远程通信技术和信息存储技术的飞速发展，信息检索由手工检索过渡到了计算机信息检索，经历了脱机批处理阶段、联机检索阶段、光盘检索阶段和互联网检索阶段。计算机检索的成功应用，为我们更为及时、准确、全面地继承、利用和发展人类的科研成果提供了先进的手段。在信息时代的今天，掌握计算机信息检索方法已成为每个科研工作者必备的基本技能。

计算机信息检索，简称机检，是指利用计算机对信息和数据的高速处理能力查找文献信息的过程，如 Dialog 国际联机检索系统，即人们在计算机和计算机检索网络或终端上，使用特定的检索指令、检索词和检索策略，从计算机检索系统的数据库中检索出所需要的信息，然后再由终端设备显示和打印的过程。

5.1　计算机信息检索的基本原理

5.1.1　计算机信息检索

广义而言，计算机信息检索应该包括信息的存储和检索两个过程，从用户的角度而言，他们更关心的是如何从纷繁复杂的信息中找到自己需要的信息。所以，计算机信息检索一般指的是从数据库中查找所需信息的过程。

计算机信息检索系统就是指完成信息检索的计算机系统，一般包括以下几个部分：计算机检索终端、通信设施、数据库、检索软件及其他应用软件。其中，计算机检索终端和通信设施是系统的硬件基础，数据库是用户赖以检索的信息集合，检索软件则用来根据用户要求完成检索过程。

数据库中保存的是计算机可读数据集合，检索是针对数据库进行的。用户操作检索终端，通过通信设施以人机交互的方式进入数据库，运用相应的检索软件和命令在数据库中查找合适的信息记录。检索者只需输入正确的检索提问式，匹配查找的过程将由计算机自动进行。整个检索过程是在人和机器的协同工作下完成的，人是检索的设计者和实际操作者。

5.1.2　数据库

数据库是满足一定需求而收集的有序的信息集合。

1. 数据库的类型

1) 全文数据库

数据库的记录存放有原始文档的正文，用户可以直接获得原始信息。

2) 书目型数据库

数据库的记录存放的是原始文档的书目信息，如文献的篇名、著者、文献出处、文摘、主题词等，是一种机读版的二次文献。

3) 字典型数据库

数据库的记录存放的主要是关于一些公司、机构、名人等的简要描述，也可以是化学物质名称、结构、俗称等指南性信息。

4) 事实型数据库

数据库的记录存放的是各种调查数据或统计数据，也称数值性数据库，为用户提供以数值方式表示的各种数据服务。

5) 媒体数据库

除文本信息外，还可以存储图形、图像和声音等信息的数据库。用户检索时可以获得图文并茂的效果。

2. 数据库的构成

从使用者观点看，数据库主要由文档、记录和字段三个层次构成。

1) 文档（documents）

用户选择所需的联机系统数据库时，多数数据库以单一的文档编号出现。此时文档的概念和数据库相当。但有些数据库规模庞大，被分成若干个文档。

从数据库的内部结构来看，文档的概念是指数据库内容的组织形式。

2) 记录（records）

记录是文档的基本单元。它是对某一实体的全部属性进行描述的结果。在全文数据库中，一个记录相当于一篇完整的文献；在书目数据库中，一个记录相当于一条文摘或题录。

3) 字段（fields）

字段是记录的基本单元。它是对实体的具体属性进行描述的结果，即记录中的每个著录项目。在书目数据库中，常见字段有 TI（题名）、DE（叙词）、SU（主题词）、AB（文摘）、AU（著者）、AD（著者地址）、YR（年份）、LA（语言）。

字段根据其描述文献特征的不同，可以分为两类：

基本索引字段（basic index）：这些是描述文献内容特征的字段，如篇名、文摘、叙词、自由标引词等字段。

辅助索引字段（additional index）：这些字段描述的是文献的外表特征，如著者、机构名称、语种、刊名、来源、出版年等。

3. 数据库的特点

为了便于计算机在数据库中进行检索组配，每个数据库都有一个顺排文档和多个倒排文档。

1）顺排文档

顺排文档就是存入数据库的全部记录，是将数据库的全部记录按照记录号的大小排列而成的文献集合，它构成了数据库的主体内容。顺排文档各记录之间的逻辑顺序和物理顺序是一致的，相当于印刷型检索工具的正文部分。

2）倒排文档

以记录的特征标识作为排列依据，其后列出含有此标识的记录号。可分为两大类：

基本索引文档（倒排文档 1）：从记录的基本字段（如 TI、DE、AB）中提取的检索词排列而成。

辅助索引文档（倒排文档 2）：从记录的辅助字段（如 AU、LA、PY）中提取的检索词排列而成。

5.2　常用算符及检索功能

检索词仅仅表达课题内容的各个侧面，一般不能单独表达需求的完整内容。在实际检索的过程中，仅需一个检索词就能满足检索要求的情况不很多。只有合理运用布尔逻辑运算符、位置逻辑运算符和截词符等方法组成检索式，才能完整表达检索要求。

5.2.1　布尔逻辑运算符

检索系统中的布尔逻辑运算符采用的是布尔代数中的逻辑运算符 and，or，not，这三者优先执行的顺序一般是 not，and，or，用括号可以规定或改变其执行顺序。图 5.1 用集合表示了三种逻辑运算符的检索功能。

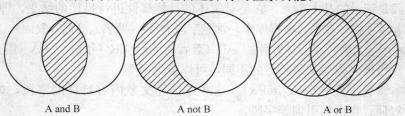

A and B　　　　　A not B　　　　　A or B

图 5.1　逻辑运算符

1. 逻辑"与"

逻辑"与"符号用"and"或"﹡"表示，它用于检索概念之间的相交关系运算。

例如：A and B，在文献检索中表示一篇文献记录既包含检索项 A 又包含检索项 B，这样的文献记录才能被命中，因而用逻辑"与"组配可以缩小检索范围，得到更确切的文献记录。

2. 逻辑"或"

用"or"或"＋"连接检索概念，可用其组配表达相同概念的检索词，如同义词、相关词等。

例如：A or B，在文献检索中表示一篇文献记录只要包含两个检索项中的任何一项，这样的文献记录就被命中，组配的结果是同位概念，因而用逻辑"或"组配可以扩大检索范围。

3. 逻辑"非"

用"not"或"－"连接检索概念。它用于在某一记录集合中排除含有某一概念的记录，因而用逻辑"非"组配，可以缩小检索范围。

例如：A not B，表示在文献检索中要求的文献记录中包含 A，不包含 B 的记录。

在以上的逻辑算符中，其运算优先级顺序为 not、and、or，不过可以用括号改变它们的运算顺序，应注意对于同一个布尔逻辑提问式来说，不同的运算顺序会有不同的结果。

例如：有 A、B、C、D 4 个检索词（其中 A 和 B，C 和 D 分别为同义概念，两大概念之间是相交的关系）检索提问可以分步进行：

第一步：A or B（结果为 S1）。

第二步：C or D（结果为 S2）。

第三步：S1 and S2。

在实际检索中，通过使用优先处理算符"（）"，三组检索提问也可以归并为一组，即一步完成：（A or B) and (C or D)。

5.2.2 词间位置算符

在利用布尔逻辑运算符根据课题的具体需求对检索词进行逻辑组配时，并未限定检索词之间的位置关系，因而会影响查准率。

位置算符用于规定检索词相互之间的邻近关系，包括在记录中的顺序的相对位置。常用的位置算符主要有（W）、（nW）、（N）、（nN）、（F）、（S）、（L）等，各个检索系统中位置算符有所不同，具体查看其使用说明。

（W）："with"的缩写，表示在此算符两侧的检索词必须按此前后衔接的顺序排列，顺序不许颠倒，而且两个检索词之间不许有其他的词或字母，但允许两个检索词之间有空格、标点符号。

（nW）："n words"的缩写，表示运算符两侧的检索词之间允许插入 n 个（最大数量）的实词或系统禁用词（通常禁用词为 an、and、by、for、from、of、the、to、with），两个检索词的次序不允许颠倒。

（N）、（nN）："near"，"n near"的缩写，（N）算符表示其两侧的检索词必须紧密相连，次序可以颠倒，词间不允许插入任何其他词或字母，但允许有空格或标点符号。（nN）算符表示在其两侧的检索词之间允许插入 n 个（最大数量）实词或系统禁用词，两个检索词的词序允许颠倒。

（F）："field"的缩写，（F）算符表示其两侧的检索词必须同时出现在文献记录的同一个字段内，如需同时出现在篇名字段、文摘字段、叙词字段、自由词字段等则加以限定，但两个词的前后顺序不限，夹在两个词之间的词的个数也不限。

（S）："subfield"或"same"的缩写，（S）算符表示其两侧的检索词必须同时出现在文献记录的同一个子字段中，也就是指在同一个句子、同一片断中等，两个词的次序不限，且两个词中间可间隔若干个词。

（L）："link"的缩写，（L）算符表示两侧的检索词之间有一定的从属关系，如 SHE 有主标题词和副标题词，副标题词用于修饰、限定主标题词，两者之间有一定的从属关系。

5.2.3 截词符

截词检索使用的专门符号叫截词符。截词检索是指在检索时使用词的一个局部（某些位置上的字符被截去）进行检索，凡满足这个词局部中的所有字符（串）的记录，均为命中结果。

截词符用于解决一些词干相同、词义相近，但词尾或词头不一致的派生词（如由同一词根派生出的名词、动名词、动词、形容词、副词等），或名词的单（复）数形式，或同一词的英美不同拼写形式等词的一次输入。

一般按截断的位置可分为右截断（前方一致）和中截断（中间屏蔽），按截断的字符数量可分为有限截断和无限截断。

一般用"?"和"＊"表示截词符。要注意在不同的系统中，使用的符号及其含义有所不同。

下面以 Dialog 国际联机检索系统为例，介绍截词符的用法。

有限截词：在单词中截取有限个字母，单个字母截词符用"？？"（两个半角问号间夹一空格），两个字母的截词符为"？？"，三个字母的截词符为"？？？"，以此类推。如 compute？？、comput？？、compu？？？，都可检索到 computer。

无限截词符：如果检索词的词干后加无限截词符，可查找词干相同的所有的词。如 transform？，相当于查找 transform，transforms，transformless 等。

使用前方一致的截词方法时需注意避免检索词的词干截得过短，否则可能会检出大量不相关的文献。

中间截词符号（中间屏蔽）：将截词符号置于检索词的中间，而词的前后方一致。通常用于英、美不同拼写形式的词（英语单词）进行检索。如 colo？r 可检出的词为 colour（英音）、color（美音）。

5.2.4　字段限定符

限定检索字段是指定检索词在记录中某一具体的字段中出现。字段限定检索可以分为两类：后缀方式（suffix）和前缀方式（prefix）。采用后缀方式还是前缀方式要看具体的检索系统。比如在 EI 网络版数据库中，字段限定采用后缀方式，而在中国学术期刊全文数据库中则限定采用前缀方式。

1. 后缀方式

将检索词放在字段代码之前，之间用字段限定符号：wn（或 within）、/、in 等连接。例如：apple？wn TI，即 apple 或 apples 在篇名中出现即为检中。

taiyuan univ＊of technology in AD，即 taiyuan university of technology 在地址字段中出现即为检中。

2. 前缀方式

将检索词放在所限定的字段代码之后，之间用字段限定符号：＝、＜＝、＞＝、＜、＞等连接。

例如：篇名＝计算机，即将篇名中包含检索词"计算机"的所有文献检索出来。

LA＝Chinese，即限定原文语种为中文。

PY＞＝2009，即限定出版年份为 2009 及以后的文献。

5.3　检索课题的取词方法与检索技巧

计算机信息检索的基本流程：课题→选择数据库→确定检索词→编写检索式→检索→分析检索结果→如不合适修改检索式→直到满意结果。其中，关键是选择数据库、确定检索词及编写检索式。

5.3.1　选词技巧

检索词是构筑检索式的基本单元，检索成功与失败起着决定作用，检索词一般指规范词和自由词（具有实际意义），课题通常以自然语言出现，检索时应将其分解成能被计算机接受的各种检索入口词。在自然表述中，确定检索词非常重要，检索词的确立有几种方法：

（1）从课题名称中抽取检索词，这是通常做法，这种截选的词是以自由词身份出现。

（2）由课题的主题概念出发利用各种词表派生出检索词。

（3）利用各种专业辞典、指南、手册、百科全书、多语种对照辞典、同义词典等参考工具将词的不同表达方式一一列出，作为关键词或相关词。

如课题："激光粒子（微粒）计数器"，如果从题目中获得检索词的话，有激光、粒子（微粒）、激光粒子（微粒）计数器、粒子计数器等；如果从分类或主题考虑，粒子计数器实际是粒度分析仪的一种，"粒度分析仪"也应作主题词。

下列词的表达形式应给予注意：

（1）拼写不同意义相同，如 survey 与 exploration 均为勘探，fiber 与 fibre 均为纤维（英美不同拼法）。

（2）学名与俗称，如电动机与马达、连接器与插头座、乙酸与醋酸、乙炔与电石气等。

（3）名称与缩写，如计算机辅助设计与 CAD、柔性制造系统与 FMS。

（4）名称与分子式，如铌酸锂与 $LiNbO_3$。

（5）选词还应考虑词的派生关系，如新化学物质名称很长，有的既无商品名也无俗名，像"乙氧基甲叉丙二酸二乙酯"，用此名检索一无所获，此时应考虑该物质派生源头的上位物质，即母体结构名称，该物质母体为"二酸二乙酯"，由母体可检索到相关文献。

（6）汉字输入时还应考虑字同音不同，音同字不同，如正己（ji）烷与正已（yi）烷，叉管与岔管。

（7）词的主题归属，如磁层，主题类：高层大气，族：地球大气。

（8）切忌使用中文自译而成的词语，如轻武器，用 small-arms，不用 light arms。

5.3.2　文献标引与检索词关系

标引人员做标引时，首先对各种文献进行主题分析，将最能代表主题内容的主题概念抽取出来，然后按照检索语言的语词或代码将其标识，纳入系统中。正确的检索语言是沟通标引人员和检索人员双方的桥梁，只有与标引人员所表达的"语言"一致，才能顺利实现文献检索。因此，标引人员要尽量使标引词符合规范用语（专业用语）；同时检索者也应不断分析标引者可能的标引思路，因为大多数标引人员并不是某一专业的专家。

此外，不同的数据库标引方式不同，同一数据库在不同阶段所选标引词可能也不一致，注意用数据库词表识别。在通常情况下，数据库中的标引词是按照专门的词表标引，如 EI、INSPEC 等，都有自己的规范词表。

5.3.3　检索式的调整

检索式是检索策略的逻辑表达方式，是检索策略的具体体现，检索式构造优劣关系到检索效果的成败，因此检索式在编制过程中应注意以下两点。

1. 以查全为目标的检索策略制定

（1）用"与"连接的概念词不能太多，应增加用"或"连接的相关词，降低检索词的网罗度。

（2）降低检索词的专指度，从词表中选用上位词、同位词、交叉词。如"摆线齿轮的尺廓测量"一题，用"摆线齿轮测量"效果不理想，改用"尺廓测量"即可检到相关文献。

（3）族性检索法，包括完全族性、限制族性及试探性上位扩展检索。如"地球物理科学中的地质雷达技术"一题，可引申为雷达勘测、地球物理勘测、电法勘测、电磁法勘测等。

（4）用同义词、近义词、反义词各种不同词形（英美拼法、单复数、动词形容词等）。

（5）截词法，用前方一致的概念扩充检索范围。

（6）增加检索途径，通过系统提供的路径进行多元检索。如增加选择途径主题、著者、分类等。

（7）增加待检数据库。

2. 以查准为目标的检索策略制定

（1）提高检索词的专指度，增加或换用下位词，使用专业领域中的通用术语，使用多元词（由多个字组成的词组）。如"声音编码"一题，专业词应为语音编码，检索时用"语音 * 编码"的效果不如用"语音编码"的效果更好。同样在 EI 数据库中，用"optical fiber"检索不如用"optical fiber"更有效。前者表示两词"与"的关系，后者被视为整词处理。

（2）增加用 and、not 连接的概念组面。如心脏瓣膜疾病 not 心率失常。

（3）用"扩展"指令选取最实用的存取点。如 CA 中的化学物质索引、分子式索引的扩展检索。

（4）使用位置算符：如（W）、（nW）、（N）等，使检索更到位。

（5）采取加权检索，从定量角度加以控制。如通过数值检索或范围认定（期刊、图书、会议、文献应用范围）。

（6）二次优化检索。分析、总结检索结果，完成一次检索后，应认真浏览检出的文献，从中总结成功与失败的经验，同时发现新的检索点为下一次检索提供思路。

总之，文献检索是一项由人参与的活动，由于人的主观作用不一致，往往致使检索结果呈现出一定的离散性，有时会出现一些人为的检索失误。一个好的检索结果通常是经过多次反复实践完成的。检索技巧关键在于精心准备，反复实践！

5.4　网络搜索引擎

搜索引擎（search engine）是互联网信息搜索工具的通称，是指根据一定的策略、运用特定的计算机程序搜集互联网上的信息，在对信息进行组织和处理后，将处理后的信息显示给用户。它是为用户提供检索服务的系统，其检索的对象是存在于互联网信息空间中各种类型的网络信息资源。

由于搜索引擎的检索对象是存在于互联网信息空间中各种类型的网络信息资源，检索结果往往非常庞杂，以致无法取舍，所以建议进行学术性文献检索时最好使用专业数据库。

目前互联网中搜索引擎很多，其中最流行的有两款——谷歌（www. google. com）和百度（www. baidu. com）。

5.4.1　谷歌搜索引擎

谷歌搜索引擎（www. google. com）由两名斯坦福大学的理学博士生拉里·佩奇（Larry Page）和谢尔盖·布林（Sergey Brin）在 1996 年建立。他们开发了一个以对网站之间的关系做精确分析为基础的搜寻引擎，其使用结果胜于当时使用的基本搜索技术。谷歌公司于 1998 年 9 月 7 日正式成立，如今谷歌公司（Google Inc.，NASDAQ：GOOG）已是一家美国上市公司。

谷歌搜索引擎以其简单、干净的页面设计和最具相关性的搜索结果赢得了众多网民的青睐，是全球最大的多语言网络搜索引擎。它除了提供一般网页信息搜索服务外，还提供视频、图片、地图、音乐搜索服务及网页等文字翻译和学术搜索服务。

1. 网页信息搜索

（1）简单搜索：打开谷歌主页就可以直接进入简单搜索方式，如图 5.2 所示。在搜索栏中输入检索用的关键字，回车或单击"Google 搜索"，即可搜索到相关信息。

图 5.2　谷歌简单搜索界面

（2）高级搜索：多字段组合检索方式，单击搜索栏右侧的"高级"链接，即可进入高级搜索界面，如图 5.3 所示。高级搜索可以限定搜索结果，可以限定搜索网页的语言、网页位置、文件格式等，还可以搜索特定网页，根据特定主题进行搜索。

图 5.3　谷歌高级搜索界面

2. 谷歌翻译

谷歌翻译是一种免费的在线多语言翻译工具，可即时翻译 50 余种语言的短语、文本，甚至整个网页。还可以上传文档以供翻译。打开谷歌主页，点击搜索栏下方的"翻译"链接或搜索栏右侧的"语言"链接即可进入谷歌翻译页面，如图 5.4 所示。

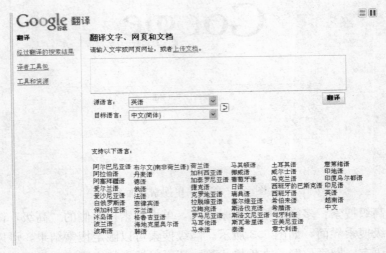

图 5.4　顺排文档谷歌翻译界面

3. 谷歌地图

谷歌地图（google maps）是谷歌公司提供的电子地图服务，包括局部详细的卫星照片。能提供三种视图：一是矢量地图（传统地图），可提供行政区、交通以及商业信息；二是不同分辨率的卫星照片〔俯视图，与谷歌地球（google earth）上的卫星照片基本一样〕；三是地形视图，可以用以显示地形和等高线。它的姊妹产品是 google earth。打开谷歌主页点击搜索栏下方的"地图"链接，即可进入地图搜索页面，如图 5.5 所示。

4. 谷歌学术搜索

谷歌学术搜索（google scholar）提供一种可广泛搜索学术文献的简便方法。图 5.6 为谷歌学术搜索首页（http：// scholar，google，com/）。用户可以从一个位置搜索众多学科和资料来源：来自学术著作出版商、专业性社团、预印本、各大学及其他学术组织的经同行评论的文章、论文、图书、摘要和文章。谷歌学术搜索可帮助用户在整个学术领域中确定相关性最强的研究。

图 5.5　谷歌地图搜索界面

图 5.6　谷歌学术搜索首页

需要注意的是，谷歌学术搜索是一个跨库检索平台，其检索涉及多种专业数据库，目前利用谷歌学术搜索检索到的论文除可免费直接获得论文的题录、摘要等信息外，一般不能直接打开全文。用户可将谷歌学术搜索作为二次文献工具使用，再利用专业全文数据库查找获取全文。

　　谷歌学术搜索也有简单搜索和高级搜索两种模式，其首页即为简单搜索模式，图5.7为高级搜索模式，高级搜索的使用方法与其网页搜索的高级搜索的使用方法类似。

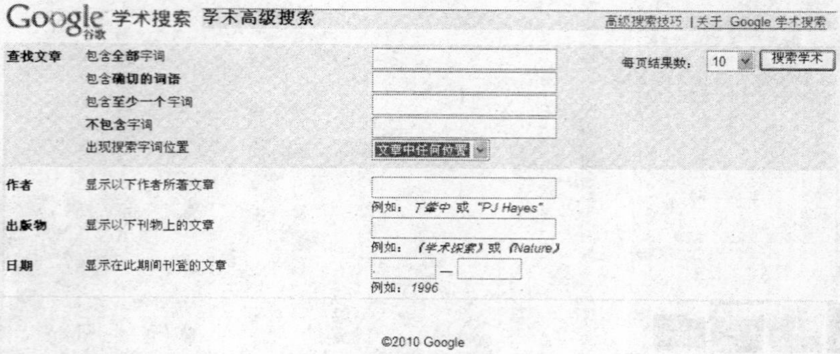

图5.7　谷歌学术搜索高级搜索界面

5.4.2　百度搜索引擎

　　百度（www.baidu.com）是全球最大的中文搜索引擎，2000年1月由李彦宏、徐勇两人创立于北京中关村。2001年8月，发布baidu.com搜索引擎Beta版，从后台技术转向面向公众独立提供搜索服务。2001年10月22日正式发布百度搜索引擎。2005年8月5日，百度在NASDAQ成功上市。

　　百度宣称：百度致力于向人们提供"简单，可依赖"的信息获取方式。"百度"二字源于中国宋朝词人辛弃疾的《青玉案·元夕》诗句："众里寻他千百度"，象征着百度对中文信息检索技术的执著追求。

　　百度的服务项目很多，包括新闻、网页、贴吧、知道、MP3、图片、视频、地图、百科、文库等服务，如图5.8所示。

　　1. 网页信息搜索

　　（1）简单搜索：打开百度主页就可以直接进入简单搜索方式，如图5.8所示。在搜索栏中输入检索用的关键字，回车或单击"百度搜索"，即可搜索到相关信息。

　　（2）高级搜索：多字段组合检索方式，单击搜索栏右侧的"设置"链接，即可进入高级搜索界面，如图5.9所示。高级搜索可以限定搜索结果，还可以限定搜索网页位置、文件格式等。

图 5.8　百度首页

图 5.9　百度高级搜索界面

（3）百度快照：每个被收录的网页，在百度上都存有一个纯文本的备份，称为"百度快照"。百度速度较快，用户可以通过"快照"快速浏览页面内容。不过，百度只保留文本内容，所以，那些图片、音乐等非文本信息，快照页面还是直接从原网页调用。如果用户无法连接原网页，那么快照上的图片等非文本内容，会无法显示。

2. 百度百科

百度百科是百度公司推出的一部内容开放、自由的网络百科全书，其测试版于 2006 年 4 月 20 日上线，正式版在 2008 年 4 月 21 日发布。百度百科旨在创造一个涵盖各领域知识的中文信息收集平台。百度百科强调用户的参与和奉献精神，充分调动互联网用户的力量，汇聚上亿用户的头脑智慧，积极进行交流和分享。同时，百度百科实现与百度搜索、百度知道的结合，从不同的层次上满足用户对信息的需求。

百度百科的全部内容对所有互联网访问用户开放浏览。词条的创建和编辑则只能由注册并登录百度网站的百度用户参与，用户不可匿名编写百科词条。理论上，除因严重违反百科协议而被封禁的用户外，所有百度用户享有平等编写词条的权利。然而，为了减少词条被恶意编辑的事件，百度对不同用户的编辑权利有一定的规定。图 5.10 是百度百科对"山西省"词条的解释。

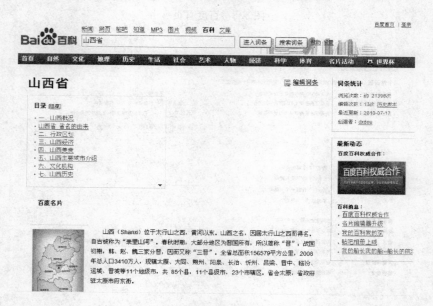

图 5.10　百度百科

需要注意的是，百度百科的全部内容都是网友编辑上传的结果，其内容良莠不齐，故对其词条解释的权威性读者在引用时要加以甄别。

3. 百度贴吧

百度贴吧是百度旗下的独立品牌，全球最大中文社区。百度贴吧自 2003 年 11 月 26 日创建，贴吧的创意来自于百度首席执行官李彦宏：结合搜索引擎建立一个在线的交流平台，让那些对同一个话题感兴趣的人们聚集在一起，方便地展开交流和互相帮助。

百度贴吧是一种基于关键词的主题交流社区，它与搜索紧密结合，准确把握用户需求，通过用户输入的关键词，自动生成讨论区，使用户能立即参与交流，发布自己所拥有的感兴趣话题的信息和想法。这意味着，如果有用户对某个主题感兴趣，那么百度可以在贴吧上建立相应的讨论区，贴吧的使命是让志同道合的人相聚在一起。2009 年 12 月，百度针对"贴吧"的商标所有权正式获得国家工商行政管理总局商标局核准，同时，独立域名也正式启用。图 5.11 显示的是百度贴吧中"太原理工大学吧"。

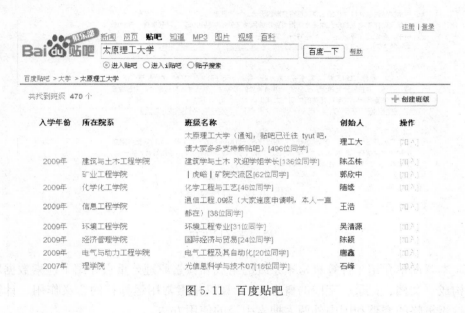

图 5.11 百度贴吧

4. 百度知道

百度知道是一个基于搜索的互动式知识问答共享平台，于 2005 年 6 月 21 日发布，并于 2005 年 11 月 8 日转为正式版。百度知道是用户自己根据具体需求有针对性地提出问题，通过积分奖励机制发动百度知道界面其他用户，来解决该问题的搜索模式。同时，这些问题的答案又会进一步作为搜索结果，提供给其他有类似疑问的用户，达到分享知识的效果。

百度知道的最大特点在于和搜索引擎的完美结合，让用户所拥有的隐性知识转化成显性知识，用户既是百度知道内容的使用者，同时又是百度知道的创造者，在这里累积的知识数据可以反映到搜索结果中。通过用户和搜索引擎的相互作用，实现搜索引擎的社区化。百度知道也可以看做是对搜索引擎功能的一种补充。图 5.12 是百度知道中网友对"什么是二次文献"的回答。

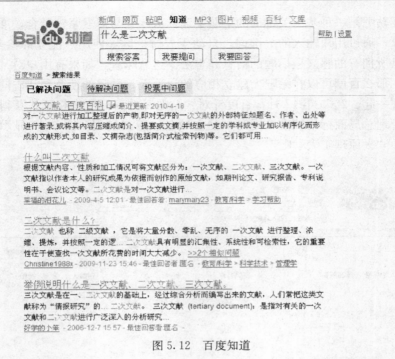

图 5.12　百度知道

本 章 小 结

本章简单介绍了计算机检索系统的组成和检索原理，重点介绍了检索数据库的构成（文档、记录、字段的概念）、计算机检索常用运算符的含义作用、计算机检索策略的调整和国内外两大搜索引擎的使用方法。

思 考 与 练 习

1. 基本索引字段和辅助索引字段有何不同？数据库中的顺排文档和倒排文档相当于手工检索工具哪部分？

2. 简述布尔逻辑运算符在检索中的含义和作用。

3. 截词符有哪几种？分别在检索中起什么作用？

4. 检索结果过多或检索结果太少时怎样调整检索策略？

5. 用谷歌学术搜索检索 2000～2010 年《情报学报》刊登的篇名中包含"信息检索"的文献有多少。

6. 利用百度搜索引擎检索有关"文献检索"的文献，要求命中文献格式为PDF 格式。

第6章 几种常用中外文网络数据库简介

6.1 EI网络版

EI 网络版（EI Compendex Web），内容包括原来的光盘版（EI Compendex）和后来扩展的部分（EI PageOne），是全世界最早的工程文摘来源。EI Compendex 收录年代自 1969 年起，涵盖 175 种专业工程学科，目前包含 1100 多万条记录，每年新增的 50 万条文摘索引信息分别来自 5100 种工程期刊、会议文集和技术报告。EI Compendex 收录的文献涵盖了所有的工程领域，其中，大约 22% 为会议文献，90% 的文献语种是英文。图 6.1 为登录 EI Compendex 数据库后的默认检索界面。

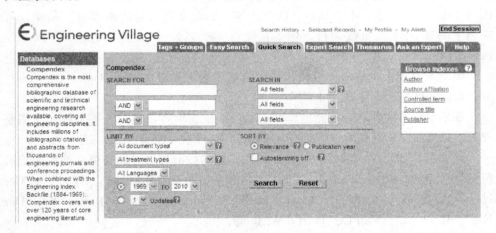

图 6.1　登录 EI Compendex 后的界面

6.1.1　主要检索字段及使用说明

1. 主题/标题/摘要

选择主题词/标题/摘要（subject/title/abstract），将从下列字段中检索：摘要（abstract）、题目（title）、翻译的题目（translated title）、EI 受控词（EI controlled terms）、EI 主标题词（EI main heading）、自由词（uncontrolled terms）。如果要精确检索一个短语，可用大括号或引号将此短语括进去。例如：

〔international space station〕、"linear induction motors"。

2. 作者

EI 引用的作者（author）姓名为原文中所使用的名字。姓在前，接着是逗号，然后是名。如果文章中使用的是名的首字母和姓，而全名在原文中某处给出（如在目录中），则数据库仍提供所有的信息，但不包括头衔，如先生（Sir 或 Mister）与学位等。

根据 EI 的规定，1976 年以后，如果文件中没有个人作者名，则将单位作者名放入作者单位栏，而在作者栏显示 Anon。作者名可用截词符（*）截断。例如：输入 Smith，A*，将检索：Smith，A.、Smith A. A.、Smith A. B.、Smith，A. Brandon、Smith，Aaron、Smith，Aaron C. 等。但由此可能导致检索出错误的信息，因为许多作者的姓相同，而且名字的第一个字母也相同。

值得注意的是填写作者姓名时，一定要使用所规定的格式，否则将检索不到。例如：检索 Smith，A. B. 将得不到作者为 Smith，A. 的文章。如果只输入姓，则所有姓相同的作者的文献均将被检索到。例如：输入 Bers，将检索：Bers，A.、Bers，D. M.、Bers，D. M. 等。如果希望检索的结果更加精确，可在名字的首字母后加截词符。例如：输入 Bers，D*，将检索：Bers，D. M.、Bers，Donald M. 等。

编辑或整理人也放入作者栏，并在名字后用带括号的符号（ed.）或（compiler）以示区别于通常意义上的作者。

如果要检索的姓名既可能是作者，又可能是编辑者，或者是某文件的搜集整理人，只需在已知姓名部分后面加上截词符，这样就可检索（ed.）或（compiler）。

请注意，如果作者的姓为复姓，须在此姓的后面加逗号和空格，然后加截词符（*）。例如：输入 van der Hart，* 将检索：Van Der Hart，A.、Van Der Hart，A. W. A.、Van Der Hart，H. W.、Van Der Hart，J. A.、Van Der Hart，L. H. M.、Van Der Hart，W. J. 等。

在显示的记录中，作者的姓名为超级链接形式，点击某一作者名，将检索此数据库中该作者的所有文献（1970～2002 年）。

3. 作者单位

2001 年以前，关于作者单位（author affiliation）EI 数据库的规定是，如果第一作者（编辑）单位这些信息可以从原文件中得到，则只提供第一作者（编辑）单位。从 2001 年开始，此政策有所改变，即给出通信作者的单位。近两年还给出其他作者的单位。此外，如果可能，也将给出作者所在单位的具体部门。一些常用的缩写如表 6.1 所示。

表 6.1　常用部门缩写

全称	缩写	全称	缩写	全称	缩写
academy	Acad	department	Dep	national	Natl
association	Assoc	division	Div	published	Pub
bureau	Bur	incorporated	Inc	publisher	Pub
center/re	Cent	institute	Inst	school	Sch
college	Coll	international	Int	society	Soc
company	Co	laboratory	Lab	university	Univ
Corporation	Corp	Limited	Ltd		

4. 出版商

在出版商（publisher）一栏检索可以确定出版商或搜索某一出版商所出版的期刊。请注意一定要查找出要检索的出版商名称所有的不同形式。此时，可以参考浏览索引框中的出版商查找索引（publisher look-up index）。

例如：American Institute of Physics，也称为 AIP、AIP Press、Am Inst Phys、American Inst Phys。还可选择用截词符（*）来检索，如 Acad* Press。

5. 出版物名

出版物名（source title）检索可以确定期刊、专著或会议论文集的名称。在出版物名中检索 polymers，将得到所有出版物名中含有此词的刊物，如 *Polymers for Advanced Technologies*、*Journal of Applied Polymer Science* 等。如果要检索某特定的出版物，用大括号或引号把刊名括起来，例如：{X-Ray Spectrometry}、"Journal of X-Ray Science and Technology"。有时出版物可能会有所变化，此时最好使用刊名查找索引（serial title look-up index）。

6. 标题

如果已知文献的标题而希望查找该文献，可以用大括号或引号将刊名括起来（这样在检索时就把它当做一个短语），然后在标题（title）字段检索，例如：{Unified diode model for circuit simulation}、"near earth asteroid rendezvous mission"。

如果用户希望在标题中检索某些特定的词语，也须在标题字段检索。标题中的词语常常表明该词语在论文中的重要性。例如：输入 radio frequency，检索出的论文中，radio frequency 将是该文重要的一个概念。

在快速检索中，标题词将被自动取词根，除非用户点击关闭自动取词根（autostemming off）禁用此功能。

如果是英文文献，原标题将被逐字复制。如果是非英文标题，有一套特定的规则：如果文献使用的是非英文语言，但是西文字母，将同时提供英译和原文标题；对于采用非罗马字符的语言，将提供英文的译文标题，也可能提供转成罗马字母的原文标题；如果原文的标题是英文，而论文内容使用的是非英文语言，将采用英文标题，不再提供非英文标题。

7. EI 受控词

EI 数据库中用于索引记录的 EI 受控词（EI controlled term）可以从 EI 主词表中查找。第 4 版 EI 主词表含有 18 000 个词，其中包括 9000 个受控词，9000 个导入词。第 4 版中新增了 220 个受控词，200 个导入词。

EI 受控词表是一个主题词列表，用来以专业和规范的形式描述文献的内容，可以在 EI 数据库的 EI 受控词查找索引中浏览受控词。受控词在摘要格式和详细格式的记录中以超级链接的形式存在，点击后可以检索到开始检索时所设定的时间范围内包含该受控词的记录。1993 年，EI 更新了其受控词的格式。1993 年以前的记录仍用旧格式。

以前的主标题-副标题词结构被废止，每个索引词现在均被独立列出。用户在1993 年以前出版的资料中检索受控词，最好参考受控词查找索引和印刷版的 EI 主词表来确定检索词。EI 数据库中每个记录均有一个受控词作为主标题词来表示文献的主题（main heading）。其余的受控词用来描述文献中所涉及的其他概念。

8. 浏览索引

浏览索引（browse indexes）可帮助用户选择用于检索的适宜词语。EI 数据库有作者、作者单位、文献来源名（source title）、出版商和 EI 受控词等的索引。点击相应的索引名称相应的索引就会出现。一旦某索引出现，用户选择所要检索词语的第一个字母或者在 search for 栏中输入词语的前几个字母，然后点击 find 按钮，就可浏览。此外，用户也可通过点击每页下面的 previous 或 next 按钮浏览索引。

当用户选择了索引中的某词后，它将自动被粘贴到第一个可用的检索框中，search in 栏也将切换到相应的字段。在索引中删除 1 个词语，此词语将从相应的检索框中删除。用户如果选择了超过 3 个词语，第 4 个词语将覆盖第 3 个检索框中的词语。

9. 检索限定

检索限定（search limits）包括文件类型（document type）限定、处理类型（treatment type）限定和语言（language）限定，是一种有效的检索技巧，使用此方法，用户可得到更为精确的检索结果。

如果用户希望对某个主题做一般性的概览，处理类型可选择 general review。

如果用户对某一研究领域的历史概览感兴趣，则选择 historical treatment。如果用户知道其所在机构的图书馆没有收集会议论文集，但是有很多期刊，那么就可选择仅限期刊论文（journal article only）来限定检索范围。用户也可选择专题论文（monograph chapter）或专题综述（monograph review）查找单行本中详细的工程信息。

　　如果用户不愿查找外文文献，或者只对外国研究者发表的文献感兴趣，则将检索范围限定在某种特定的语言是非常有用的。不论原文使用的是何种语言，EI 数据库中所有的摘要和索引均用英文编写。

10. 文件类型

文件类型指的是所检索的文献源自出版物的类型。EI 数据库从 1985 年起增加了文件类型字段。请注意，用户如果把检索范围限定在某特定的文件类型，将检索不到 1985 年前的文献。EI 数据库中可用的文件类型限定如表 6.2 所示。

表 6.2　常用部门缩写

文件类型名	文件类型译名	文件类型名	文件类型译名
all document types（default）	全部（默认选项）	monograph review	专题综述
journal article	期刊论文	report chapter	专题报告
conference article	会议论文	report review	综述报告
conference proceeding	会议论文集	dissertation	学位论文
monograph chapter	专题论文	unpublished paper	未出版文献

11. 处理类型

处理类型用于说明文献的研究方法及所探讨主题的类型。EI 数据库从 1985 年起增加了处理类型字段。因而，选择此限定，检索将仅限定在 1985 年以后的文献记录。

　　EI 数据库中可用的文件处理类型限定如表 6.3 所示。

表 6.3　文件处理类型

处理类型	处理类型译名	处理类型	处理类型译名
all treatment types	全部	historical	历史
applications	应用	literature review	文献综述
biographical	传记	management aspects	管理方面
economic	经济	numerical	数值
experimental	实验	theoretical	理论
general Review	一般性综述		

一个记录可能有一个或几个处理类型，然而，并不是每个记录均赋有处理类型。

12. 语言

在快速检索（quick search）中，用户可在下拉式菜单中对语种做以下限定：全部（all languages）、英语（English）、汉语（Chinese）、法语（French）、德语（German）、意大利语（Italian）、日语（Japanese）、俄语（Russian）和西班牙语（Spanish）。

用户如果要检索更多的语言，或要检索快速检索下拉式菜单中所未列的语言，需要使用高级检索（expert search）。EI 数据库所用的全部语言的列表可由高级检索中的语言查找索引（language look-up index）查找。

如果某篇文章所用的语言不是英语，那么将在引文的最后标示出所用的语言；如果所用的语言为一种以上，则用逗号将其分开。例如：French, German。

13. 按日期限定（limit by date）

最近四次更新（last four updates）：选择此选项将使用户的检索范围限定在最近四次所更新的内容中。

如果用户检索不到所需要的内容，可通过选择新的时间段，逐渐扩大检索范围至过去一年、两年等。如果用户选择了此种方法，请选择按出版时间排序，记录的排列顺序将按由近及远的时间顺序排列。

6.1.2　检索方法简介

EI 分简单检索（easy search）、快速检索和高级检索三种检索模式。

1. 简单检索

简单检索是一种单字段检索模式，其检索词命中在"Subject/Title/Abstract"字段。在文本框中键入检索词，点击 search 按钮即可完成检索，如图 6.2 所示。

2. 快速检索

如图 6.3 所示，快速检索界面提供多字段布尔组合检索，同时可按检索意图进行其他条件限定，以细化检索。

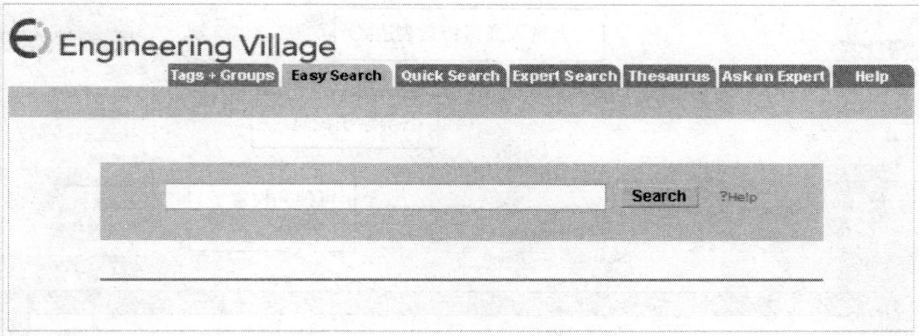

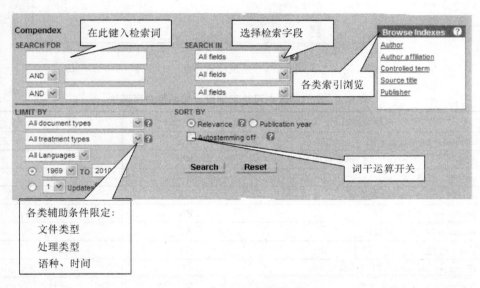

图 6.2　简单检索界面

图 6.3　快速检索界面

3. 高级检索

在高级检索界面（图 6.4），使用 wn ALL 语法可检索表 6.4 所列字段。例如：检索作者为"xie, kechang"或"xie, k.-c."、作者单位为"taiyuan univ of technology"且受控词为"oxidation"的文献，可以在文本框内键入如下表达式，即可完成检索：

({xie, kechang} wn AU OR {xie, k.-c.} wn AU) AND {taiyuan univ of technology} wn AF AND {oxidation} wn CV

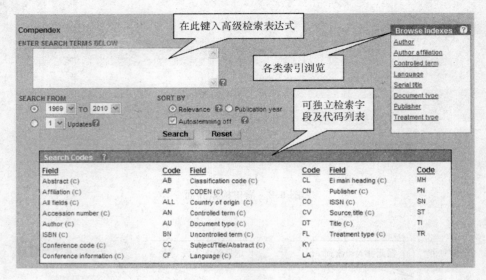

图 6.4　高级检索界面

表 6.4　高级检索中可检索字段、代码及使用语法

字　　段	字段代码	语　　法
all fields（所有字段）	ALL	wn ALL
subject/title/abstract（主题词/标题/摘要）	KY	wn KY
author（作者）	AU	wn AU
author affiliation（作者单位）	AF	wn AF
publisher（出版商）	PN	wn PN
source title（出版物名）	ST	wn ST
title（标题）	TI	wn TI
EI controlled term（EI 受控词）	CV	wn CV
document type（文件类型）	DT	wn DT
language（语言）	LA	wn LA
treatment type（处理类型）	TR	wn TR
EI main heading（EI 主题词）	MH	wn MH
uncontrolled term（自由词）	FL	wn FL
EI classification code（EI 分类码）	CL	wn CL
abstract（摘要）	AB	wn AB
CODEN（图书馆所藏文献 和书刊的分类编号）	CN	wn CN
ISSN（国际标准期刊编号）	SN	wn SN
ISBN（国际标准图书编号）	BN	wn BN
conference code（会议代码）	CC	wn CC
conference information（会议信息）	CF	wn CF

6.1.3　检索结果说明

1. 摘要格式和详细格式

检索结果（search results）最初以引文的格式列出（图 6.5），这种格式可提供足够的信息以确定其来源。如果用户浏览摘要格式或详细格式（individual abstract and detailed record formats）的记录，可点击每个单独引文下边的超级链接 abstract/links 或 detailed record/links。

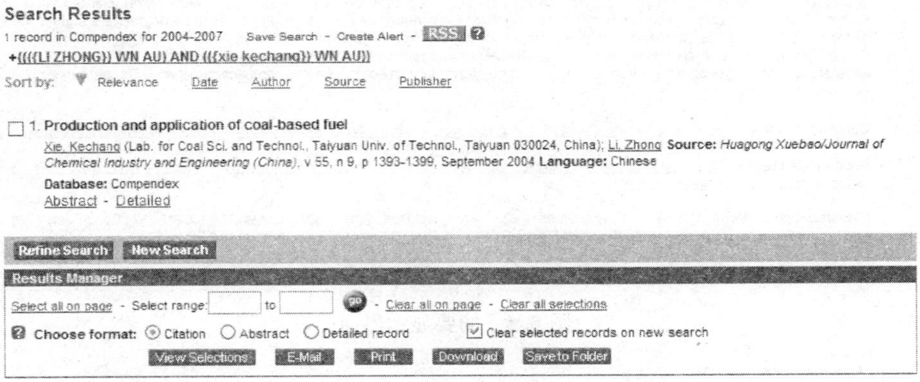

图 6.5　检索结果界面

用户如果想发电子邮件（e-mail）、下载（download）或保存（save）某个单独引文（individual citation）、摘要（abstract）或详细格式记录（detailed record），可在每个单独的记录边做标记，然后，选择一种格式，再选择一输出选项（output option）。

当记录以摘要（图 6.6）或详细格式（图 6.7）显示时，EI 数据库的受控词及作者姓名等均为超级链接形式。点击受控词，系统将检索出数据库中用户最初检索时所选定的时间范围内含有该受控词的所有记录。点击作者姓名，系统将检索出数据库中，自数据库建立以来（1969 年）该作者的所有记录。

详细记录的格式还包括超级链接的分类码和自由词。点击任一个，将检索出用户最初检索时所选定的时间范围内的包含该点击项的所有记录。

2. 精简检索结果

在检索结果页面（search results page），用户可以选择进一步精简检索结果

Abstract - Detailed

| Blog This | E-Mail | Print | Download | Save to Folder |

Record 1 from Compendex for: (((({LI ZHONG}) WN AU) AND (({xie kechang}) WN AU)), 2004-2007

Check record to add to Selected Records

☐ 1. **Production and application of coal-based fuel**
　Xie, Kechang[1]; Li, Zhong[1] **Source:** Huagong Xuebao/Journal of Chemical Industry and Engineering (China), v 55, n 9, p 1393-1399,
　September 2004 **Language:** Chinese
　ISSN: 04381157 **CODEN:** HUKHAI
　Publisher: Chemical Industry Press

Author affiliation:
[1] Lab. for Coal Sci. and Technol., Taiyuan Univ. of Technol., Taiyuan 030024, China

Abstract: With rapidly growing demand for energy, especially for transportation fuels, China is likely to turn to coal as a basis
for providing synthetic liquid fuels for transportation and other applications. Three alternative approaches to providing liquid
fuels from coal: direct coal liquefaction, indirect coal liquefaction and synthesis of coal-based oxygenated fuels, are described
and compared. In the first two cases a major challenge is to increase the ratio of hydrogen to carbon and the objective product
is synthetic crude oil or hydrocarbon fuel. Modern technology of direct coal liquefaction has not yet been commercialized, while
Fisher-Tropsch synthesis is well established commercially. Even though coal-based hydrocarbon fuels do not have significant
economic advantages as compared with petroleum products, they have significant strategic importance in energy security in
China. Two oxygenated fuels from coal, methanol (MeOH) and dimethyl ether (DME), can also be derived via indirect
liquefaction. The oxygenated fuels from coal has a unique advantage in both technology and economy, which is derived from
economical utilization of C, H, and O in coal. (10 refs.)

Controlled terms: Coal - Energy utilization - Fuels - Hydrogenation - Liquefaction - Methanol fuels - Pollution - Synthesis (chemical)

Uncontrolled terms: Clean coal technology - Coal-based fuel - Dimethyl ether - Economic advantages - Energy - Hydrocarbon fuel -
Synthetic crude oil - Transportation fuels

Classification Code: 802.3 Chemical Operations - 802.2 Chemical Reactions - 525.3 Energy Utilization - 524 Solid Fuels -
523 Liquid Fuels - 521 Fuel Combustion and Flame Research - 454.2 Environmental Impact and Protection

Database: Compendex

图 6.6　摘要显示界面

1.	**Accession number:**	2004518734188
	Title:	Production and application of coal-based fuel
	Authors:	Xie, Kechang[1]; Li, Zhong[1]
	Author affiliation:	[1] Lab. for Coal Sci. and Technol., Taiyuan Univ. of Technol., Taiyuan 030024, China
	Corresponding author:	Xie, K.
	Source title:	Huagong Xuebao/Journal of Chemical Industry and Engineering (China)
	Abbreviated source title:	Huagong Xuebao
	Volume:	55
	Issue:	9
	Issue date:	September 2004
	Publication year:	2004
	Pages:	1393-1399
	Language:	Chinese
	ISSN:	04381157
	CODEN:	HUKHAI
	Document type:	Journal article (JA)
	Publisher:	Chemical Industry Press
	Abstract:	With rapidly growing demand for energy, especially for transportation fuels, China is likely to turn to coal as a basis for providing synthetic liq other applications. Three alternative approaches to providing liquid fuels from coal: direct coal liquefaction, indirect coal liquefaction and syr oxygenated fuels, are described and compared. In the first two cases a major challenge is to increase the ratio of hydrogen to carbon and th crude oil or hydrocarbon fuel. Modern technology of direct coal liquefaction has not yet been commercialized, while Fisher-Tropsch synthesi commercially. Even though coal-based hydrocarbon fuels do not have significant economic advantages as compared with petroleum produ strategic importance in energy security in China. Two oxygenated fuels from coal, methanol (MeOH) and dimethyl ether (DME), can also be The oxygenated fuels from coal has a unique advantage in both technology and economy, which is derived from economical utilization of C.
	Number of references:	10
	Main heading:	Coal research
	Controlled terms:	Coal - Energy utilization - Fuels - Hydrogenation - Liquefaction - Methanol fuels - Pollution - Synthesis (chemical)
	Uncontrolled terms:	Clean coal technology - Coal-based fuel - Dimethyl ether - Economic advantages - Energy - Hydrocarbon fuel - Synthetic crude oil - Transportation fu
	Classification code:	802.3 Chemical Operations - 802.2 Chemical Reactions - 525.3 Energy Utilization - 524 Solid Fuels - 523 Liquid Fuels - 521 Fuel Combu: 454.2 Environmental Impact and Protection
	Database:	Compendex

图 6.7　详细记录显示界面

(refining your search)。在检索结果页的左上角有一精简检索（refine search）按钮，点击此按钮用户可定位到检索结果页面底部的一个精简检索框。

用户当前的检索式将出现在精简检索框中，根据用户检索的需要对其做进一步的改动，再点击检索（search）按钮即可。

6.2　ScienceDirect 全文期刊数据库

6.2.1　数据库简介

荷兰爱思唯尔（Elsevier）出版集团是全球最大的科技与医学文献出版发行商之一，已有 180 多年的历史。ScienceDirect 系统是爱思唯尔公司的核心产品，自 1999 年开始向读者提供电子出版物全文的在线服务，包括爱思唯尔出版集团所属的 2500 多种同行评议期刊和 10 500 多种系列丛书、手册及参考书等，涉及四大学科领域：物理学与工程、生命科学、健康科学、社会科学与人文科学等（表 6.5），数据库收录全文文章总数已超过 900 万篇。图 6.8 为爱思唯尔 ScienceDirect 数据库首页。

表 6.5　收录范围及期刊量表

学科名	期刊数（种）
life science	437
agricultural and biological sciences	133
chemistry and chemical engineering	220
clinical medicine	271
computer science	124
earth and planetary science	118
engineering，energy and technology	280
environmental science and technology	127
materials science	135
mathematics	50
physics and astronomy	165
social sciences	291

6.2.2　检索方式介绍

ScienceDirect 包括快速检索、期刊浏览（browse）、高级检索和专家检索（expert search）四种检索模式。

图 6.8　ScienceDirect 首页

1. 快速检索

快速检索界面（图 6.9）固定出现在其他检索界面的上方，可提供作者（author）、刊（书）名（journal/book title）及期刊卷（volume）、期（issue）、页（page）等字段的单字段或多字段逻辑与检索。

图 6.9　快速检索界面

2. 期刊浏览

点击主页菜单中的 Browse 项即可进入期刊浏览模式（图 6.10）。该模式模拟了传统图书馆查找期刊的路线：刊名→卷→期→文献题名→全文。期刊显示及说明如图 6.11 所示，某期期刊中内容显示及说明如图 6.12 所示，论文全文显示格式如图 6.13 所示。

3. 高级检索

点击主页菜单中的 search 项或界面中的 advanced search 即可进入高级检索模式（图 6.14）。该模式可进行多字段组合检索，类似 EI 数据库的快速检索。

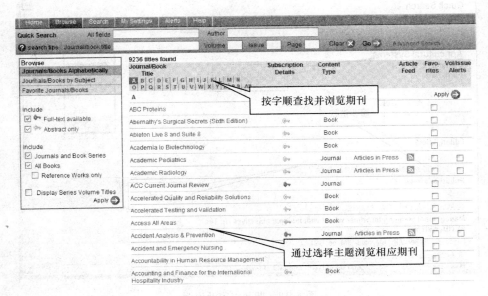

图 6.10　期刊浏览页面及说明

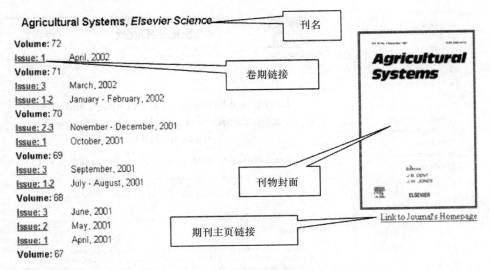

图 6.11　期刊显示及说明

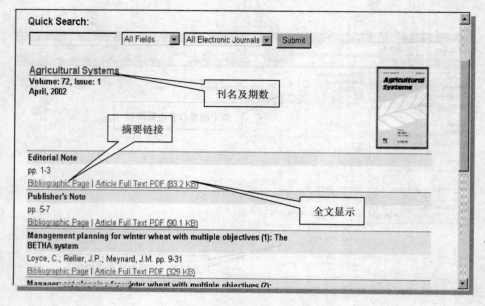

图 6.12　期刊内容及说明

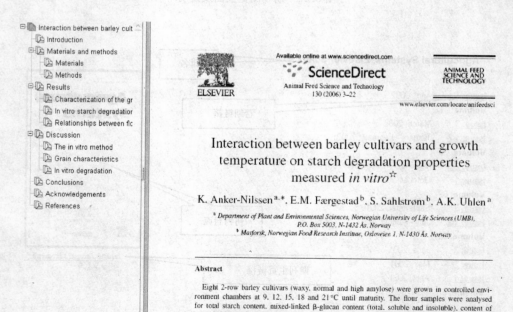

图 6.13　论文全文显示格式

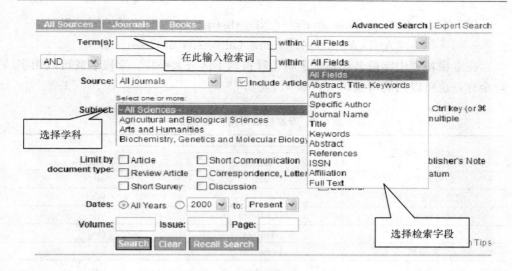

图 6.14　高级检索界面及说明

4. 专家检索

进入高级检索界面，点击 expert search 即进入专家检索模式，如图 6.15 所示。该模式与 EI 数据库的专家检索类似。其检索语法格式如下：

Field _ name（search _ term），即字段名（检索词）。

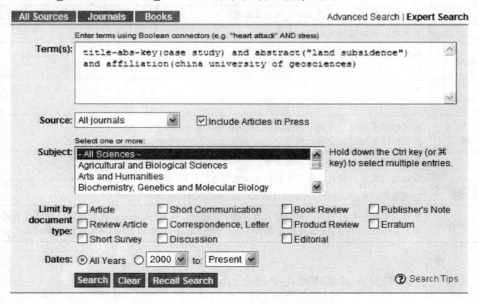

图 6.15　专家检索界面及举例说明

例：Title-abs-key（case study）AND Abstract（"land subsidence"）

AND Affiliation（China University of Geosciences）

在专家检索中字段名和布尔逻辑运算符均不区分大小写。字段名既可以用字段全称，也可以用简写编码（表6.6、表6.7）。

表6.6 专家检索常用检索字段

常用检索字段	字段名（field_name）	
	字段全称	简写编码
所有字段	all	all
题名/摘要/关键词	title-abs-key	tak
标题	title	ttl
摘要	abstract	abs
关键词	keywords	key
作者	authors	aut
特定作者	specific-author	aus
参考文献	references	ref
期刊/图书名	srctitle	src
作者机构	affiliation	aff

表6.7 专家检索算符描述

and	默认算符，要求多个检索词同时出现在文章中
or	检索词中的任意一个或多个出现在文章中
and not	后面所跟的词不出现在文章中
通配符*	取代单词中的任意个（0，1，2…）字母 如 transplant* 可以检索到 transplant，transplanted，transplanting…
通配符?	取代单词中的1个字母 如 wom?n 可以检索到 woman，women
W/n PRE/n	两词相隔不超过 n 个词，词序不定　quick w/3 response 两词相隔不超过 n 个词，词序一定　quick pre/2 response
""	宽松短语检索，标点符号、连字符、停用字等会被自动忽略 "heart-attack"
' '	精确短语检索，所有符号都将被作为检索词进行严格匹配 'information integration'
（）	定义检测词顺序，例：（remote OR satellite）AND education
作者检索	先输入名的全称或缩写，然后输入姓，例：r smith；jianhua zhang 临近符可以用于作者检索，raymond W/3 smith 可检索到 Raymond Smith，Raymond J. Smith and Raymond J.

5. ScienceDirect 数据库的几个检索约定

（1）拼写方式。

当英式与美式拼写方式不同时，可使用任何一种形式检索。

　　例：behaviour 与 behavior；psychoanalyse 与 psychoanalyze。

（2）单词复数。

使用名词单数形式可同时检索出复数形式。

　　例：horse-horses，woman-women。

（3）支持希腊字母 α，β，γ，Ω 检索（或英文拼写方式）。

（4）法语、德语中的重音、变音符号，如 é，è，ä 均可以检索。

（5）增加 "specific author" 字段，作者检索更加准确。

限定 authors 字段，则意味着检索词出现在 authors 字段中，但可能来自不同人的名字；限定 specific author 字段，则意味着检索词必须出现在同一个人的名字中。

6.3　中国期刊全文数据库

6.3.1　数据库简介

中国期刊全文数据库是目前世界上最大的连续动态更新的中国期刊全文数据库，收录国内 9100 多种重要期刊，以学术、技术、政策指导、高等科普及教育类为主，同时收录部分基础教育、大众科普、大众文化和文艺作品类刊物，内容覆盖自然科学、工程技术、农业、哲学、医学、人文社会科学等各个领域，全文文献总量 3252 多万篇（截至 2010 年 7 月）。

　　1）覆盖范围

产品分为十大专辑：理工 A、理工 B、理工 C、农业、医药卫生、文史哲、政治军事与法律、教育与社会科学综合、电子技术与信息科学、经济与管理。十大专辑分为 168 个专题和近 3600 个子栏目。

　　2）收录年限

1994 年至今，部分刊物回溯至创刊。

　　3）更新频率

CNKI 中心网站及数据库交换服务中心每日更新，各镜像站点通过互联网或卫星传送数据可实现每日更新，专辑光盘每月更新（文史哲专辑为双月更新），专题光盘年度更新。

6.3.2　检索功能介绍

该数据库分初级、高级、专业检索三种检索模式。

1. 初级检索

初级检索是一种多字段组合检索模式。可供检索字段包括篇名、主题、关键词、摘要、作者、第一作者、单位、刊名、参考文献、全文、基金、中图分类号、ISSN、年、期等（图 6.16），其检索项栏是动态的，用户可根据检索字段的多寡增减，但最多可增设到 5 个检索栏。

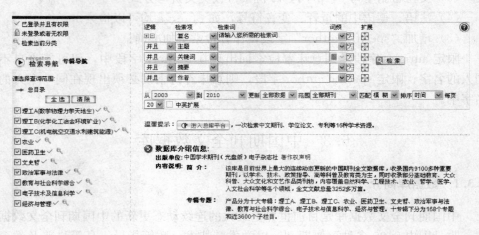

图 6.16　初级检索界面

2. 高级检索

在初级检索的基础上增加了同字段布尔组合检索（图 6.17）。

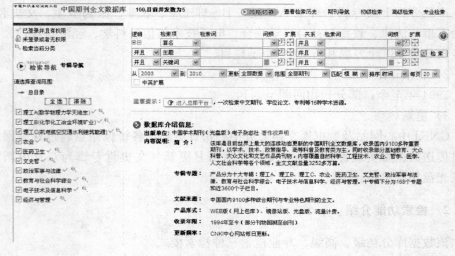

图 6.17　高级检索界面

3. 专业检索

与 Compendex 数据库的专家检索方式相近，中国期刊全文数据库专业检索需要根据检索语法结合布尔逻辑运算符自由组配检索表达式，如图 6.18 所示。其检索语法格式为：字段名＝'检索词'。

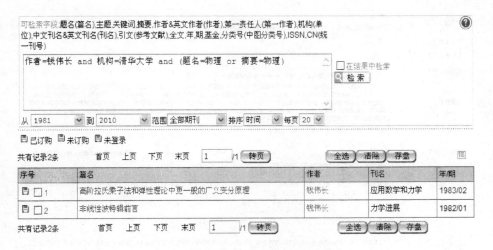

图 6.18　专业检索界面及举例说明

1）检索项

专业检索可用下列 16 个检索项构造检索表达式：主题、题名、关键词、摘要、作者、第一责任人、机构、中英文刊名、引文、全文、年、期、基金、分类号、ISSN、CN。

2）逻辑组合检索

多个检索项的检索表达式可使用"and"、"or"、"not"逻辑运算符进行组合。三种逻辑运算符的优先级相同，如要改变组合的顺序，请使用英文半角圆括号"（）"将条件括起。

3）符号

所有符号和英文字母（包括操作符），都必须使用英文半角字符，逻辑关系符号（与（and）、或（or）、非（not））前后要空一个字节。

例 1：要求检索钱伟长在清华大学或上海大学时发表的文章。

　　检索式：作者＝钱伟长 and（机构＝清华大学 or 机构＝上海大学）

例 2：要求检索钱伟长在清华大学期间发表的题名或摘要中都包含"物理"的文章。

　　检索式：作者＝钱伟长 and 机构＝清华大学 and（题名＝物理 or 摘要＝物理）

4. 检索结果处理

检索结果（图 6.19）可以根据自己习惯下载 CAJ 格式的全文或 PDF 格式全文（图 6.20）。需要指出的是，下载后的 CAJ 格式的全文或 PDF 格式全文必须在安装有 CAJ 阅读器或 PDF 阅读器的计算机上才能打开。

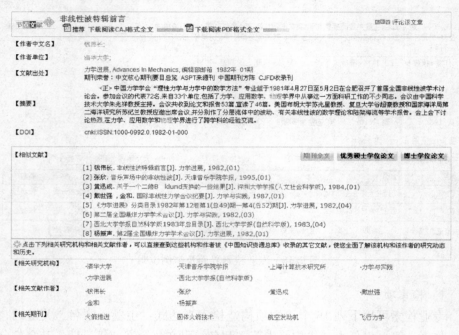

图 6.19　检索结果界面

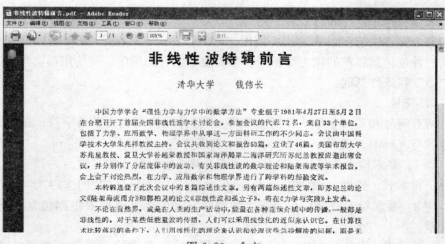

图 6.20　全文

6.4　万　方　数　据

万方数据股份有限公司是由中国科技信息研究所以万方数据（集团）公司为基础，联合山西漳泽电力股份有限公司、北京知金科技投资有限公司、四川省科技信息研究所和科技文献出版社发起组建的高新技术股份有限公司。其资源涵盖了中文期刊论文、中文学位论文、会议论文、中外专利、标准技术、企业信息、西文期刊论文、西文会议论文、科技成果等多个方面，其中专利资源、标准资源和科技成果资源是其特色。该库的中文期刊论文和中文学位论文资源与 CNKI 资源重复交叉，读者在使用时可互为补充，其检索方法与 CNKI 相近。万方数据资源网址是 www. wanfangdata. com. cn，如图 6.21 所示为其首页。不管检索哪类资源，其检索模式都分为高级检索、经典高级检索和专业检索三种，检索界面相似，如图 6.22～图 6.24 所示。

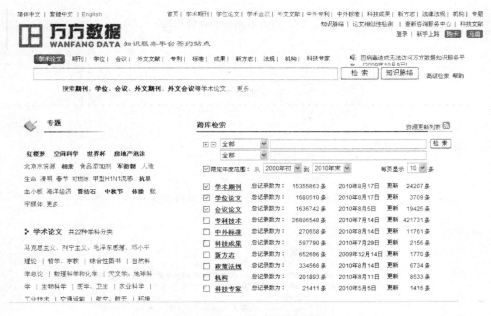

图 6.21　万方数据首页

6.4.1　中外专利

万方数据资源系统中专利是全文资源，收录了国内外的发明、实用新型及外观设计等专利 2400 余万项，其中，中国专利约 331 万项，外国专利约 2073 万项。内容涉及自然科学各个学科领域，每年增加约 25 万条，每两周更新一次。

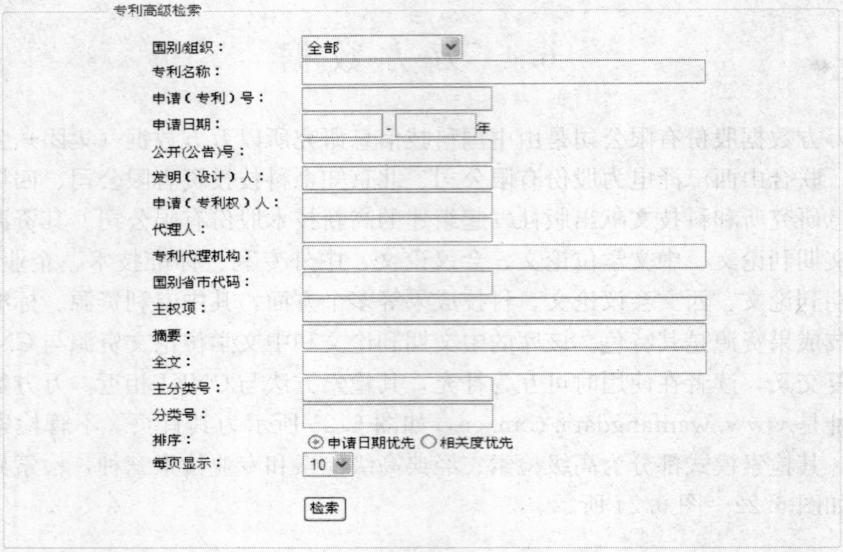

专利高级检索

国别组织：　　　全部
专利名称：
申请（专利）号：
申请日期：　　　　　　　-　　　　　年
公开(公告)号：
发明（设计）人：
申请（专利权）人：
代理人：
专利代理机构：
国别省市代码：
主权项：
摘要：
全文：
主分类号：
分类号：
排序：　　　　　⊙申请日期优先 ○相关度优先
每页显示：　　　10

检索

图 6.22　万方数据专利高级检索

经典高级检索

标题
发明人
申请人
公开号
主权项

检索

图 6.23　万方数据专利经典高级检索

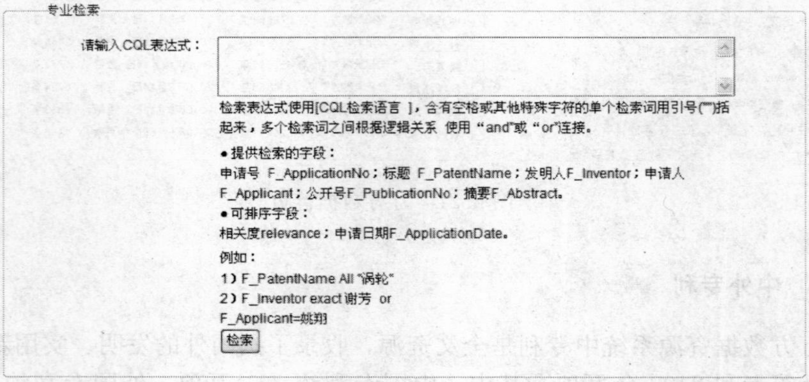

专业检索

请输入CQL表达式：

检索表达式使用[CQL检索语言]，含有空格或其他特殊字符的单个检索词用引号("")括起来，多个检索词之间根据逻辑关系 使用 "and"或 "or"连接。

●提供检索的字段：
申请号 F_ApplicationNo；标题 F_PatentName；发明人F_Inventor；申请人
F_Applicant；公开号F_PublicationNo；摘要F_Abstract。
●可排序字段：
相关度relevance；申请日期F_ApplicationDate。
例如：
1）F_PatentName All "涡轮"
2）F_Inventor exact 谢芳 or
F_Applicant=姚翔
检索

图 6.24　方数据专利专业检索

6.4.2　标准资源

标准是题录资源，综合了由国家质检监督局、建设部科技情报研究所、中国建筑材料科学研究总院等单位提供的相关行业的各类标准题录。其包括中国行业标准、中国国家标准、国际标准化组织标准、国际电工委员会标准、美国国家标准学会标准、美国材料试验协会标准、美国电气及电子工程师学会标准、美国保险商实验室标准、美国机械工程师协会标准、英国标准化学会标准、德国标准化学会标准、法国标准化学会标准、日本工业标准调查会标准等约 26 万条记录，每月更新。其检索模式与该库其他资源相同。

6.4.3　科技成果

科技成果是题录资源，主要收录了国内的科技成果及国家级科技计划项目。总计约 50 万项，内容涉及自然科学的各个学科领域，每月更新。

6.5　读秀学术搜索

读秀学术搜索（www.duxiu.com）是超星数字图书馆研发的新产品，由海量中文图书资源组成的庞大知识库系统，其以 200 余万种中文图书资源为基础，为用户提供深入图书内容的书目和全文检索，部分文献的全文试读，以及通过电子邮件获取文献资源。其一站式检索实现了馆藏纸质图书、电子图书、学术文章等各种异构资源在同一平台的统一检索，通过多渠道的文献传递服务，为读者学习、研究、写论文、做课题提供最全面准确的学术资料和获取知识资源的捷径。图 6.25 为读秀学术搜索首页。

知识 图书 期刊 报纸 学位论文　会议论文　| 电子书 讲座 | 更多>>

应用帮助

中文文献搜索　　外文文献搜索

联系我们 | 网上客服 | 用户反馈 | 在home用读秀　RSS订阅
太原理工大学 © 2010 · powered by duxiu
客服电话：010-51667449　京ICP证060172号

图 6.25　读秀学术搜索首页

读秀学术搜索的特色是对电子图书的搜索，图 6.26 为读秀图书高级搜索界面。搜索到的图书可以直接获得图书题录、摘要等信息，同时允许读者试读，如果读者所在单位已购买该书的读秀版，则可点击当前页面中"本馆电子全文"链接直接阅读该书（图 6.27、图 6.28），也可以点击图 6.29 页面中"图书馆文献传递"链接通过电子邮件获取 50 页的全文。

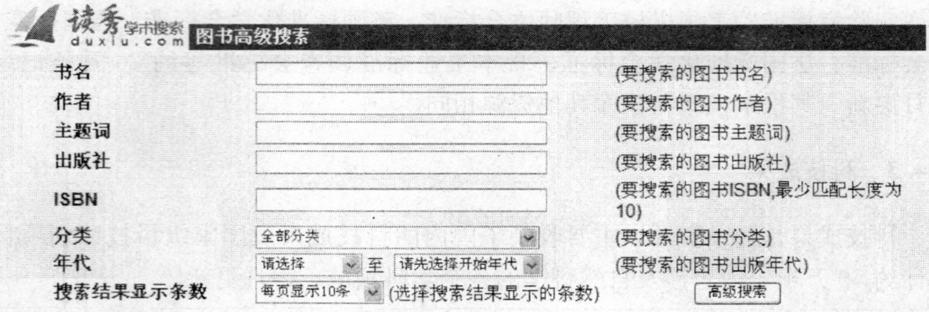

图 6.26　读秀图书高级搜索界面

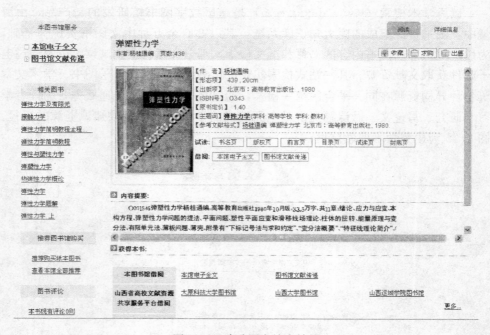

图 6.27　读秀图书搜索结果

图 6.28　读秀图书在线阅读

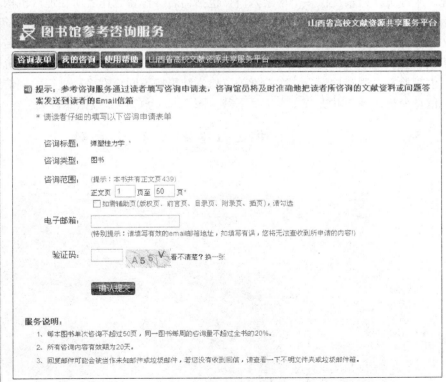

图 6.29　读秀图书馆文献传递

6.6　中文社会科学引文索引数据库

6.6.1　CSSCI 数据库简介

中文社会科学引文索引（Chinese Social Sciences Citation Index，CSSCI）是由南京大学中国社会科学研究评价中心开发研制的引文数据库，用来检索中文人文社会科学领域的论文收录和被引用情况。

CSSCI 遵循文献计量学规律，采取定量与定性相结合的方法从全国 2700 余种中文人文社会科学学术性期刊中精选出学术性强、编辑规范的期刊作为来源期刊。目前收录包括法学、管理学、经济学、历史学、政治学等在内的 25 大类的 500 多种学术期刊，目前可检索 1998～2009 年 12 年度数据，来源文献约 100 万篇，引文文献约 600 万篇。

目前，利用 CSSCI 可以检索到所有 CSSCI 来源刊的收录（来源文献）和被引情况。来源文献检索提供多个检索入口，包括篇名、作者、作者所在地区机构、刊名、关键词、文献分类号、学科类别、学位类别、基金类别及项目、期刊年代、卷、期等。被引文献的检索提供的检索入口包括被引文献、作者、篇名、刊名、出版年代、被引文献细节等。其中，多个检索入口可以按需进行优化检索、精确检索、模糊检索、逻辑检索、二次检索等。检索结果按不同检索途径进行发文信息或被引信息分析统计，并支持文本信息下载。图 6.30 为 CSSCI 数据库首页。

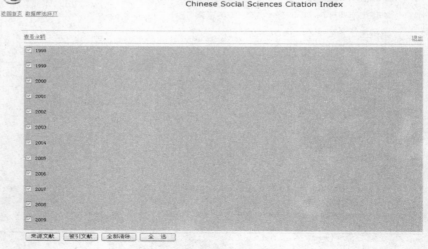

图 6.30　CSSCI 数据库首页

作为我国人文社会科学主要文献信息查询的重要工具，CSSCI可以为用户提供以下服务：对于社会科学研究者，CSSCI可以从来源文献和被引文献两个方面向研究人员提供相关研究领域的前沿信息和各学科学术研究发展的脉搏，通过不同学科、领域的相关逻辑组配检索，挖掘学科新的生长点，展示实现知识创新的途径；对于社会科学管理者，CSSCI可以提供地区、机构、学科、学者等多种类型的统计分析数据，从而为制定科学研究发展规划、科研政策提供决策参考；对于期刊研究与管理者，CSSCI提供多种定量数据，如被引频次、影响因子、即年指标、期刊影响广度、地域分布、半衰期等，通过多种定量指标的分析统计，可为期刊评价、栏目设置、组稿选题等提供定量依据。CSSCI也可为出版社与各学科著作的学术评价提供定量依据。

6.6.2　CSSCI 数据库检索指南

CSSCI主要从来源文献和被引文献两个方面向用户提供信息。

1. 来源文献检索

来源文献检索主要用来查询本索引所选用的源刊的文章的作者（所在单位）、篇名、参考文献等。其检索途径有论文作者、篇名（词）、作者机构、作者地区、期刊名称、机构名称、标引词、学科类别、基金项目以及年代等 10 余项（图 6.31）。

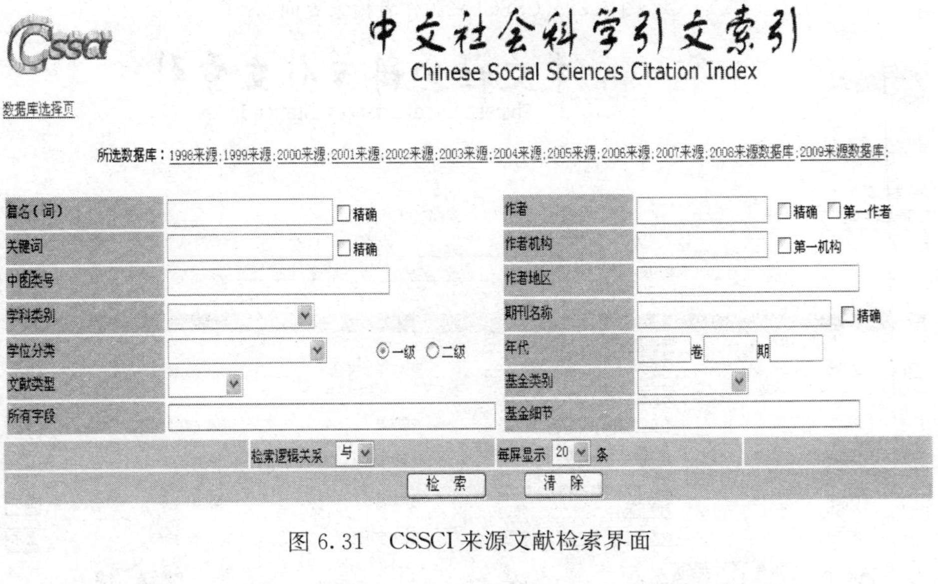

图 6.31　CSSCI 来源文献检索界面

来源文献检索大多数检索途径都可以实现逻辑组配检索，这种逻辑组配包含两种运算方式，即"或"（逻辑算符用"＋"）和"与"（逻辑算符用"＊"）。

　　1）作者检索

　　图 6.32 为 CSSCI 来源作者检索界面，若希望查找某一作者或某团体作者的发文情况（被 CSSCI 收录情况），可在"作者"栏中输入该作者的姓名或团体作者名称，输入后点击"检索"按钮，即可在结果显示窗口中显示本次检索的检索结果（图 6.33），在检索结果窗口中显示出本次检索条件及命中篇数等。

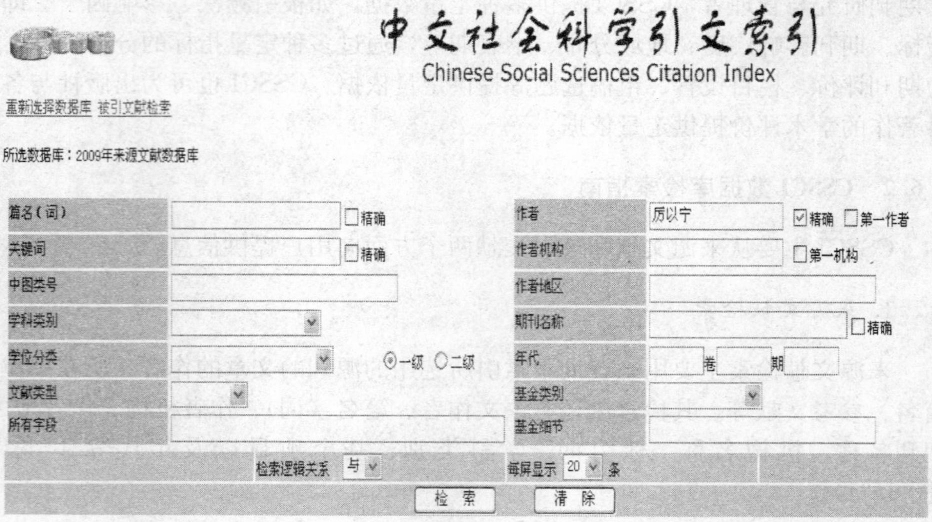

图 6.32　CSSCI 来源作者检索界面

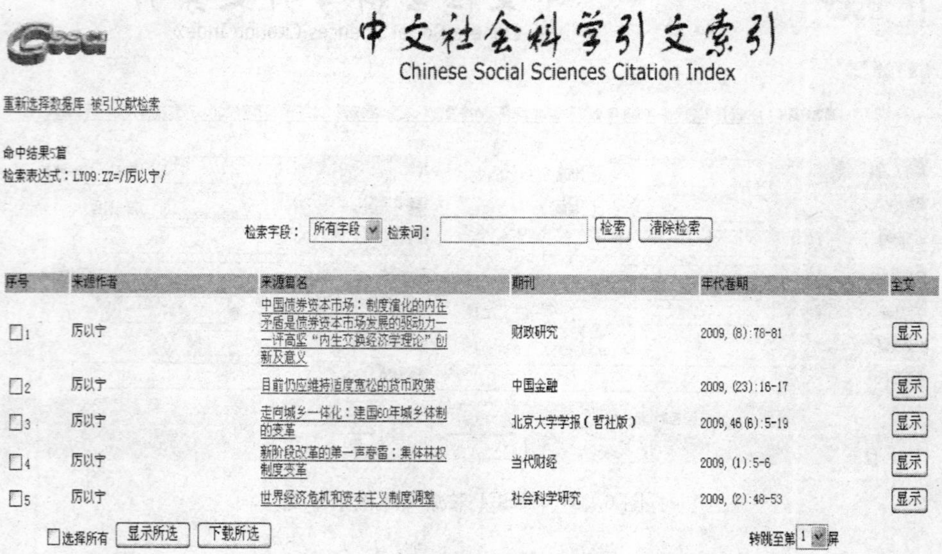

图 6.33　CSSCI 来源作者检索结果

2）机构检索

图 6.34 为 CSSCI 来源库机构检索界面，机构检索为了解某一机构发表文章提供了最佳途径。如想知道太原理工大学在 CSSCI 所收录的期刊上发表了多少篇论文，可以在机构输入框中键入"太原理工大学"，然后点击"开始检索"按钮，则可得 CSSCI 上所收录的太原理工大学所有论文发表情况。

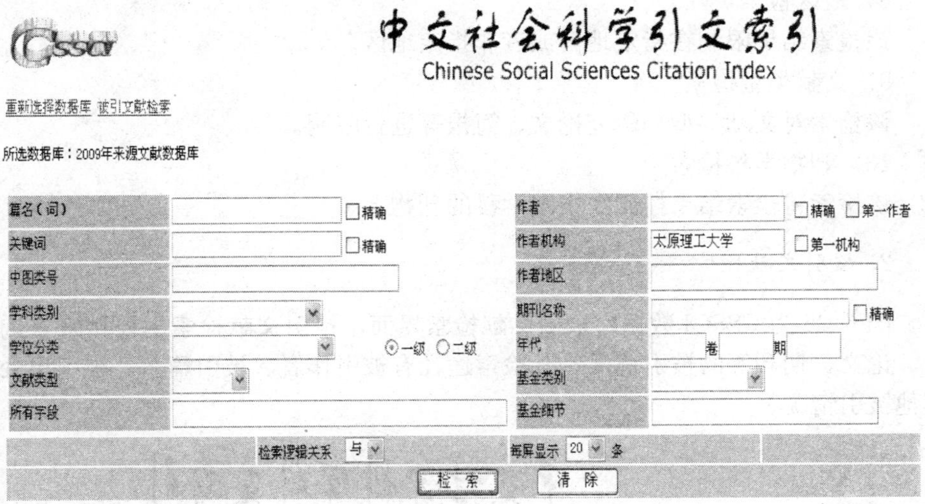

中文社会科学引文索引
Chinese Social Sciences Citation Index

重新选择数据库　被引文献检索

所选数据库：2009年来源文献数据库

篇名（词）		□精确	作者		□精确 □第一作者
关键词		□精确	作者机构	太原理工大学	□第一机构
中图类号			作者地区		
学科类别			期刊名称		□精确
学位分类		⊙一级 ○二级	年代	卷 期	
文献类型			基金类别		
所有字段			基金细节		

检索逻辑关系 与　　　　每屏显示 20 条

检索　　清除

图 6.34　CSSCI 来源机构检索界面

在机构检索中，也可采用模糊检索或前方一致的方式，如用"太原理工大学"在 2009 年数据中检索命中 24 条，同样"原理工"也命中 24 条。当然，这样易出现误检。

3）关键词检索

关键词检索提供了通过关键词找到相关论文的途径。检索式中的关键词组配对象可以有多个。多个关键词组配时，用逻辑运算符"＊"、"＋"，如可以输入检索式"图书馆＊建筑"，表示要检索同时包含这两个关键词的文献。

4）刊名检索

刊名检索主要用于对某种期刊发表论文情况的查询。若欲查看在《中国社会科学》上发表的论文，可以在刊名录入框中，打入"中国社会科学"，点击"开始检索"按钮后，可以得到 CSSCI 所收录该刊论文情况。当然也可以通过卷期来限制某卷某期发表论文的情况。

5）篇名词检索

篇名词检索主要是为用户提供用篇名中词段进行检索的手段。可以在篇名录入框中打入整个篇名，也可以打入一个词，甚至一个字。如全名"我看北大"只有 1 篇，而篇名中含有"北大"一词的论文则有 36 篇。

6）基金检索

对来源文献的基金来源进行检索，可以使用精确、前方一致或模糊检索。

7）发表年代检索

发表年代检索将检索结果控制在划定的时间范围内。

8）地区检索

该检索结果限制在指定地区或者非指定地区。

9）文献类型检索

该检索对文献类型如研究论文、简报等进行限制。

10）刊物学科检索

该检索将检索结果控制在指定学科的刊物上。

2．被引文献检索

图 6.35 为 CSSCI 数据库被引文献检索界面，被引文献检索主要用来查询作者、论文、期刊等的被引情况。其检索途径有被引作者、被引篇名、被引出处和其他被引情况。

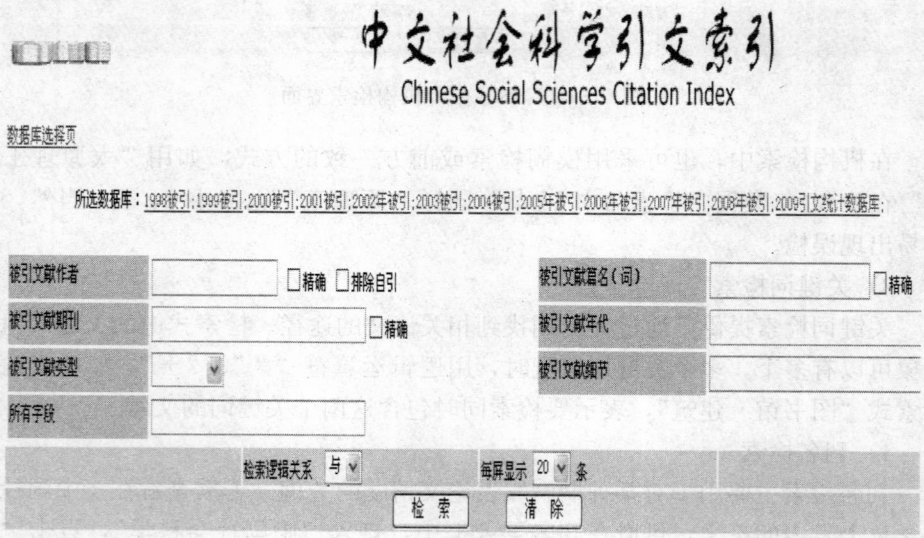

图 6.35　CSSCI 被引文献检索界面

1）被引作者检索

通过此项检索，可以了解到某一作者在 CSSCI 中被引用的情况。如查询厉以宁先生的论著被引用情况，可在此框中输入"厉以宁"得到结果，如图 6.36、图 6.37 所示。具体操作与说明参见来源文献的作者检索。

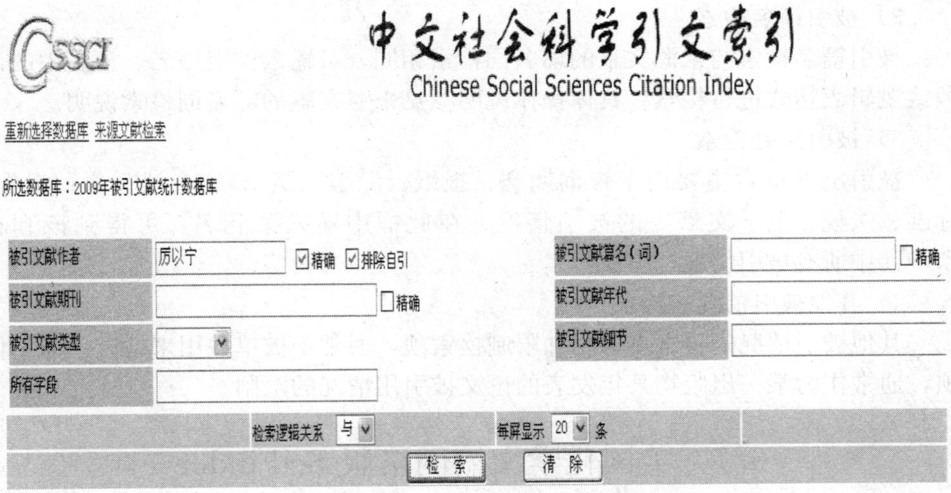

中文社会科学引文索引
Chinese Social Sciences Citation Index

重新选择数据库　来源文献检索

所选数据库：2009年被引文献统计数据库

被引文献作者	厉以宁	☑精确 ☑排除自引	被引文献篇名（词）		☐精确
被引文献期刊		☐精确	被引文献年代		
被引文献类型			被引文献细节		
所有字段					

检索逻辑关系 与 ☑　　　每屏显示 20 ☑ 条

检 索　　　清 除

图 6.36　CSSCI 被引作者检索界面

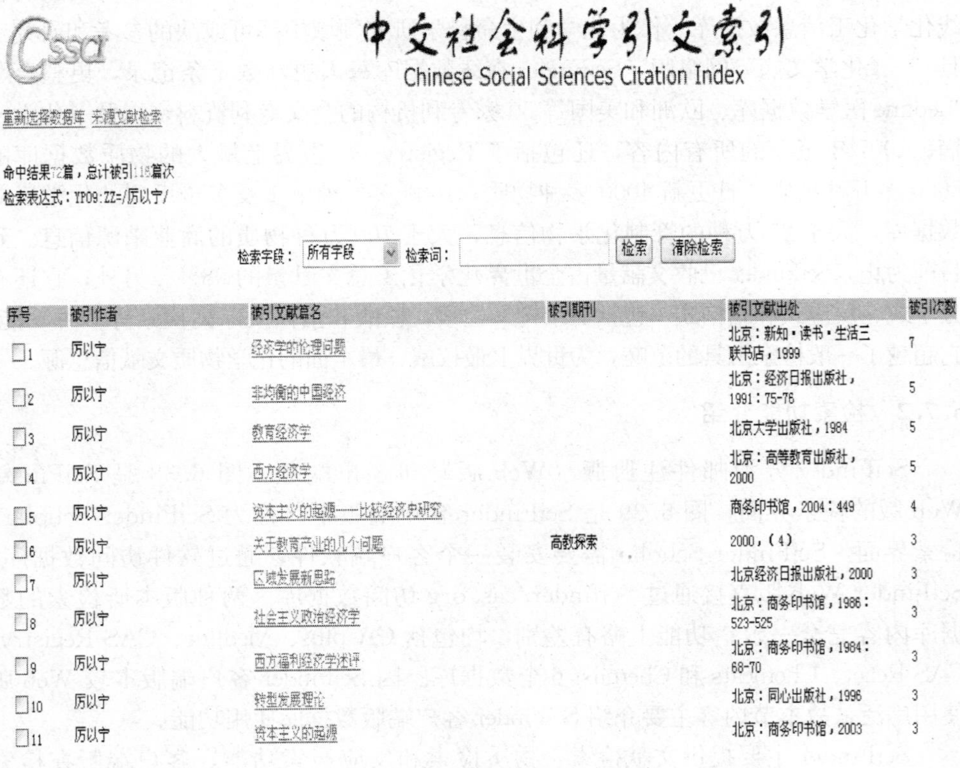

中文社会科学引文索引
Chinese Social Sciences Citation Index

重新选择数据库　来源文献检索

命中结果12篇，总计被引118篇次
检索表达式：YP09:ZZ=/厉以宁/

检索字段： 所有字段 ☑　检索词： _____　检索　清除检索

序号	被引作者	被引文献篇名	被引期刊	被引文献出处	被引次数
☐1	厉以宁	经济学的伦理问题		北京：新知·读书·生活三联书店，1999	7
☐2	厉以宁	非均衡的中国经济		北京：经济日报出版社，1991：75-76	5
☐3	厉以宁	教育经济学		北京大学出版社，1984	5
☐4	厉以宁	西方经济学		北京：高等教育出版社，2000	5
☐5	厉以宁	资本主义的起源——比较经济史研究		商务印书馆，2004：449	4
☐6	厉以宁	关于教育产业的几个问题	高教探索	2000，（4）	3
☐7	厉以宁	区域发展新思路		北京经济日报出版社，2000	3
☐8	厉以宁	社会主义政治经济学		北京：商务印书馆，1986：523-525	3
☐9	厉以宁	西方福利经济学述评		北京：商务印书馆，1984：68-70	3
☐10	厉以宁	转型发展理论		北京：同心出版社，1996	3
☐11	厉以宁	资本主义的起源		北京：商务印书馆，2003	3

图 6.37　CSSCI 被引作者检索结果

2）被引篇名检索

被引篇名检索与来源文献的篇名词检索相同，可输入被引篇名、篇名中的词段或逻辑表达式进行检索。具体操作说明参见来源文献的篇名词检索说明。

3）被引出处检索

被引出处检索主要用于查询期刊、报纸、汇编（丛书）、会议文集、报告、标准、法规、电子文献等的被引情况。在此框中输入某刊名，可得到该刊在CSSCI中所有被引情况。

4）其他被引情况的检索

其他被引情况的检索多为附加限制检索项，通常不被单独用来检索。如年代项，通常作为某一出版物某年发表的论文被引用情况的限制。

6.7　美国化学文摘网络版 SciFinder

6.7.1　数据库简介

SciFinder 是美国化学文摘服务社（Chemical Abstract Service，CAS）出版的在线化学化工信息数据库。作为化学和生命科学研究领域中不可或缺的参考和研究工具——《化学文摘》网络版，SciFinder 在线数据库每天更新数千条记录，更整合了Medline 医学数据库、欧洲和美国等 50 家专利机构的全文专利资料，以及《化学文摘》1907 年至今的所有内容，还包括了 Registry——世界上最大的物质数据库的5600 多万种物质，日更新 4000 多种物质，1600 多万种单步及多步反应的化学反应数据库，大于 20 万种的管制化学物信息，大于 700 万种物质的商业来源信息。到目前为止，SciFinder 已收文献量占全世界化学化工总文献量的 98%。另外，它还有分子式、反应式和结构式（包括亚结构）检索，核酸和蛋白质序列检索等多种功能。它超越了一般检索工具的范畴，为世界上最权威、最全面的化学物质文献信息源。

6.7.2　检索功能介绍

SciFinder 分为邮件注册版（Web 版）和客户端版，图 6.38 是 SciFinderWeb 版的检索界面，图 6.39 是 SciFinder.客户端版本（称为 SciFinder Scholar）检索界面。SciFinder Scholar 需要安装一个客户端软件，通过软件访问数据库。SciFinder Web 版直接通过 Scifinder. cas. org 访问数据库。两种版本所检索的数据库内容完全一致，功能上略有差别，均包括 CA plus、Medline、CAS Registry、CAS React、Chemcats 和 Chemlist 6 个数据库。因 SciFinder 客户端版本较 Web 版使用广泛，故本节内容主要介绍 SciFinder 客户端版数据库使用功能。

SciFinder 主要提供文献检索、物质检索和反应检索功能，客户端版在检索首页上增加了定向检索和浏览期刊功能。

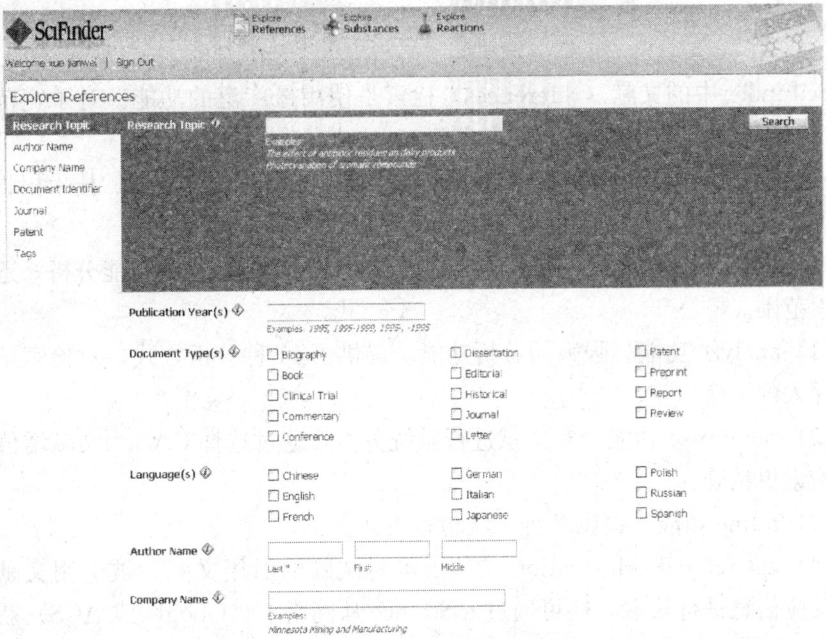

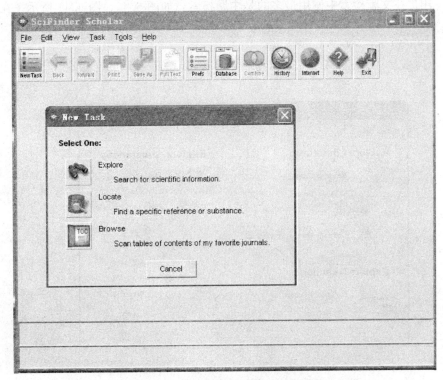

图 6.38　SciFinder 邮件注册版检索界面

图 6.39　SciFinder 客户端版检索界面

1. 文献检索

SciFinder 中的文献（references）检索是使用最广泛的功能。对于宽范围检索，可以很容易、快捷的进入检索主题。

检索的结果主要包括期刊、专利、会议录、图书、学位论文、技术报告等文献类型。提供从主题、作者姓名、机构名称入手检索。

该检索在其检索结果基础上再提供以下的检索功能，继续智能分析，逐步缩小检索范围。

（1）analyze 功能。强大的分析功能，提供了 11 种分析方式，对检索结果有全面深入的了解。

（2）categorize 功能。对文献进行系统分类，通过选择 CAS 为文献增值的索引使检索更精确。

（3）refine 功能。提供 7 种二次检索方式。

（4）get related information 功能。可对文献的引用文献、被引用文献、物质和反应信息进行获取，还可通过 e-Science 从网络上（Google 或 ACS）获取与检索主题相关信息。

用户在文献检索中使用最多的是主题检索，如图 6.40、图 6.41 所示。在使

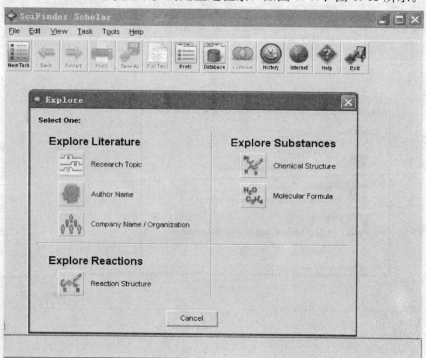

图 6.40　SciFinder 客户端版 Explore 检索界面

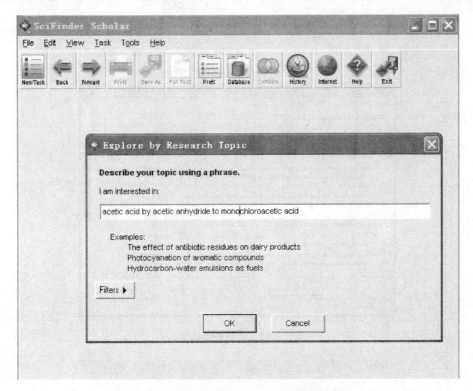

图 6.41　主题（research topic）检索界面

用主题检索时，使用简单的英语词输入 2～3 个概念，不同概念之间使用介词或者冠词连接，使用 not 或者 except 去除一个特定的字段将概念的同义词，写在括号内，使用一些限制去减少结果集中的记录数。

还可以使用限制（filters）功能，即在检索时加上出版时间、文献类型、语言、作者姓名和机构名称等限制。

主题检索通常提供多记录结果，见图 6.42，检索结果为以输入内容为短语在文献中出现、以输入的词在文献题目或摘要的同一句子中出现、输入的词（概念）在文献的任意部分出现，以输入内容中的单个词在文献中出现等命中的不同文献数结果供用户选择。

在去掉 CAplus 和 Medline 中重复收录的文献（remove duplicates）后，可得到按一定方式（可选）的相关文献摘要记录，同时可进行分析（analyze）、二次检索（refine）或目录（categorize），见图 6.43。

analyze 可对命中文献以作者姓名、CAS 登记号等 11 种分析方法进行分析，如图 6.44 所示。

refine 可从主题（research topic）、机构（company name）、作者（author name）、出版年（publication year）、文献类型、语言、数据库（database）等进

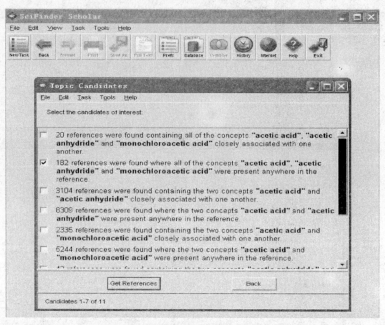

图 6.42　主题检索结果

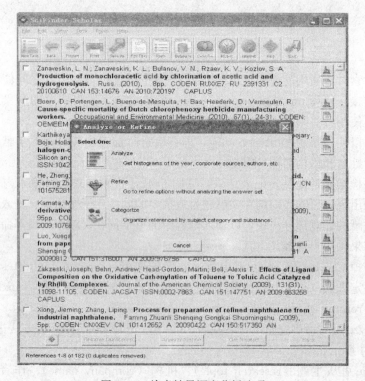

图 6.43　检索结果深度分析选项

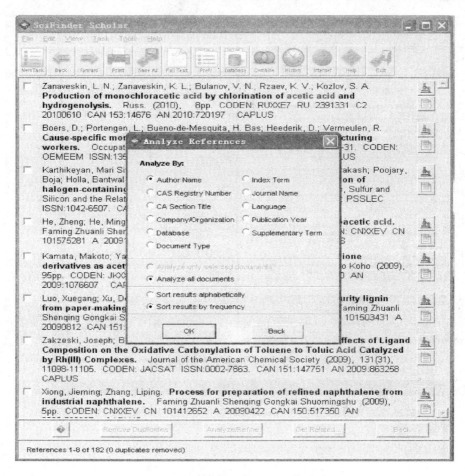

图 6.44　检索结果 analyze 功能选项

行二次检索。

　　categorize 是 CAS 提供的又一从深层次对文献检索结果进行分析筛选的方法，帮助快速分析研究趋势和分布，可在大量结果文献中迅速得到重要的、非常具体的研究课题的相关文献。可选一标题（heading）和目录（category），再选相关索引主题（index term）进行分析。

　　进入每篇文献的记录后（图 6.45），可看到文献完整的文摘、文献的链接、CAS 的索引标题、相关概念、物质信息和该文献的完整题录信息。

　　2. 反应检索

　　可通过绘画工具给出参加反应物质或反应过程，进而进行反应检索（图 6.46）。也可根据化学物质名称、登记号等通过定向检索进行反应检索，反应检索结果如图 6.47 所示。

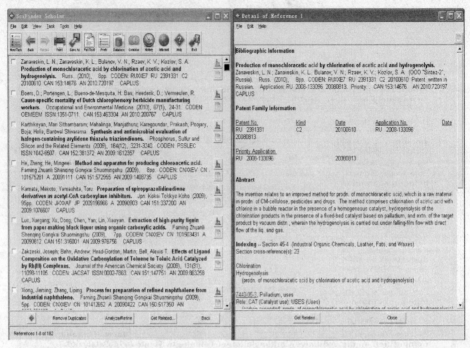

图 6.45　每篇文献记录

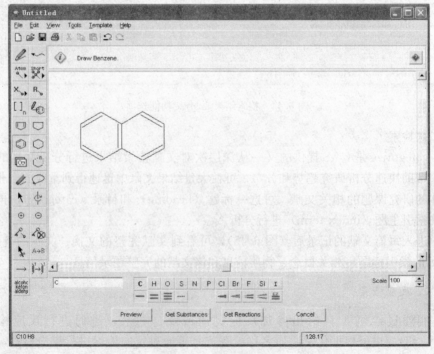

图 6.46　反应检索界面

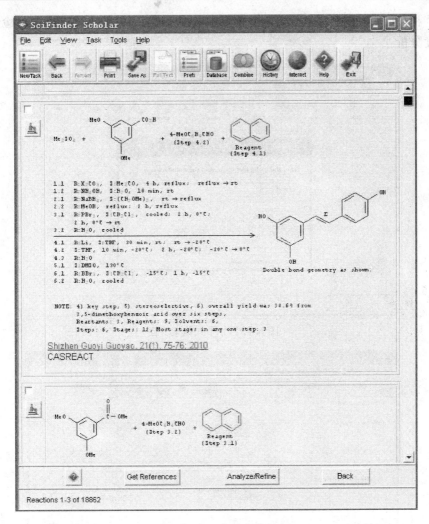

图 6.47　反应检索结果

　　对反应结果也可以从作者、产率、步数、溶剂和催化剂等进行多方面分析，从反应结构、类型、步数和产率等缩小检索范围，也可获得相关文献记录。可追踪反应中任意物质信息。

3. 物质检索

　　当课题涉及一种具体的化学物质，客户端版提供结构检索及分子式检索，也可使用物质名称或登记号进行检索。

　　结构检索同反应检索如图 6.46 所示。

　　在分子式检索界面按 Hill 规则输入分子式，即可得到此物质检索结果（图 6.48）。在检索结果中选择课题相关物质后，可得到此物质的详细信息、相关文献、相关反应、商业来源、管制品信息和链接（图6.49），还可进行再次检索及深度分析。

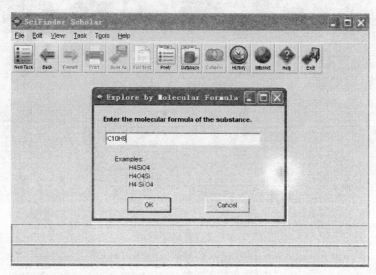

图 6.48　分子式检索界面

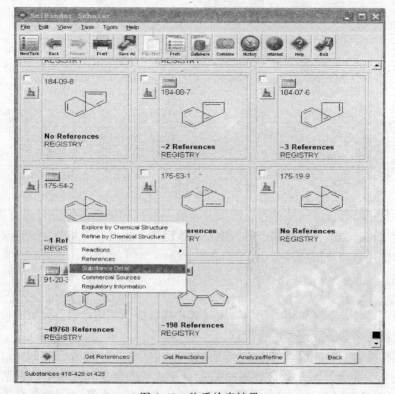

图 6.49　物质检索结果

　　在物质详细信息中，SciFinder 提供了物质的登记号、分子式、CA 索引名称、其他名称、相关物性信息、相关文献、涉及的 STN 文档等，见图 6.50。在物性信息中有物质的沸点、熔点、红外谱图，以及物性信息来源文献，如图 6.51～图 6.53 所示。

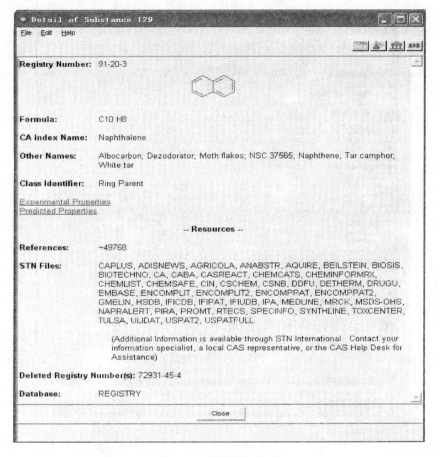

图 6.50　物质详细信息

4. 定向检索

SciFinder 提供根据文献题录信息的定向检索、根据文献标识号（文摘号、专利号等）的定向检索和根据物质标识（登记号、化学物质名称等）的定向检索。

5. 浏览功能

SciFinder 提供感兴趣期刊的内容浏览，满足用户的浏览需要。

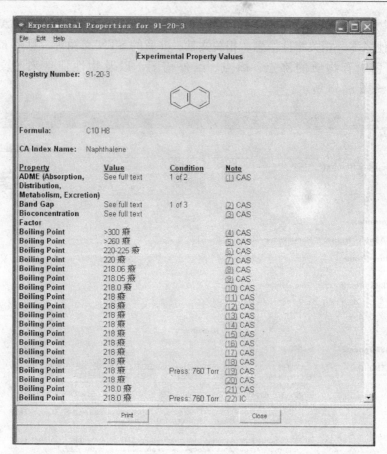

图 6.51　物质性质

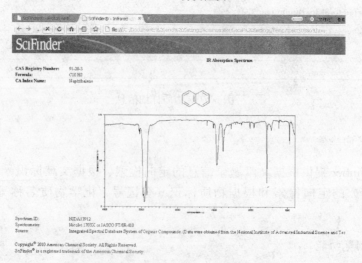

图 6.52　物质红外谱图

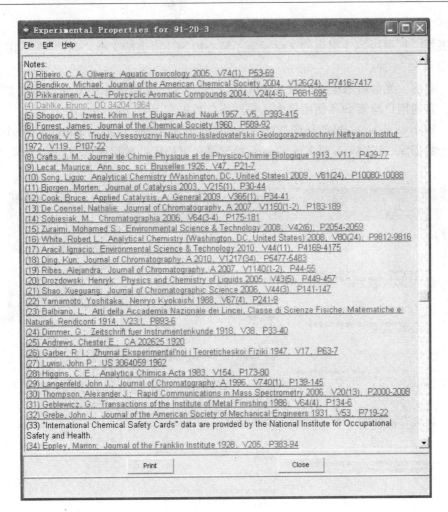

图 6.53　物质性质引用文献

6.8　美国 SCI 数据库

6.8.1　SCI 数据库概述

SCI 的数据库有光盘版、联机版及网络版。光盘版 SCI（SCI CDE）在印刷版 SCI 内容的基础上，增加了来源索引中收录文献的摘要，印刷版 SCI 和光盘版 SCI 属于 SCI 核心版，报道文献范围一致。2010 年报道文献来自于全世界范围内的 3778 种期刊。联机版 SCI（SCI-Search）收集了 1974 年以来的数据资料，数据每周更新一次，目前在 Dialog，Data-Star 等联机检索系统中都可进行联机检索。网络版数据库 SCIE（Science Citation Index Expanded）是 ISI 基于因特网环境的数据库 Web of Science 的一部分。联机版 SCI 和网络版 SCI-E 属于 SCI 扩展版。扩展版 SCI 报道的文献涵盖了核心版 SCI 报道的文献，2010 年 SCIE 收录期刊 8258 种。

目前，光盘版数据库已较少使用，联机版 SCI 主要是一些专业检索人员使用。普通用户检索 SCI 使用最多的是网络版数据库 Web of Science。

Web of Science 目前是汤森路透公司的检索平台 ISI Web of Knowledge 中的一个数据库，ISI Web of Knowledge 检索平台可检索的数据库见图 6.54 所示。

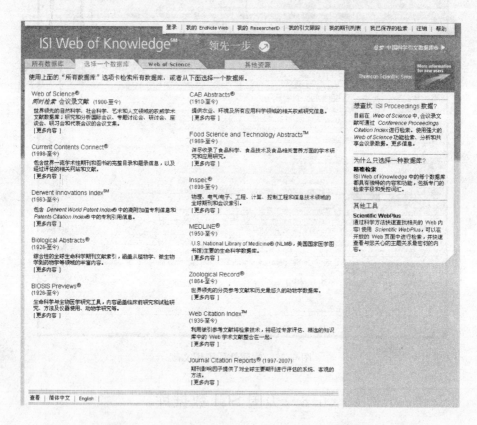

图 6.54　ISI Web of Knowledge 平台中可检索数据库

Web of Science 包括下列 3 个引文数据库、2 个会议录数据库和 2 个化学数据库，其检索界面如图 6.55 所示。

（1）Science Citation Index Expanded（科学引文索引，SCIE）：2010 年 SCIE 收录期刊 8258 种，可回溯到 1900 年。

（2）Social Science Citation Index（社会科学引文索引，SSCI）：2010 年 SSCI 收录 2855 种期刊，可回溯到 1956 年。

（3）Arts & Humanities Citation Index（艺术与人文索引，A&HCI）：2010年 A&HCI 收录期刊 1542 种，可回溯到 1975 年。

（4）Conference Proceedings Citation Index-Science（CPCI-S）即原来的 ISTP。

（5）Conference Proceedings Citation Index-Social Science & Humanities（CPCI-SSH）即原来的 ISSHP。

2010 年 SCIE、SSCI 和 A&HCI 收录中国（大陆，香港及澳门台湾）期刊达到 173 种。收录期刊中论文原则是 cover-to-cover，即收录期刊每一期每一篇文献都会被收录。

SCI 数据库收录文献类型中最多的是研究论文，第二位的就是会议摘要。2007~2008 年 7 月中国被 SCI 收录 99 228 篇文章，其中，论文 92 471 篇，占 93.1904%；会议摘要 3 562 篇，占 3.5897%。

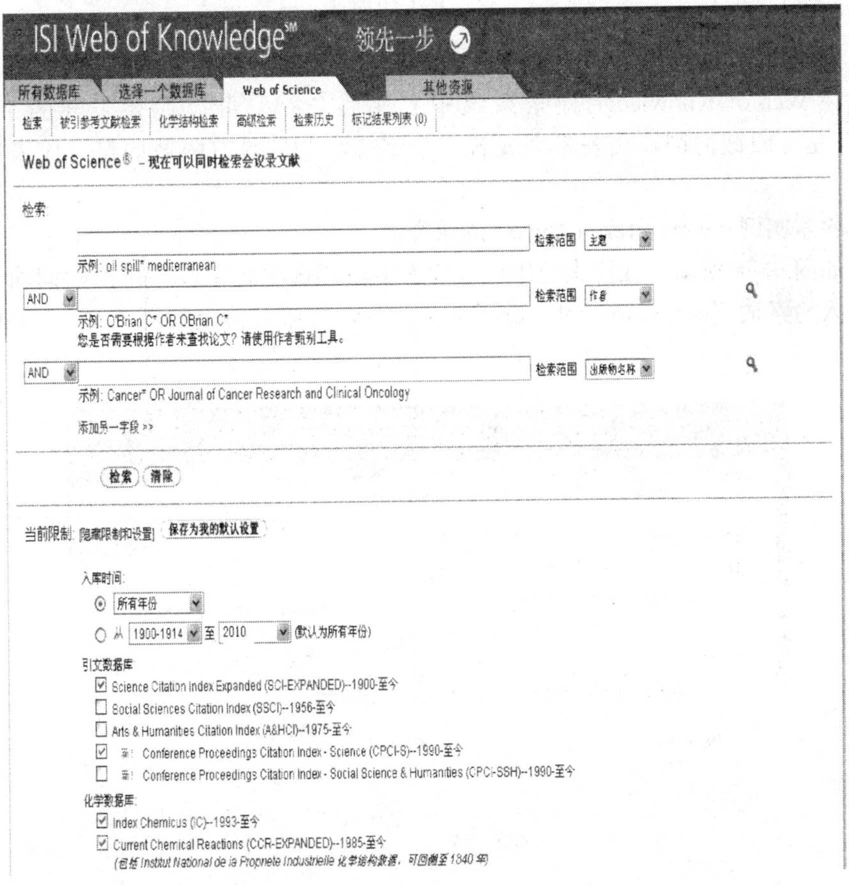

图 6.55　Web of Science 检索界面首页

6.8.2　Web of Science 主要检索功能介绍

Web of Science 提供一般检索（search）、高级检索、被引参考文献检索（cited reference search）和化学结构检索（chemical search）4 种检索入口。化学结构检索是为检索化学方面的文献而提供的化学分子式和结构式检索，在这里不作为重点讲述。

1. 一般检索

一般检索提供了主题、标题作者、团体作者、出版物名称和地址等 12 个检索字段。用户可根据自己的需求和所掌握的信息，在一个或多个字段中输入检索词，检索词之间可以使用逻辑算符（and，or 和 not）、截词符（＊，?），不同字段之间默认为 and，即可实现不同字段之间的组配检索。

邻近算符：same，其功能比 and 强大，用 same 算符连接的检索词更为接近，一般应出现在记录的同一个字段中。

在 Web of Knowledge 检索系统中"＊"、"?"可以代替未知的字符，"＊"是无限截词符，代表零个或若干个字符，"?"是有限截词符，代表单个字符。

检索实例：computer software 的研究。

如图 6.56 所示，在检索范围中（检索字段）选主题字段，在检索词输入框中输入检索词"computer software"，点击检索按钮可得到如图 6.57 所示检索结果。

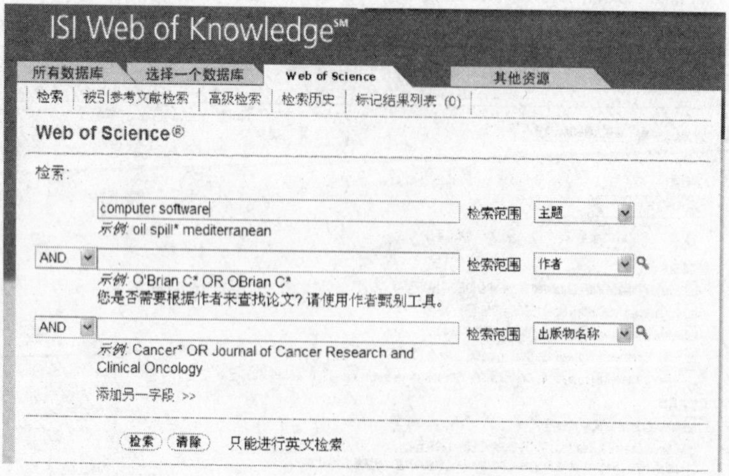

图 6.56　检索"computer software"相关文献

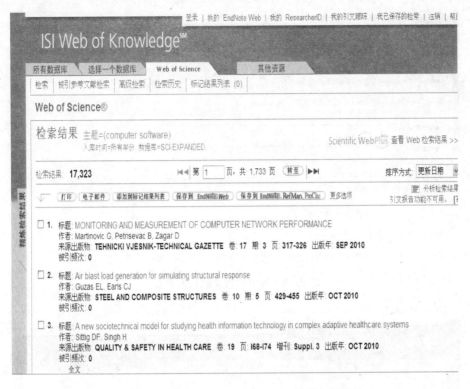

图 6.57　检索"computer software"相关文献结果

2. 被引参考文献检索

检索示例：检索 1997 年清华大学作者韩伟强、范守善等合作在 Science 杂志上发表的篇名为 *Synthesis of gallium nitride nanorods through a carbon nanotube-confined reaction* 的文章被引用情况。

首先应该选择该文章的第一作者姓名进行引文检索，具体操作：点击被引参考文献检索选项，如图 6.58 所示，在被引作者中输"Han WQ"，输入作者姓名时姓在前，名在后，姓用全称，名用缩写，系统自动识别大小写字母；在被引著作输入框中输入"Science"，可以得到如图 6.59 所示结果。

在图 6.59 检索结果列表界面上，勾选所有符合条件的引文。点击完成检索选项即可显示引用了作者 Han WQ 1997 年发表在期刊 Science 上论文的文章列表，如图 6.60 所示。

如果需要准确地检索某篇论文的被引用次数，请选择引文检索的方式，在检索时输入第一作者姓名和其他相关信息，这样检索的结果比较全面。如果选择非第一作者查询，也可以看到相关的引用信息，但那些错误引用的情况则无法获

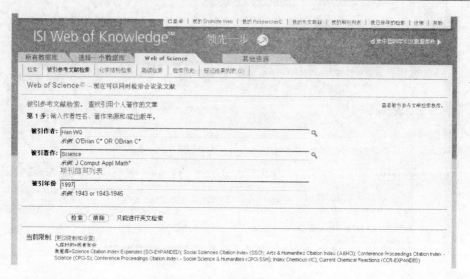

图 6.58　被引参考文献检索界面

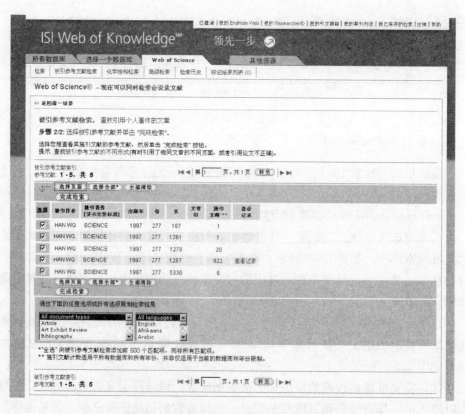

图 6.59　被引参考文献检索结果列表界面

图 6.60　引用了作者 Han WQ 1997 年发表在期刊 Science 上论文的文章列表

得。作为一个完备的检索，可能还需要考虑年代信息出错，甚至作者姓名写错的等情况。

3. 作者论文被 SCI 收录检索

检索示例：检索"太原理工大学""谢克昌"院士发表论文被 SCI 收录情况。

如图 6.61 所示，在一般检索界面打开下拉菜单选择作者字段，输入规范的作者名称，作者姓名输入规则是姓用全拼，名用首字母缩写，本示例可输入"谢克昌"规范的名称"Xie KC"。打开下拉菜单，选择地址字段，输入作者隶属的机构名称、城市、邮编以限定特定的作者，本示例可输入"Taiyuan Univ*Tech*"，如多个机构之间可用逻辑算符"or"连接。点击检索按钮得到检索结果如图 6.62 所示。检索结果告诉我们找到了 139 篇"谢克昌"院士的文章。

我们可以选择先标记所有相关文章，再选择打印输出的方式，如图 6.63所示。

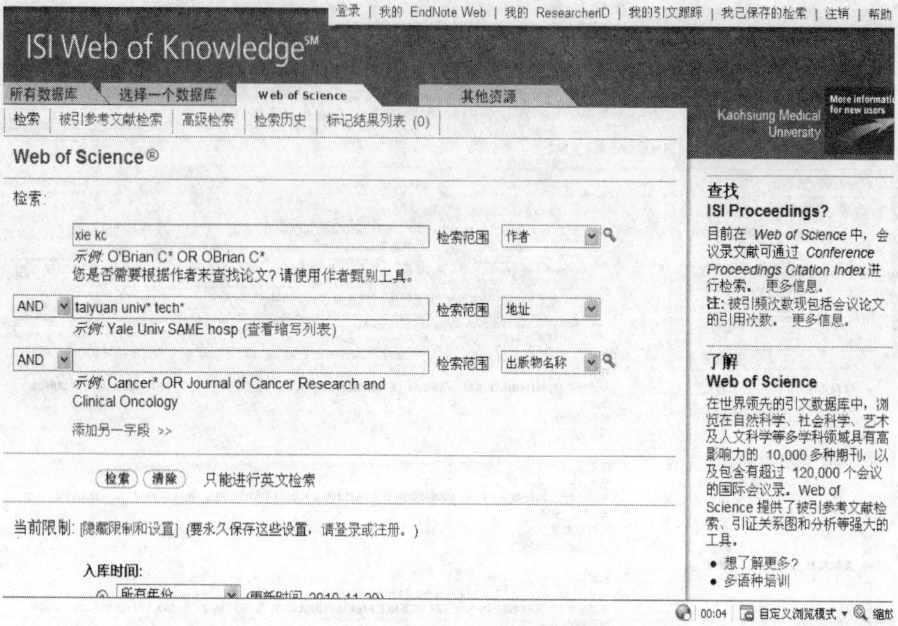

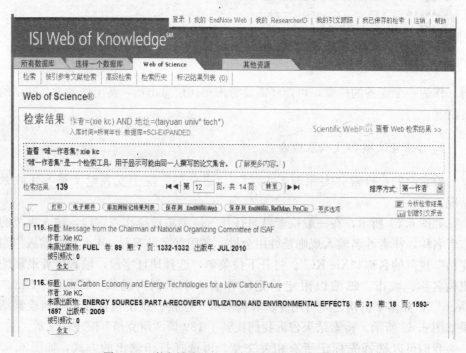

图 6.61　谢克昌院士论文被 SCI 收录检索界面

图 6.62　谢克昌院士论文被 SCI 收录检索结果界面

图 6.63　标记及选择输出记录方式

图 6.64 显示的是可打印的检索到的 139 篇谢克昌院士所发表文章被 SCI 收录的记录。

ISI Web of Knowledge
第 1 页(文章 1—100)
◄ [1 | 2] ►

返回检索结果　　　　　　　　　　　　　　　　　　　　　　　　　　打印此页

显示 1 条，共 139 条
作者：Wang, JH (Wang, J. -H.); Li, F (Li, F.); Chang, LP (Chang, L. -P.); Xie, KC (Xie, K. -C.)
标题：The Structure Characteristics and Reactivity of Lingwu Coal and Its Macerals in Western China
来源出版物：ENERGY SOURCES PART A-RECOVERY UTILIZATION AND ENVIRONMENTAL EFFECTS, 32 (20): 1869-1877 2010
ISSN: 1556-7036
DOI: 10.1080/15567030902804772

显示 2 条，共 139 条
作者：Wang, RY (Wang Ruiyu); Li, Z (Li Zhong); Zheng, HY (Zheng Huayan); Xie, KC (Xie Kechang)
标题：Preparation of Chlorine-Free Cu/AC Catalyst and Its Catalytic Properties for Vapor Phase Oxidative Carbonylation of Methanol
来源出版物：CHINESE JOURNAL OF CATALYSIS, 31 (7): 851-856 JUL 2010
ISSN: 0253-9837
DOI: 10.3724/SP.J.1088.2010.00102

显示 3 条，共 139 条
作者：Ling, LX (Ling, Li-Xia); Zhang, RG (Zhang, Ri-Guang); Wang, BJ (Wang, Bao-Jun); Xie, KC (Xie, Ke-Chang)
标题：DFT study on the sulfur migration during benzenethiol pyrolysis in coal
来源出版物：JOURNAL OF MOLECULAR STRUCTURE-THEOCHEM, 952 (1-3): 31-35 JUL 30 2010
ISSN: 0166-1280
DOI: 10.1016/j.theochem.2010.04.001

图 6.64　打印选中记录

4. 高级检索

图 6.65 为高级检索界面。高级检索适合于有丰富经验的检索者，它用字段标识限制检索词所在的字段，采用逻辑算符、截词符、括号等进一步实现复杂的检索。高级检索只适用于普通检索，而不能进行引文检索。

高级检索中字段限制符用"＝"号，还可以用邻近算符 same，same 的检索功能是要求检索词必须出现在同一句子中，截词符使用"＊"。高级检索使用字段名称代码不区分大小写。

检索示例：检索文献篇名中包含"computer software"，作者当中包含"Zhang"，作者单位中包含"Beijing"的文献。

在图 6.65 所示的检索词输入框中输入检索式"ti＝computer software and au＝Zhang and ad＝Beijing"，可得到如图 6.66 所示检索结果。

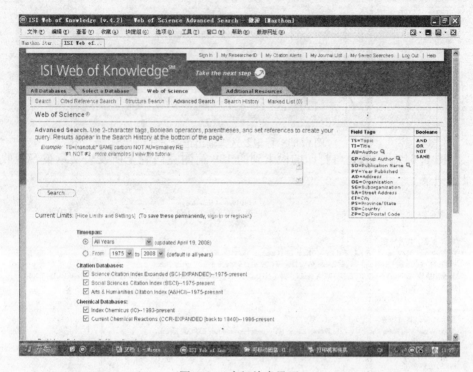

图 6.65　高级检索界面

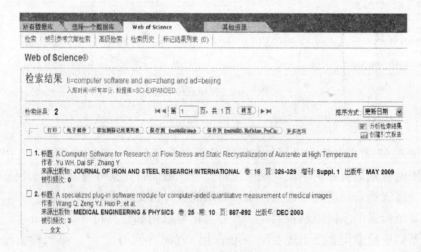

图 6.66　高级检索结果

本 章 小 结

本章介绍了 8 个最常用的国内外数据库的各项检索功能和使用方法。其中涉及国内、国外数据库各 4 个。国外数据库介绍了 3 个书目型数据库（EI、SCI、CA）和 1 个全文数据库（Elsevier 公司的 ScienceDirect）的使用方法，国内的数据库介绍了 CNKI 的中国学术期刊全文数据库、万方数据库、读秀学术搜索、中文社会科学引文索引（CSSCI）4 个数据库各个检索界面的使用方法。

本章重点是要求掌握这 8 个典型的中外文数据库初级检索、高级检索和专业检索界面的检索方法，难点是各个数据库专业检索时检索式的编制方法。

思考与练习

1. 举例说明 EI 网络版数据库快速检索作者字段中国作者应该如何输入。

2. 举例说明 EI 网络版数据库快速检索文献来源字段中国期刊应该如何输入。

3. EI 网络版数据库快速检索界面 "Autostemming off" 功能起什么作用？

4. 在 EI 网络版数据库专家检索界面输入什么检索式可以检索到太原理工大学的谢克昌发表的题目中有 "煤" 的论文？

5. SciFinder 与其他二次文献网络版（如 Compendex）有何不同？可通过主题检索、作者姓名检索等途径分析。

6. 与传统版本 CA 相比，对于检索结果中的每篇文献记录，SciFinder 提供的信息有哪些不同？

7. 利用 Web of Science 数据库如何检索某个作者发表论文被 SCI 收录情况和被引用情况？

8. 利用读秀学术搜索如何能获取到自己感兴趣的本馆未收藏纸本也未购买电子版的电子图书原文？

9. 举例说明万方数据库在专业检索时构建检索式和中国期刊全文数据库构建检索式有何不同。

10. 利用 CSSCI 检索一下学校你所感兴趣的人文社科著名专家发表论文被 CSSCI 收录情况和被他人引用情况。

第 7 章　参考工具书

18 世纪英国大文豪塞缪尔·约翰逊（Samuel Johnson）说过：知识有两类：一类是我们自己知道的；另一类是我们知道在什么地方可以找到的。约翰逊所指的另一类知识，即我们利用参考工具书可以查到的知识。参考工具书（reference tools）是专供人们查检或以查检为主的一种书籍，是根据特定的需要，广泛汇集某一方面或某些方面的知识或资料，按特定体例或方式系统编排，专供查找特定资料的一类图书。

虽然参考工具书属于书的范畴，但是与一般图书不完全相同。一般图书是以获取和传授知识、或欣赏为目的，供人们系统阅读的；而参考工具书是为帮助读者查考特定的信息资料而编纂，并非供人们系统阅读的。在内容上，工具书既广采博收，又高度浓缩；在编排方法上，工具书以科学的编排形式，严谨的结构体系，覆盖有关的知识领域，并提供多种检索途径，具有检索性和查考性。

参考工具书也不同于检索工具，检索工具只提供文献的线索，即文献检索，在查找原始文献的过程中，它们起中间媒介的作用，是掌握文献的钥匙。例如，要查找证券市场方面的信息，有哪些相关文献可以参考？而参考工具书回答人们的是一个个具体和实在的问题，即事实与数据检索，是一种确定性的信息检索，其检索结果要么是有，要么是无；要么是对，要么是错。例如，查字或词，查人物，查机构名称和缩写，查地名，查公式、常数、数据、规格等。可以说，它们是两种完全不同的信息检索类型所需要的工具。

参考工具书的结构大体上有序跋、凡例、正文、辅助索引和附录补遗等几部分。序和跋或者前言和后记，一般说明工具书的编纂宗旨、编纂经过、收录范围、内容特点、使用价值等。凡例或说明，主要介绍其编纂体例、编排方法及细则、特定符号等，以便于查找。正文是工具书的核心部分，是查阅的主要内容。辅助索引是供查阅正文部分的各种索引，能提供多种有效的检索途径，辅助索引越多，检索途径就越广，检索效率也就越高。附录补遗是附于工具书正文之后的有关文章、图表、资料索引等，或补充正文遗漏处及须订正的事项，有助于查考或理解正文。

工具书种类繁多，但就其编制特点和使用习惯来看，大致可分为字典、词典、百科全书、年鉴、手册、指南、名录、类书、政书、图录、表谱、资料汇编等几大类。本章将分别介绍一些常用的各类参考工具书，使大家能了解熟悉其主要性能和作用，以便针对学习中需要解决的问题，有效地选择和利用，并能多途径的查检。

近年来随着国际互联网技术的高速发展，网上涌现出了各种类型的网络参考工具书，又称在线参考工具书或者虚拟参考工具书，它们以信息量大、时代感、可读性、实用性、检索性以及综合性强为特点，日益成为人们学习、工作、生活的良师益友，因此，网络参考工具书是参考工具书发展的趋势。

7.1　各种类型的参考工具书

7.1.1　字典、词典

1. 辞书及作用

辞书是字典、词典（dictionary）和各类专科辞典的统称。字典是以字为单位，解释字的形、音、义及用法的工具书；词（辞）典是以单字为字头，汇集包含这一字的词语，解释词语的概念、意义及用法的工具书。

在中国古代，没有明确的字词概念，因而字典词典界限不清，都统称为字书，词典这一名词是近代才出现的。实际上，汉语中字和词是有区别的，字典和词典也有所不同。字典以收字为主，主要收录单位是字，说明单字的读音、写法和意义。而词典以收词为主，主要收录单位是词，解说词语的概念、意义及用法。一般词典除收词外，也收一些词组和成语。但是，由于汉语的词和方块汉字之间存在的差别，有时一个字就是一个词，有时一个词由两个以上的字组成，这就使字典往往要收一些复音词。而词典则要以单字为领头，由单字带出复词、词组和成语。虽然字词典无太大区别，但由于收录的侧重点不同，查字应选择字典，查词应利用词典。

辞书的主要作用是帮助人们在读书学习过程中解决字词的读写、理解和运用问题。

2. 辞书的产生和发展

由于每个汉字都具有形、音、义三个方面，古代的字典、词典对这三个方面各有侧重，从而形成了三大流派，一是以义为系的字典、词典，二是以形体结构为系的字书，三是以音韵为系的韵书。

1）以义为系的字典、词典

以义为系的字典、词典，以汉代的《尔雅》为代表。《尔雅》是我国最早的一部词典，也是我国训诂学史上的开山之作，后世经学家常用以解释儒家经义，到唐宋时被列为儒家经典"十三经"之一。

《尔雅》是按字词的性质和意义来分编排列的，辑录汉代以前的 2910 条古汉语词汇，解释了先秦到西汉初年这些词语的意义和用法，同时还辨别了许多义同而词异的词。《尔雅》之后，历代人仿其体例或补充其内容编纂的训诂书，大都以"雅"命名。例如，（汉）孔鲋的《小尔雅》、（魏）张揖的《广雅》、（宋）陆佃的《埤雅》、罗愿的《尔雅翼》、（明）朱谋的《骈雅》，方以智的《通雅》、（清）吴玉的《别雅》、洪亮吉的《比雅》、史梦兰的《叠雅》、夏味堂的《拾雅》等。

由于《尔雅》内容简略，没有注释，难以读懂，因此，自东汉以来注释《尔雅》的著作很多。较为通行的为（晋）郭璞注、（宋）邢昺疏的《尔雅注释》。（清）邵晋涵的《尔雅正义》和郝懿行的《尔雅义疏》，对《尔雅注释》有所补证，取材较广，注释较详，对研究《尔雅》有重要参考价值。

2）以形体结构为系的字书

以形体结构为系的字书，以东汉许慎的《说文解字》为代表，这是我国公认的第一部正规字典。许慎是东汉著名经学家、文字学家，他认为当时俗儒说字解经多与古义不合，便根据先秦经传及秦汉字书，探讨字源，分析汉字形体结构，说明古人造字本意，从而撰成《说文解字》。该字典分成 540 个部首，汇集 9353 个当时通用汉字，另有重文 1163 个字。每字下先说解字义，然后分析文字形体构造，最后注音。《说文解字》是我国系统分析字形从而考察文字本义的重要著作，至今仍是研究古文字学和古汉语重要的工具书。许慎首创的按字的形体结构分部归类的方法，对后来字典的编纂产生很大的影响。

《说文解字》问世后，历代都有人研究注释，以清代学者研究成就较大，注本有百余种之多。其中最著名的是段玉裁的《说文解字注》，桂馥的《说文解字义证》，王筠的《说文释例》，朱骏声的《说文通训定声》，当时人称"说文四大家"。

继《说文解字》后，历代都有仿照其体例编成的字书，如（晋）吕忱的《字林》，南朝（梁）顾野王的《玉篇》，（宋）王洙、司马光的《古今文字》，（明）梅膺祚的《字汇》、张自烈的《正字通》，（清）张玉书等的《康熙字典》。《康熙字典》是我国以"字典"命名的第一部字典，收字 47 035 个，书中所录的一些古字、冷僻字当时在一般字书中是查不到的。《中华大字典》收字 48 000 多个，主要修正《康熙字典》的缺点，并调整补充部分内容。该书虽有很多长处，但却不能取代《康熙字典》。

3）以音韵为系的韵书

以音韵为系的韵书，以《广韵》为代表。古代韵书是专门研究汉字审音辨韵的工具书，主要供写韵文查找押韵所用。韵书依据字或词的音韵来排列，以探求声韵源流为主，兼及字义和字形，可起字典的功用。

我国最早的韵书是（魏）李登的《声类》、（晋）吕静的《韵集》，但都已亡

佚。现存的韵书以（隋）陆法言的《切韵》为最早。《切韵》约收 11 000 字，分
193 韵，它是唐宋韵书的蓝本，也是研究中古音系与语音史的重要资料。宋代陈
彭年、丘雍等编的《广韵》是我国音韵学史上一部重要的承前启后的著作，它沿
袭《切韵》体例，分韵增至 206 部，共收字 26 194 个，注解增至 191 692 字，引
用大量古籍，注文内容相当丰富，使韵书兼具字典、词典的性质。《广韵》刊行
20 余年后，丁度等对其重修，修成后定名为《集韵》，两书的音系体例基本一
致，但《集韵》的最大特点是务求该广，收字达 53 525 个，注解也大大增加。

　　近现代字典、词典的出版出现了空前繁荣的局面。从 1908 年陆尔逵、傅运
森等始编《辞源》，到当今各种字典、词典及各专科性词典的大量涌现，标志着
我国科学文化事业的飞速发展。特别是《汉语大字典》和《汉语大词典》的编纂
出版，不仅树立了汉语语言发展史上一个新的里程碑，而且表明了我国的辞书编
纂工作又迈向了一个新的高度。查古代汉语的重要辞书是《辞源》，以语词为主，
兼收百科、新旧并容，重在溯源。查现代常用的百科词语是《辞海》，所收辞目
由普通词语和专科词语两大部分。

　　如果您有下列问题，诸如词的起源、派生、用法、同义词与反义词、方言、
俚语、缩写字、短语和非常用字与僻字等问题，请直接找字典、词典类工具书。
常用的字词典有：《辞海》，*The Concise Oxford dictionary of current English*
（《牛津简明英语词典》），*The Oxford dictionary of English etymology*（《牛津
英语词源词典》），*Webster's new dictionary of synonyms*（《韦氏新编同义词词
典》），*McGraw-Hill dictionary of scientific and technical terms*（《麦格劳-希尔
科学技术术语词典》），*Longman dictionary of scientific usage*（《朗曼科学惯用
语词典》），《新英汉科学技术缩略语大词典》，《新英汉科技缩略语大词典》，《中
文大字典》，《同义词反义词对照词典》，《世界科技人名辞典》，《日汉世界地名译
名词典》，《英汉科技词典》以及众多的专科词典等。

7.1.2　百科全书

1. 概述

　　百科全书（encyclopaedia）是一种重要的知识密集型工具书，它总结和组织
了世界上累积的知识，是百科知识的汇总，是一种理想的参考工具书。要查以下
问题，就会利用百科全书：概念、定义、背景性材料、人物传记资料、地名、组
织机构、规范材料、图像材料、事件、活动、奇特事务等一般事实性咨询问题。

　　百科全书的编纂已有 2300 余年的历史，但正式以百科全书命名著书始于 16
世纪。现在西方国家通用的"百科全书"一词来源于希腊文"enkykios"及
"paidlia"，英文现为"encyclopedia"，其含义虽屡经变化，但总的意思还是各种

知识的汇编、人类知识之总汇等。经验证明，使用百科全书检索资料是非常有效的。

我国以百科全书为名的著作出现较晚，清末民初，国内出版界在组织出版《辞海》、《辞源》等百科词典的同时，也曾尝试出版小型的百科全书，如黄绍绪等人编的《重编日用百科全书》，但很不成功，以后也没有继续下去。直至1978年，才在北京成立了中国大百科全书出版社，开始了《中国大百科全书》的编辑出版工作。短短的几年中，已有天文卷、体育卷、法学卷、外国文学卷、戏曲·曲艺卷、教育卷、民族卷、交通卷等先后问世。此外，一些专题、专科性的百科全书，如《中国企业管理百科全书》、《中国医学百科全书》等，也陆续出版。与此同时，为满足国内的急需，还翻译出版了中文版《简明不列颠百科全书》、《麦格劳-希尔科技百科全书》。

百科全书汇集了各学科或一门学科范围的专门术语、重要名词、知识性词目，诸如人名、物名、地名、书名、事件名称等，并按一定的编排方式分列条目，加以详细的、系统的、全面的叙述和说明。条目的解说往往是从历史的角度出发的综述或有价值的学术论文，并且多由作者或编写单位署名，以示郑重负责。每条之末，一般都附有参考书目。有的条目除有文字叙述之外，还附有插图、统计表等，以便读者深入研讨。

百科全书的功用是非常强大的，成套的百科全书相当于一个小型的图书馆，兼有教育和查考的功能。它融先进性、客观性、学术性、权威性、准确性于一体，它利于系统学习知识、寻检资料。因此被人们誉为"没有围墙的大学"、"人类智慧的海洋"等，历来为世所重。

百科全书不仅部头大，卷帙浩繁，而且品种也极多。据不完全统计，目前世界上出版的各种类型的百科全书已不下2000种。百科全书同词典一样，按内容从大的方面可分为综合性百科全书和专门性百科全书。

由于百科全书部头大，编辑和改版都很费事。因而，新资料的及时补充就是一个尖锐的问题。一些大型的百科全书，大体上都采取出版补充本或大百科全书年鉴的办法，以不断补充资料，反映新动态。这种补充本和年鉴是百科全书的重要组成部分。常用的百科全书有：《中国大百科全书》；《新不列颠百科全书》（中、英文版）；《大美百科全书》（中、英文版）；*Brockhaus Enzyklopadie*（《布鲁克豪斯百科全书》）；《计算机科学技术百科全书》；《麦格劳-希尔科技百科全书》；《数学百科全书》；《化工百科全书》；《科学家传记百科全书》等。

2. 世界著名百科全书 ABC

1)《美国百科全书》

《美国百科全书》（*The Encyclopedia Americana*，EA），共30卷，是标准

型的综合性百科全书，也是美国最早的百科全书。在英语百科全书中，其内容的权威性仅次于《新不列颠百科全书》，为世界著名的 ABC 三大百科全书之 A。初版是德国移民 F. Lieber 于 1829～1833 年以德国著名的布罗克豪斯《社交词典》第 7 版为范本编成的，共 30 卷，约 3150 万词，收录约 6 万个条目。从 1923 年起，每年出版《美国百科年鉴》（Americana Annual）1 卷，概述前一年的重大事件和发展，来作为全书的补编。其条目逐词排列。

《美国百科全书》在选取内容上的特点是虽称"国际版"，但内容仍不免偏重美国和加拿大的历史、人物和地理资料，特别是 19 世纪以来的美国人物资料较其他百科全书为全。人物条目和科技内容条目篇幅较大，前者占 40％，后者占 30％多。历史分世纪设条（如"20 世纪"条），给人以全世界政治、社会和文化的世纪纵览，提供完整的历史背景。该书还全文收录某些重要的历史文件，特别是美国的历史文件，如《独立宣言》、《美国宪法》。此外还收选有文学、戏曲、美术和音乐名著专条。

2)《新不列颠百科全书》

《新不列颠百科全书》（The New Encyclopedia Britannica，EB），共 32 卷，它被认为是现代最有权威的大型综合性百科全书，为著名的 ABC 三大百科全书之 B。《不列颠百科全书》已有 220 多年的历史，初版于 1768～1771 年在英国爱丁堡，后来由于战争引起经济上的困难，1920 年版权转让给美国，现由芝加哥的不列颠百科全书公司出版。第 15 版于 1974 年出版，书名改为《新不列颠百科全书》，这一版标志着这部百科全书进入了一个新的阶段，在形式和内容上都是全新的，沿用第 14 版的原文不到十分之一。编纂方法上有重大的"突破"，采用了"三合一"的方法，即坚持以大条目的、传统的《百科简编》为主体，另加上一部试图弥补大条目不足的《百科详编》和为加强百科全书教育作用的《百科类目》，三个部分合而为一。

《百科类目——知识纲要和不列颠百科指南》　（Propaedia，Outline of Knowledge and Guide to the Britannica），1 卷，实际上是全书的结构框图架，起着全书分类指南的作用，为读者提供了可参阅的知识体系总表。《百科类目》将人类知识分为 10 大类，即物质与能、地球、地球上的生命、人类生命、人类社会、艺术、技术、宗教、人类历史、知识分科。每一大类下再分为若干部，部下分门，往下再按知识内容依次分为 A、B、C…1、2、3…a、b、c…这样就构成了一个独立的、完整的知识体系纲要。同时《百科类目》又充当使用整套百科全书的指南。它共有 15 000 多个条目，分别指向《百科详编》45 000 处，每条都有三种用于检索《百科详编》的索引，即标出需要阅读的专文的条目和所在的卷、页码、专文中有关章节或段落，以及其他有助于进一步学习的参考资料。编者认为，有了这些索引，就可以利用《详编》进行系统学习或研究。

《百科简编——便捷参考和索引》（*Micropaedia，Ready Reference and Index*），12 卷。正如其副题所示，《百科简编》既是一套简明百科全书，又是《百科详编》（内容分析）和《百科简编》（以条目为单位）的索引。《百科简编》有两个作用：第一，它是一部比较详尽的百科词典，可向要求释疑解惑的读者提供最基本的概念和解释，可以独立使用；第二，它是全书主题《百科详编》的入门索引。《百科简编》条目的释文之后附有大量的参见索引，指明参见《百科详编》的大条目和页码。《百科简编》的另一个特点是国家条目均有编得很好的专栏资料。我国百科全书出版社为了使中国读者更好地查阅《新不列颠百科全书》，已将其中的《百科简编》全文翻译成中文，并在中国的栏目下，增加了不少我国自己的内容，取名为《简明不列颠百科全书》。

《百科详编——知识深入》（*Macropaedia，Knowledge in Depth*），17 卷。这是这套百科全书的主体，共有 4207 个大条目（现归并为 675 个更大的条目），均由世界各国著名学者、专家撰写，对主要学科、重要人物、事件都有详尽的介绍和叙述。每一条目末尾，几乎都附有相关的参考书目，指引读者作进一步研究时用。

另外，它还有关键词索引，著录有《百科简编》和《百科详编》的卷号、页码及页内的分区号，提供主题检索途径。

3）《科里尔百科全书》

《科里尔百科全书》（*Collier's Encyclopedia*，EC），共 24 卷，是一部 20 世纪新编的大型英语综合性百科全书，为著名的 ABC 三大百科全书之 C。科里尔是出版家的名字，全书共 24 卷，约 2100 万个词，收约 25 000 个条目，其中，社会科学占 20%、人文科学占 30%、科技占 15%、地理和地区研究占 35%，并着眼于普通人日常感兴趣的主题以及实用的现代题材，如电视修理、捕鱼方法、公文程式、急救等。其特点是内容配合美国大学和中学的全部课程，因而适用对象广泛，雅俗共赏；材料更新及时，内容新颖可靠，重事实轻论点，有近 50%的内容是近期修订的；参考书目的编选为各家百科全书之冠，具有帮助自学的教育作用；其中的"学习指南"是本书的另一特点，它把条目内容与学校课程联系起来，对于学习参考很有益处。因此，该书特别适合于各种图书馆、学校以及家庭使用。

7.1.3　类书、政书

类书、政书是查找我国古代经济史实的重要的资料性工具书。

1. 类书

1）类书介绍

类书辑录古书中的史实典故、俪词骈语、诗赋文章、名物制度等原始资料，按类（少数按韵）加以编纂，以便人们寻检和征引。

类书的特点主要是辑录原始资料，一般不予改动；收录资料较全，卷帙浩繁；按类罗列资料，便于查阅。正因为有这些特点，古代流传下来的一些类书成为人们查找原始资料，开展校勘、考据、辑佚等工作的取之不尽的文献渊薮。

我国自公元 220 年魏文帝下令撰集《皇览》以来，历代官私各方编出不少类书，官修类书中，北宋的《太平御览》、《册府元龟》，明朝的《永乐大典》，清朝的《渊鉴类函》、《子史精华》、《古今图书集成》、《佩文韵府》等，都是一代巨著，价值历久更进。据邓嗣禹编的《燕京大学图书馆目录初稿——类书部》统计，截止于清末，现存类书大约有 316 种。

类书从总的方面，可分为综合性和专门性两大类。综合性类书内容广泛，覆盖面宽，九流杂家，无所不包。

著名的《古今图书集成》是现存最大的一部综合性类书，这部书曾被外国学者誉为"康熙百科全书"（Kang Hsi imperial encyclopedia）。专门性类书则收录某一方面的资料，就某一范围来说，其资料更为全面丰富。如辑录岁时典故的《月令粹编》（秦嘉谟编）、编录事物起始的《格致镜原》、辑录图谱资料的《三才图会》等皆是。多种综合性类书和专门性类书配合使用，其检索效果将更好。

明朝的《永乐大典》是我国最大的一部类书，明成祖朱棣命解缙等编纂，成书于明永乐六年（公元 1408 年），共收书 8000 种，22 877 卷，3.7 亿字，保存了宋元以前大量的文献资料。所录的都是整段、整篇或整部，而且一字不易，所以文献价值很高。只有摹副本一套。正本毁于明朝末年，副本被八国联军焚毁，只剩 730 卷。

类书的作用是提供各种原始、系统的资料，校勘古籍和辑录佚文。

2）类书和百科全书区别

类书和百科全书是两种不同类型的工具书，无论在形式、内容上，还是在编纂方法上，都存在很大的差异。其主要区别如下：

（1）类书侧重于资料性，它将文献资料以类相从不加改动地直接辑录，仍保留着原始文献的形式。而百科全书则是概括人类的一切知识并系统地加以叙述，侧重于知识性。

（2）类书重在编，它将不同来源的同一资料不避重复地汇编于同一主题下，是原始资料的堆砌。而百科全书是对已有知识的浓缩、概括、加工、整理，重在写。

（3）类书侧重于社会科学，而百科全书既包括社会科学、又包括自然科学、综合性学科。

（4）类书按经、史、子、集四分法罗列资料，便于查阅，而百科全书是按字顺编排。

2. 政书

1）政书概念

政书是专门记载古代典章制度的工具书，政书收集历代或一代政治、经济、文化、军事等方面有关制度的史料，分门别类地加以纂集、论述。历代统治阶级都十分重视典章制度的制定，并不断的考察其历史沿革，研究其利弊得失，以取得借鉴。政书是历代或一朝代的各种制度和法令及其沿革的记录。

政书和类书的最显著的区别：

（1）编纂方法不同。类书只是辑录原始资料，不加改动，按类堆砌；而政书却要将采撷来的原始资料加以组织熔炼，使之成为一个整体。编撰政书，有加工、改编、分析、阐述等工夫，作者的意图、观点体现得很充分。在这种意义上说，编纂政书的难度要大于类书。

（2）内容不同。在内容上类书取材广泛，经、史、子、集无所不收，记载的多为史实典故、俪词骈语、诗赋文章、名物制度等。而政书取材则以史书为主，收集历代或一代政治、经济、文化、军事等方面有关制度的史料，分门别类地以纂集、论述，是一种特殊体裁的史书。

（3）在古代的分类法中所属的类目不同。政归于史；类书归于子。

2）经典政书介绍

从奴隶制国家到封建制度的国家，历代统治阶级为了有效地进行统治和管理，颁布和实施了一系列的法令、法规、典章、制度。这些东西见诸文字，加以汇总，就成为早期的政书。政书的起源，可以追溯至《周礼》，但较为成熟的政书，是唐代刘秩编的《政典》（原 35 卷，已佚），继此而作，有了著名的"三通"——《通典》、《通志》、《文献通考》，以后又发展为"十通"。与此同时，会典、会要这类体裁的政书也发展起来了。

政书可分为通史性质的"十通"和断代性质的"会典"、"会要"。

"十通"：《通典》、《通志》、《文献通考》、《续通典》、《续通志》、《续文献通考》、《清通典》、《清通志》、《清文献通考》、《续清文献通考》，共十部，构成政书的主要部分。会要和会典都是记载一个朝代的典章制度的政书。会典注重记载章程法令和典礼，不详述史实，多为官修；会要收录资料广博，编排分门别类，多为私纂。

《通典》，（唐）杜佑撰。此书上溯唐虞时代，下讫唐肃宗、代宗。全书 200卷，共分列食货、选举、职官、礼、乐、兵刑、州郡、边防八门。各典之下又分若干子目，如食货典下又分田制、乡党、户口、钱币、漕运、盐等小类，每一小类下所辑材料按时序从古到唐编排。全书首创中国按经济、政治、文化等专题来叙述典章制度沿革的通史，"详而不烦，简而有要"，是考查唐以前的礼文仪节、典章制度的重要工具书。

《续通典》，全书 150 卷，体例仿《通典》，将兵、刑各置 1 门，计 9 门。书中续自唐肃宗至德元讫明崇祯末年（公元 756～1643 年）。

《清通典》，全书 100 卷，体例与《续通典》相同，各门子目略有调整，内容起于清初，终于乾隆五十年（1616～1785 年）。

《通志》，共 200 卷，附考证 3 卷。记载了上古至隋唐时期的制度。其体例与《通典》不同，《通典》只收录政治经济方面的典章制度，人物传记不收，而《通志》全书仿《史记》体例，兼收人物传记，内容有本纪、列传、年谱及二十略、纪传年谱起于三皇讫于隋，二十略则自上古至唐。此书的精华部分主要在二十略，可以说是博闻广识的巨著。二十略中除礼、职官、选举、刑法、食货据前人典章论述外，余十五略多半是在吸取劳动人民智慧基础上个人研究之成果。

《续通志》，与郑樵《通志》门类体裁相同，全书 640 卷。记载宋、辽、金、元、明的史实，补充了唐代的纪传。

《清通志》，全书为 126 卷，无纪传、年谱，只有二十略。

《文献通考》，全书 348 卷，书起于上古，讫自宋宁宗，以《通典》为蓝本，补其缺，集历代典章制度之沿革，征续经史、会要、传记、奏疏等材料，汇为典章制度之宝藏，为研究文化史提供了资料和方便。全书分为 24 门，做到了"条分缕析，使稽古者可按类而考"。

《续文献通考》，书中辑录宋宁宗至明末庄烈帝四百多年间的典章制度，编辑体例仿《文献通考》，但多群祀考、群庙考，乃自《文献通考》郊社考、宗庙考中分出，计为 250 卷、26 考。

《清文献通考》，书中集录清初至乾隆五十年文献而成。全书 300 卷，此书编成，使马端临《文献通考》成为前后连贯的系统的文化史料汇编。

《清续文献通考》，原名《皇朝引文献通考》。在原《清文献通考》的 26 门之外，又增外交、邮传、实业、宪政四门，共为 30 门，叙乾隆五十一年至宣统三年止（1786～1911 年）。

以上《通典》、《续通典》、《清通典》统称为"三通典"，《通志》、《续通志》、《清通志》统称为"三通志"，《文献通考》、《续文献通考》、《清文献通考》、《清续文献通考》统称为"四通考"。此"十通"共 2700 卷，汇集历代典章制度之精要，在时间上有连续，在内容上有重叠，在利用其查找典章制度时，要注意掌握各部的体例，时间的起讫及利用《十通索引》等辅助资料。

会典、会要与"十通"相比，是以断代为书，即专记一代典章制度，会典记事以职官为系，多为官撰；会要则分门别类记事，有同专史，这是它们的区别。

《唐会要》是中国现存最早的一部会要体政书，会要属于文化性质的史籍，专记唐代政治、经济、文化等各种制度的沿革变迁，其中史料多为新、旧《唐书》所无，可补正史之不足。其内容性质与《通典》、《通考》多相似。全书 100 卷，不分门，只标出 514 目，目下分条记载史实，另附杂录。

同任何形态制度的社会一样，民生民计、粮食布帛等经济事务总是一个国家的基础，在生产力低下的封建社会里更是如此。既然这样，专以记载封建国家大政典章的政书就不能不以经济活动为其主要记述内容之一，这就造成了政书在经济文献检索和利用的特殊地位。

总之，类书、政书不仅是我们系统、全面地查检古代史实典故、诗赋文章、名物实事以及典章制度等的主要工具，也是我们索取古代经济文献的重要来源，因此，熟悉和掌握类书、政书，对于学习和研究经济学的人们来说是十分必要的。

另外，在使用类书、政书查检经济文献时，应注意古代文献中"经济"一词与现代使用的"经济"词义不完全相同，而且，在这些书中，一般都没有专门的经济类目，经济文献是散见于各个有关门类之中，如田赋考、钱币考、漕运、田制、食货等。

7.1.4　年鉴

1. 概念

年鉴（yearbooks/annuals and almanacs），又称年刊、年报，是辑录一年内重要的时政文献和统计资料，按年度出版的连续性出版物。在社会生活节奏日益加快的今天，出版及时的年鉴已成为人们查检经济问题时频繁使用的工具书，常有幸被称为"微型百科全书"。年鉴既是各类动态性资料和实事、数据的综合性查考工具，也是编制百科全书类工具书的基本信息源。

年鉴在英语中有三种表示方法：yearbook, annual 和 almanacs。西文的 yearbook 类年鉴，主要以描述与统计的方式提供前一年的动态性资料和各项最新信息及连续统计数字，一般只收当前资料而不收回溯性资料；annual 类年鉴，一般都逐年综合述评某个领域的进展状况，多为专科性年鉴，内容仅限于相应年份的当前新资料。almanacs 一词在阿拉伯语中为"骆驼跪下休息的地方"，随着岁月的推移，它的含义是以历法知识为经，以记录生产知识、社会生活为纬的年鉴出版物。它与 yearbook 在内容上有区别，yearbook 不收录回溯性资料；而 almanacs 有回溯性资料。但在使用过程中，把它们视为同一类工具书。

年鉴的编纂出版始于欧洲，并在近代成为一个很兴隆的产业，产品很多。如仅英国简氏年鉴出版社一家，就出版有 14 种关军事、武器方面的年鉴。同时，年鉴的选题也越来越细，如日本近几年就出版有《靴年鉴》、《火腿香肠年鉴》等。有些年鉴，出版历史很长，经久不衰。如美国出版的著名的《世界年鉴》

(*World Almanacs*) 迄今已出版了 110 多年，每版的发行量超过约 4000 万册，已成为各国图书馆的必藏品。

2. 年鉴的类型和特点

1) 类型

年鉴按其内容可分为综合性年鉴和专门性年鉴。专门刊登各种统计资料的统计年鉴，是众多年鉴中一个独特的类别。但就其内容分，也可以分为综合性统计年鉴和专门性统计年鉴。统计年鉴中的绝大多数都收录有经济统计资料，更不必说专门为此而编的年鉴了。一些省、市还出版了反映本地区经济建设情况的年鉴，如《1984 广州经济年鉴》、《1990 四川经济年鉴》等，这为人们查检资料提供了极大的方便。

2) 特点

(1) 连续出版，当年的年鉴反映的是上一年的资料。如《广州经济年鉴1991》、《1991 中国百科年鉴》反映的是 1990 年的内容。

(2) 内容新颖，时效性强、信息价值高。

(3) 因为其资料来源于政府公报、政府文件与重要报道，因而信息密集、材料准确。

3. 主要年鉴一览

我国从鸦片战争后，特别是 20 世纪 30 年代前期，也编纂过不少年鉴。但由于当时社会动荡，大部分年鉴都未能持久出版下去。全国解放初期，天津进步出版社曾出版了《开国年鉴》。其后，大公报社和世界知识出版社分册出版了《人民手册》和《世界知识年鉴》，连续出了十多年。但我国的年鉴出版事业真正开始大踏步前进是在党的十届三中全会以后。这短短几年中，已出版了《中国百科年鉴》、《中国哲学年鉴》、《中国经济年鉴》等近百种的年鉴。

常用的热门年鉴有：《欧罗巴世界年鉴》(*The Europa World Year Book*)；《世界大事年鉴》(*The Annual Register：a Record of World Events*)；*The Almanac of Cyprus* 1999；《中国统计年鉴》；《中国人口年鉴》；《中国经济年鉴》；《中国经济特区开发区年鉴》；《中国教育统计年鉴》；《中国电影年鉴》；《中国年鉴》；《世界知识年鉴》；《美国年鉴》等。

7.1.5　手册、指南

1. 手册概念及特点

手册、指南(handbook/manuals)是汇辑或简要地概述某一专业方面的基本资料和基本知识,专供人们随时翻检查阅的资料性工具书。其常以叙述和列表或图解方式来表述内容,并针对某一专业学科或专门部门,收集相关的事实、数据、公式、符号、术语以及操作规程等专门化的具体资料。

手册、指南在内容上的特点:一是侧重基础知识,偏重于已成为现实的、成功的具体专业知识,而不是定义、概念、历史的叙述和当前的发展状况。二是实用性强,专门汇集人们经常需要查考的文献资料,如各种事实和数据。

2. 手册类型

手册可以划分为综合性手册和专科手册。综合性手册指内容涉及许多知识领域的实用工具书。专科手册一般是将某一学科或某一业务范围的资料汇集在一起,可细分为 4 种。

1)基本数据手册

基本数据手册主要用图表的形式提供某一方面的数据和公式,文字很少。这种手册的特点是直观、简洁,查检方便、快捷,而且手册本身涉及的语言障碍比较小。例如,《物理学手册》、《数学手册》、《化学物理手册》(*CRC Handbook of Chemistry & Physics*)。

2)基本知识手册

基本知识手册主要是用简练的文字介绍专业知识,也配有适当的图表和公式。这种手册内容的系统性比较强,如《焊接手册》、《激光手册》(*Laser Handbook*)。

3)设计手册

设计手册为专业设计人员进行专业设计提供相应的知识,包括各种可能的设计选择的比较,设计过程中需要执行的标准,如《机械设计手册》、《化工工艺设计手册》。

4)产品手册

产品手册是选择产品的主要工具。内容包括产品名称、主要技术指标、依据的标准、生产厂家,如《实用新药手册》、《电子器件数据手册》(D. A. T. A. Digest)。

3. 常用手册介绍

手册、指南这类书的编纂和出版,在我国有着悠久的历史,古代的专门性类书,实际上也就是各式各样的手册、指南,在敦煌石窟中曾发现了中古时期编的《随身宝》、《万事不求人》等书,就是民间分类编纂的各种生活事务知识资料,亦即手册之类。

常用手册有:《化学物理手册》 (*CRC Handbook of Chemistry and Physics*);《贝尔斯坦有机化学手册》 (*Beilstein Handbook of Organic Chemistry*);《盖墨林无机化学手册》(*Gmelin Handbuch der Anorganischen Chemie*);《核磁

共振光谱数据手册》（*Handbook of* NMR *Spectral Parameters*）；《兰格化学手册》（*Lange's Handbook of Chemistry*）；《无机物热力学数据手册》；《物理化学手册》；《联合国手册》；《国外科技核心期刊手册》；《机械工程手册》；《橡胶工业手册》；《溶剂手册》；《电子器件数据手册》等。

7.1.6　名录

1. 概念

名录（directory）是将机构与行业名、人名、地名以及事物名称汇集在一起，按分类或按字顺加以编排，并对相关事项予以简要揭示和介绍的工具书。

名录是近几十年来发展起来的一类出版物，它通常以简要、格式化的文字提供以下几个方面的资料：①某些人物的个人履历资料；②某一地区的地名及有关地理资料；③有关企业、机关单位、学校等机构的地址、电话号码、人员情况、主要活动、负责人的姓名等基本事实性材料。

名录在用途上类似于手册、指南，而在编排体例上却常常类似于词典、辞书，有时甚至很难区分。国外冠以 "directory"、"guide to…" "who's who" 之类的出版物，许多都是名录，是这种情况的最好证明。如《经济学名人录》（*Who's Who in Economics*）、《美国名人录》（*Who's Who in American*）。

名录和词典的最显著的区别是在其每条目（或词目）下的释文，常规词典的释文多是叙述性的，而名录却是列举性的，且所列举的事项多少及前后顺序都是固定化、格式化的，因而也更具查检性。

名录的出版在国外已形成一个庞大的事业，不仅数量大、品种多、题目越来越专，而且更新、翻版很快，由于名录所负载或收录的都是一些人们在生产、经商、科研，以至于日常生活中最必要的基本事实性信息或资料，因而备受社会重视，自然而然也就出现了各种相应的机读版，这样它就能更快速地为人们所利用。

2. 名录类型

名录大体上可分为人名录、地名录、机构或行业名录三大类。

1）人名录

人名录是汇集人的本名和别名，并对人物予以简要的介绍的工具书，包括传记词典，人名录，传记索引和姓名译名手册。常用的有：《简明科学家传记词典》（*Concise Dictionary of Scientific Biography*）；《美国男女科学家》（*American Men and Women of Science*）；《世界名人录》（*Who's Who in the World*）；《美国已故政治家名录》（*Who Was Who in American Politics*）；《北京天津地方志人物传记索引》;《英语姓名译名手册》等。

　　2）地名录

　　地名录是著录地名及其相关资料的工具书，可提供地名的标准名称、汉语拼音、类别、经纬度，有的地名录还简要说明地名的变迁、人口的状况、特殊的记事等。地理资料类工具书（gazetteers、maps and atlases、guide books）包括地名词典、地名录、地名译名手册、地图及地图集、旅游指南等，如《世界地名词典》、《世界地名录》、《世界地名译名手册》、《世界地图集》、《中国公路与旅游地图册》、《中国世界自然与文化遗产旅游》、《欧洲大陆》等。

　　3）机构或行业名录

　　机构名录是汇集机构实体的名称并作概要介绍的工具书。机构与行业名录又可分为政府机构名录、协会和公共机构名录、职业和专业机构名录、商业贸易名录等。常用的有：《学术世界》（*World of Learning*）;《在版名录》（*Directories in Print*）;《世界环境组织机构名录》（*World Directory of Environmental Organizations*）;《科技名录指南》（*Directory of Technical and Scientific Directories*）;《世界主要图书馆指南》（*Major Libraries of the World*）;《世界大学名录》（*World List of Universities*）;《国际出版商名录》（*Publishers' International ISBN Directory*）;《中国企事业名录大全》;《中国工商企业名录大全》;《日本对华企业名录》等。

7.1.7　表谱、图录

　　从事学术研究时，经常要查考历代年号和历史上的大事，换算不同历法的年、月、日，考查各代职官的职权范围和历史上著名人物的生卒年月，考证地理沿革，查明疆域变迁，查寻历代名人的图像、文物图片、历史大事图片等。因此，了解表谱、图录的种类，熟悉和掌握其使用方法是非常必要的。

　　1. 表谱

　　表谱是按照收录资料的类别或系统，用简单的文字或准确的数字，以表格、谱系或其他较为整齐的形式，按年代记载史实和时间的工具书，主要包括以下几种。

　　1）年表

　　年表是考察历史年代和历史大事的工具书。可分为两类：一是单纯纪年表，考察历史纪年之用，如《中国历史纪年表》。二是史事年表，除纪年外还有纪事，主要供查找中外历史大事或某一方面的大事，如《中国历史大事年表》。

2）历表

历表是查考换算不同历法对应的年、月、日的工具书。古今中外历法很多，不同的历法纪年方法各异，有的月有别名，日也有不同名称，因而经常遇到不同历法的换算问题，这就必须查历表，如《两千年中西历对照表》、《中西回史日历》。

3）人物表谱

人物表谱是采用编年体裁记载个人生平事迹的著述，也可以说是关于某个人或某些人生平的大事记，如《马克思恩格斯生平事业年表》。

4）职官表谱

职官表谱供查找封建官僚体系、官名及上下关系、隶属、执掌、品位等问题，如《历代职官表》。

2. 图录

图录是通过图像、照片等来反映事物特征、地理区划、名物制度以及历代史事的各种形象性资料，包括地图、历史图谱、文物图谱、人物图谱。

（1）地图。按一定的方法和技术，绘制并反映各种自然或社会景象的地理分布与联系的图。

（2）历史图谱。汇辑有关重大历史事件的实物、场景的照片以及各种形象性资料的工具书，如《中国历史参考图谱》。

（3）文物图谱。历史文物和出土文物的图片，如《中国历代货币》。

（4）人物图谱。历史名人的画像和照片的图册，如《卡尔·马克思画像传》。

7.1.8　资料汇编

资料汇编是一种工具资料书，它围绕某学科或某专题，将有关文献汇编在一起，既可用以阅读，又可供人查检，对学习和研究有较大的参考价值。

资料汇编按其内容性质划分，有法规资料汇编、条约资料汇编、统计资料汇编和教学科研资料汇编 4 种类型。法规资料汇编主要将国家的法律、法令、条例、规则、章程等资料加以汇编。条约资料汇编主要收集国家与国家签订的有关政治、经济、军事、文化等方面的相互权利和义务的各种书面协定，包括公约、协定、议定书、换文、联合宣言、联合声明、联合公告等。统计资料汇编是以表格形式汇辑经济和社会发展的各项统计数字。教学科研资料汇编主要汇集对教学科研有参考使用价值的文献。

尽管这类资料中有绝大多数就其编纂内容、编排方式来说，都很难算做是工具书，但在实际查找资料，特别是检索者的目的在于获取原始文献时，人们就会感到其可查性。所以了解国内外法规、法令汇编、文件集、资料集等出版物的出版动态，编辑体例与内容是必要的。

从常用参考工具书使用介绍中我们已经得知，在查找资料、解答问题的过程中，参考工具书往往起着举足轻重的作用，或者帮助解难释疑，或者指示治学门径，或者提供资料线索等。但是，在具体利用工具书查找资料时，又经常会碰到这种工具书该馆没有收藏，工具书收录不全、过于简单、资料陈旧、观点有问题或只找到一点线索，必须继续查找等情况。这时，就需要综合使用其他工具或其他类型的工具书解决，甚至同时使用多种类型的工具书解决。

工具书的综合使用是一种方法，也是一种检索策略。它要求从广度与深度方面去掌握和使用工具书，在分析问题的基础上，选择查找资料的最佳途径和方法。也就是说：第一，要熟悉和掌握各种工具书的性质、特点和作用，了解它们之间的联系与区别；第二，要认真分析需查检的问题，弄清目的要求，明确检索角度、广度、深度；第三，选择好查找资料的最佳途径和方法。

7.2　网络参考工具书

网络参考工具书又称在线参考工具书，是指以数据库和网络为基础，以硬盘为存储介质，以网络为传输介质，向用户提供在线服务，或通过电信网络向用户提供传真服务的网上工具型电子出版物。网络参考工具书主要来源于传统参考工具书的数字化和电子化，但它们又不拘泥于印刷版的内容，而是在此基础上增加了许多新的内容。随着现代信息技术的不断发展，网络参考工具书数量越来越众多、类型越来越丰富，而且查询也更加方便。

7.2.1　网络参考工具书的特点

1. 海量储存，内容更丰富

网络参考工具书依托网络技术和计算机软件技术，在保留了传统工具书的科学性、权威性的基础上增加了许多新内容、新条目，其海量的信息是印刷型的参考工具书无法比拟的。

2. 检索途径多，使用更方便

除了保留印刷型工具书原有的检索途径外，网络版工具书往往会利用先进的检索技术增加许多新的检索功能和检索入口，如逻辑检索、组合检索等，从而方便读者瞬间找到所需资源。另外，读者可以随时随地联网使用，并且可以实现多个用户的共享。

3. 信息更新速度快，数据更新颖

传统的工具书每更新一次，要经过相当长的一段时间，而网络版工具书的更

新速度都比印刷版快，一般是按天、按周、按月或按季度更新的，因此在新颖性方面占有更大的优势。

7.2.2　网络参考工具书的查询技巧

1. 直接访问著名参考工具书出版网站或导航系统

工具书的出版者一般都是声誉较高的出版社，有多年出版工具书的经验，网络版工具书许多都以印刷型工具书作为其数据来源，依靠前期的知识产权累积信誉赢得用户的好评。因此，这类网络版工具书出版社可信度也相对较高。鉴于此，我们就可以直接访问一些资深工具书出版社的网页来查询其出版的网络参考工具书。

1994 年，《不列颠百科全书》的网络版（Encyclopedia Britannica Online，EB）正式在网上发布，成为全球工具书网络版的先驱。此后，工具书的电子化、网络化就逐步在世界范围内普及。因此，直接访问工具书出版社这一检索策略不失为一种查找网络版工具书的好方法。

此外，我国许多高校图书馆都建立了网络工具书导航系统，收录了数量众多、类型丰富、功能各异的参考工具书，汇集了众多的网络参考工具书的资源。

2. 利用搜索引擎来查找网络工具书

一份来自 2003 年互联网报告的统计，已经有 70% 的网民表示经常使用搜索引擎，通过搜索引擎可以同时获得不同的工具书对同一个词给予的解释。

目前网上搜索引擎数量多达几百个，最常用的也有几十个，而每一种搜索引擎覆盖的范围、标引的深度、广度、提供的检索方式以及检索语法均不相同，因此在选择和使用搜索引擎查找网络工具书方面也需要讲究一些策略。可以选择使用专题检索引擎（为查询某一学科或者某一主题的信息而产生的查询工具，如 Yahoo!、People Search、MapBlast 等）直接查到某些参考资源；也可选择使用多元搜索引擎（多个单一引擎的组合，如 Dogpile 就集成了 26 个搜索引擎）综合输出检索结果；同时注意平时积累，零星收集，逐步收集越来越多、相对全面而又质量较高的网络参考工具书。

3. 充分利用收费数据库和网上免费的资源

一些权威的参考工具书往往采取收费的方式提供使用，如著名的《不列颠百科全书》、万方数据库等；但是许多网上参考工具书都免费提供信息，读者不需要花费金钱就可以获得问题的答案。

7.2.3 《中国工具书网络出版总库》

1. 《中国工具书网络出版总库》介绍

《中国工具书网络出版总库》是精准、权威、可信且持续更新的百科知识库，简称《知网工具书库》或者《CNKI 工具书》。《知网工具书库》由清华大学主管、中国学术期刊（光盘版）电子杂志社网络出版、同方知网（北京）技术有限公司研制发行，是《中国知识资源总库》的重要组成部分，为"十一五"国家重大网络出版项目，"十一五"国家重点电子出版物规划选题。

《知网工具书库》集成了近 200 家知名出版社的近 4000 余部工具书，类型包括语文词典、双语词典、专科辞典、百科全书、图录、表谱、传记、语录、手册等，约 1500 万个条目，70 万张图片。所有条目均由专业人士撰写，内容涵盖哲学、文学艺术、社会科学、文化教育、自然科学、工程技术、医学等各个领域。

《知网工具书库》是传统工具书的数字化集成整合，按学科分 10 大专辑 168 个专题，不但保留了纸本工具书的科学性、权威性和内容特色；而且配置了强大的全文检索系统，大大突破了传统工具书在检索方面的局限性；同时通过超文本技术建立了知识之间的链接和相关条目之间的跳转阅读，使读者在一个平台上能够非常方便的获取分散在不同工具书里的、具有相关性的知识信息。

《知网工具书库》除了实现了库内知识条目之间的关联外，每一个条目后面还链接了相关的学术期刊文献、博士硕士学位论文、会议论文、报纸、年鉴、专利、知识元等，帮助人们了解最新进展，发现新知，开阔视野。

2. 《中国工具书网络出版总库》主要特点与功能

（1）汇集了近 200 家知名出版社的精品工具书。合作的出版社与收录书目随时增加。

（2）100％获得授权，其中 80％的工具书获得独家授权。

（3）多种检索入口，提供"词目"、"词条"（全文）、"书名"、"出版者"、"作者"等检索入口。

（4）多种匹配方式，提供"精确"、"模糊"、"通配符"匹配方式。

（5）多种排序方式，检索结果可以按"文字量"、"相关度"、"下载量"、"出版时间"排序。

（6）检索范围可选，可选择在单本书内检索，也可跨书、跨学科检索。

（7）检索结果的筛选在检索结果较多的情况下，可按学科或者工具书类型进行筛选，以便快速定位到满意的结果。

（8）强大的链接功能，不仅仅在书在关联链接，也可以在 CNKI 的期刊、博士学位论文、硕士学位论文、会议论文、报纸库链接。

　　（9）书目导航，如果要找自己喜爱的书，通过书目导航功能就很容易。并且每本书都有唯一网址，方便使用。

　　（10）每月更新。只要所收录书目有新版本时，内容都将得到相应更新，同时每月都有新的工具书加入。

　　《中国工具书网络出版总库》的网址是 http：// gongjushu. cnki. net/ref-book/，其检索界面如图 7.1 所示。

图 7.1　《中国工具书网络出版总库》检索界面

本 章 小 结

　　本章主要介绍了字典、词典、百科全书、年鉴、手册、指南、名录、类书、政书、图录、表谱、资料汇编等参考工具书的内容及其使用方法，同时对网络参考工具书的特点和查询方法做了简单介绍。了解熟悉其主要性能和作用，有效地选择和利用对解决学习中遇到的问题，参考工具书，有重要的意义。

思考题与练习

1. 查找我国古代经济史实的重要的资料性工具书是什么？

2. 检索诺贝尔、爱因斯坦的主要成就用什么参考工具书检索?

3. 请查 ASTM 的英文全称和中文名称,并给出资料来源。

4. 利用经济年鉴了解 2005 年我国国内生产总值和人均国民总收入情况。

5. 了解我国古代的铸钱使、会计司、总督漕运的职官情况用哪种参考工具书检索较好?

主要参考文献

博特尔 R T. 1987. 化学文献的使用. 北京：化学工业出版社

陈英，姚乐野. 2009. 科技信息检索（第四版）. 北京：科学出版社

蔡莉静，苏桂兰. 2001. 分类与主题结合——《金属文摘》的检索捷径. 山东图书馆季刊.
　　（3）：60-61

杜伟. 2009. 信息检索. 北京：科学出版社

冯白云，李京华. 1991. 化学化工文献检索与利用. 北京：清华大学出版社

赖茂生，徐克敏. 2004. 科技文献检索（第二版）. 北京：北京大学出版社

刘霞. 2002. Internet 上参考工具书查询技巧. 情报探索.（2）：38-41

孟广均，沈英，郭志明等. 2000. 信息资源管理导论. 北京：科学出版社

马文峰. 1995. 社会科学文献信息检索概论. 北京：中国人民大学出版社

梅泽尔 R E. 1994. 怎样查找化学情报. 哈尔滨：黑龙江科学技术出版社

孙平，任其荣. 1996. 科技信息检索. 北京：清华大学出版社

孙钱章. 1999. 知识经济概论. 北京：警官教育出版社

孙维钧，陈寿祺. 1993. 科技文献检索教程. 天津：天津科技翻译出版公司

孙济庆，杨永厚. 1995. 新编化学化工信息检索. 上海：华东理工大学工业出版社

施正洪，孙济庆，葛巧珍. 1989. 化学化工文献检索教程. 上海：华东化工学院出版社

沈文柱. 2004. 最新图书馆信息采编与图书情报实用技术大全. 乌鲁木齐：新疆人民出版社

张惠惠. 2000. 信息检索. 北京：机械工业出版社

张琪玉. 1983. 情报检索语言. 武汉：武汉大学出版社

张厚生. 2006. 信息检索（第四版）. 南京：东南大学出版社

赵静. 2008. 现代信息查询与利用（第二版）. 北京：科学出版社

郑巧英，杨宗英. 1998. 图书馆自动化新论. 上海：上海交通大学出版社

邹放鸣，赵跃民. 2003. 大学生涯导论. 徐州：中国矿业大学出版社

附 录 A

姓名：＿＿＿＿　班级：＿＿＿＿　成绩：＿＿＿

中国学术期刊全文数据库检索实习报告

课题名称：＿＿＿＿＿＿＿＿＿＿＿＿＿＿＿＿＿＿＿＿＿＿＿

分析课题，确定主题词：

关键词 1	
关键词 2	

一、初级检索

1. 比较同一检索词在不同字段检索得到结果的差别（分别在篇名、文摘等字段进行检索）。

	检索词	检索年代	记录数（条）			
			篇名	关键词	摘要	全文
(1)						
(2)						

2. 作者姓名字段检索。

以作者＿＿＿＿＿＿＿＿＿＿＿＿＿＿＿＿ 作为检索词，进行检索。

检索词	检索年限	记录数（条）

3. 抄录一条记录如下。

4. 机构（作者单位）字段检索。

以作者单位＿＿＿＿＿＿＿＿＿＿＿＿＿＿＿为检索词，进行检索。

检索词	检索年限	记录数（条）

二、高级检索

1. 两个字段组配检索。

所选字段（检索项）	年 代	检索词	单独检索时命中记录数	逻 辑运算符	组配检索时命中记录数

2. 摘抄其中一条的记录如下：

3. 该篇文章正文的最后一段第一句内容是＿＿＿＿＿＿＿＿＿＿＿

＿＿＿＿＿＿＿＿＿＿＿＿＿＿＿＿＿＿＿＿＿＿＿＿＿＿。

三、专业检索

在专业检索界面用一个检索式将你所检索的课题的相关检索词表达出来：

例如：检索表达式：题名＝计算机软件 and 作者＝王军 not 中文刊名＝中国科学

以上检索式的检索意图是篇名中有"计算机软件"并且作者中有"王军"，还要同时排除刊名中含有"中国科学"的条件。

检索式	检索结果（记录数）

附 录 B

姓名：_____ 班级：_____ 成绩：____

《工程索引》（EI）手工检索实习报告

课题名称(中文)：_____

（英文）：_____

一、主题途径

1. 分析课题，初步确定关键词：

关键词 1	
关键词 2	

2. 利用主题词表 SHE（1993 年前用）/Thesaurus（1993 年后用）核实选定的关键词：

经核实，得正式的标题词/叙词为_____
_____。

3. 在_____年刊（或_____年___期月刊）的主题索引中，用关键词
_____检索

出相关文献_____篇，记录其中一条，其主题索引条目为：

```
┌─────────────────────────────────────────────┐
│                                             │
│                                             │
│                  目 录 例                    │
│                                             │
│                                             │
└─────────────────────────────────────────────┘
```

根据其文摘号，在年刊（或月刊）正文中查得相应的文摘条目，记录如下：

```
┌─────────────────────────────────────────────┐
│                                             │
│                                             │
│                                             │
│                                             │
│                                             │
│                                             │
│                                             │
│                                             │
│                                             │
│                                             │
│                                             │
└─────────────────────────────────────────────┘
```

记录中各著录事项说明如下：

编 号	说 明	编 号	说 明	编 号	说 明
①		②		③	
④		⑤		⑥	
⑦		⑧		⑨	

4. 利用出版物一览表（PL）或会议一览表（CL），查出刊名全称或会议详细内容：

（如结果条目是期刊文献填写下表）

刊名缩写	刊名全称

会议信息：（如结果条目是会议文献填写下表）

二、作者途径

以作者 _____ 为线索，在 _____ 年刊（或 _____ 年 ____ 期月刊）"作者索引"中查得该作者的文章，其索引条目如下：

根据其文摘号，在年刊（或月刊）正文中查得相应的文摘条目，记录如下：

附　录　C

姓名：_____　班级：_____　成绩：____

《科学文摘》（SA）手工检索实习报告

课题名称(中文)：_____

（英文）：_____

一、分类途径

1. 分析课题，确定类目。现用_____分辑，从"主题指南"（subject guide）确定分类号。

课题关键词	分类号

2. 转查分类目次表（classification contents），有关分类如下：

分类号	类目名称	页　码

3. 实施检索。现用分类号_____，在____年__月期刊中第____页。

开始查找，抄录一条完整的相关记录：

记录中各著录事项说明如下：

编　号	说　明	编　号	说　明	编　号	说　明
①		②		③	
④		⑤		⑥	
⑦		⑧		⑨	

4. 利用"引用期刊目录"（list of journal），（在当年下半年累积索引中）查出刊名全称：

刊名缩写	刊名全称

二、主题途径

1. 分析课题，初步确定关键词：

关键词1	
关键词2	

2. 利用 INSPEC 词表核实初选的关键词：

经用 INSPEC 词表核实，_____

_____为正式叙词。

3. 在_____年的（上/下半年）累积主题索引中，用正式叙词_____

_____检索，得相关文献_____篇，记录其中一条。其主题索引条目为：

　　4. 根据其文摘号，在当年的期文摘本中查得相应的文摘条目，抄录如下：

三、作者途径

　　以作者 _____ 为线
索，在"著者索引"中查得该作者的一篇文章，其索引条目如下：

根据文摘号在检索工具正文部分中查得相关的文献记录，抄录如下：

附　录　D

姓名：_____　班级：_____　成绩：____

《化学文摘》（CA）手工检索实习报告

课题名称（中文）：_____

　　　　　（英文）：_____

一、期索引（关键词索引、专利索引、作者索引）

1. 关键词索引。

（1）分析课题，确定关键词：

关键词 1	
关键词 2	

（2）实施检索。以关键词_____在 CA ____年 Vol. ____ No. ____ keyword index 中逐词查找拟定的关键词，得如下结果：

挑选符合要求的文献一篇，根据其文摘号，在文摘正文中查得相应的文摘条目：

记录中各著录事项说明如下：

编　号	说　明	编　号	说　明	编　号	说　明
①		②		③	
④		⑤		⑥	
⑦		⑧		⑨	

（3）利用"资料来源索引（CAS source index）"，查出文献来源全称（如果文献来源为期刊、会议文献、档案资料汇编）：

缩　写	全　称

2. 作者途径。

以作者 ＿＿＿＿＿＿＿＿＿＿＿＿＿＿＿＿ 为线索，用 CA 作者索引（author index）检索该著者文章被收录情况。用 CA 作者索引，以作者姓名字顺查找，在＿＿＿年 Vol. ＿＿ No. ＿＿的作者索引中查找该作者文章，其索引条目如下：

根据文摘号在文摘正文中查得相关的文摘条目，记录如下：

三、卷索引（化学物质索引、普通主题索引、分子式索引、专利索引）

1. 普通主题词索引（general subject index，GS）。

（1）分析课题，用索引指南 IG 核实选定的主题词，在 CA IG ＿＿＿＿＿＿中核实选定的主题词：

经核实＿＿＿＿＿＿＿＿＿＿＿、＿＿＿＿＿＿＿＿＿＿＿为 CA 使用的正式主题词。

（2）实施检索，使用＿＿＿＿＿＿＿＿＿、＿＿＿＿＿＿＿＿＿在不同年代的 CA 普通主题索引中进行检索，在＿＿＿＿＿＿年 Vol. ＿＿＿＿＿＿中检索到其索引条目如下：

根据文摘号到当年的文摘正文中查看详细内容。记录如下：

2. 化学物质索引（chemical substance index，CS）。

（1）分析课题，确定检索对象规范的化学术语，然后用索引指南 IG 核实，在 CA IG __________ 中核实选定的化学术语：

经核实________________、________________为 CA 使用的正式的化学物质检索词。

（2）实施检索，使用________________、________________在不同年代的 CA 化学物质索引中进行检索，在________年 Vol. ______中检索到其索引，条目如下：

根据文摘号到当年的文摘正文中查看详细内容。记录如下：

附 录 E

姓名：_____ 班级：_____ 成绩：____

化学文摘网络版《SciFinder》检索实习报告

课题名称

（中文）：_____

（英文）：_____

分析课题，确定关键词：

关键词 1	
关键词 2	

一、主题检索 （explorer literature-research topic）

1. 实施检索，输入短语_____进行检索，得到：

	相关文献记录数	与课题相关程度 （如 were present anywhere in the reference）
1		
2		
3		
4		
5		

2. 选择记录数为_____的结果，浏览其每条记录，抄录一条记录如下：

3. 进一步阅读文摘等信息并选填如下内容：

bibliographic information
（可略去）
abstract

indexing

4. 对大量检索结果进行智能分析——选择 analyze（　　）或 refine（　　）或 categorize（　　），以＿＿＿＿＿＿＿＿＿＿＿进行分析，得到结果如下：

二、物质检索方式（explorer substances）检索

选择与课题有关的化学物质＿＿＿＿＿＿＿＿，以化学结构（chemical structure）（　　）或分子式（molecular formula）（　　）进行检索，得到信息：

三、反应检索方式（explorer reactions）检索

1. 以反应原料（或产品）之一_____为检索对象，进行检索。

2. 抄录一条记录如下：

四、浏览（browse）相关期刊文献

以期刊名称_____为检索对象，进行检索，抄录一篇近期文献题录：

五、同行作者文献检索（explorer literature-author name）

以作者姓名_____为检索对象，进行检索，选择记

录数为_____的结果，抄录一篇记录如下：

六、定向物质检索 (locate substances search)

以化学物质登记号或物质名称进行检索，得到物质详细信息（substance detail）：

```
registry number：


formula：
CA index name：
other names：


experimental properties
predicted properties

                              —resources—

references：
STN files：


database：registry
```

附 录 F

姓名：＿＿＿＿＿＿ 班级：＿＿＿＿＿＿ 成绩：＿＿＿＿

《工程索引》网络版数据库检索实习报告

课题名称(中文)：＿＿＿＿＿＿＿＿＿＿＿＿＿＿＿＿＿＿＿＿

　　　　(英文)：＿＿＿＿＿＿＿＿＿＿＿＿＿＿＿＿＿＿＿＿

分析课题，确定关键词：

关键词 1	
关键词 2	

一、快速检索方式（quick search）

1. 比较同一检索词在不同字段检索的差别。

分别在篇名字段、摘要字段与全记录字段进行检索并比较差别。

	检索词	检索年限	检索结果（记录数）		
			title	abstracts	all fields
1					
2					

2. 作者字段（authors）检索。

以作者＿＿＿＿＿＿＿＿＿＿＿＿＿＿＿＿＿＿＿为检索对象，进行检索。

检索词	检索年限	检索结果（记录数）

抄录一条记录如下：

3. 作者单位字段（author affiliations）检索。

以作者单位_____为检索对象，进行检索。

检索词	检索年限	检索结果（记录数）

抄录一条记录如下：

4. 刊名字段（source title）检索。

以期刊名称＿＿＿＿＿＿＿＿＿＿＿＿＿＿＿＿＿＿＿＿为检索对象，进行检索。

检索词	检索年限	检索结果（记录数）

5. 两个字段组配检索。

	所选字段	检索词	单独检索时命中记录数	逻 辑运算符	组配检索时命中记录数
1					
2					

二、专家检索方式（expert search）

在专家检索界面用一个检索式将你所检索的课题的相关检索词表达出来：

如检索式"computer software wn TI and wang jun wn AU not zhongguo kexue wn ST"的检索意图是篇名中有"计算机软件"并且作者中有"王军"，还要同时排除刊名中含有"中国科学"。

检索式	检索结果（记录数）

注：各检索字段的名称及其使用方法可参考检索式输入框下方的"search codes"、"search tips"栏。

附 录 G

姓名：＿＿＿＿＿ 班级：＿＿＿＿＿ 成绩：＿＿＿＿

中外文专利数据库检索实习报告

课题名称（中文）：＿＿＿＿＿＿＿＿＿＿＿＿＿＿＿＿＿＿＿＿
（英文）：＿＿＿＿＿＿＿＿＿＿＿＿＿＿＿＿＿＿＿＿＿

一、中国专利检索（http://www.sipo.gov.cn/sipo/default.htm）

1. 分析课题，确定检索词（包括专利号、发明人等）：

中文关键词 1	
中文关键词 2	
其他检索词	

2. 进入中国专利数据库，可在名称、摘要、分类号、申请号、公开（告）号、公开（告）日、申请人、发明人等 16 个字段输入相应的检索词（号）进行检索，所用检索字段＿＿＿＿＿＿，检索词（号）＿＿＿＿＿＿，＿＿＿＿＿＿，检索结果共＿＿＿＿＿＿条记录，下表中为前 10 条：

记录号	申请号	专利名称

3. 查看专利文摘内容（其中一篇）：

【名称】

【公开号】　　　　　　　　　　　　【公开日】

【主分类号】　　　　　　　　　　　【分类号】

【申请号】

【分案原申请号】　　　　　　　　　【申请日】

【颁证日】　　　　　　　　　　　　【优先权】

【申请人】　　　　　　　　　　　　【地址】

【发明人】

【国际申请】

【国际公布】　　　　　　　　　　　【进入国家日期】

【专利代理机构】　　　　　　　　　　【代理人】

【摘要】（抄写第一句即可）

4. 下载专利号（或申请号）为_____专利说明书全文。

申请公开共　　页

审定授权 共　　页

说明书第 1 页：（也可打印后附后）

二、国外专利检索 esp@cenet（欧洲专利数据库，网址：http：// ep. espacenet. com/）

1. 分析课题，确定检索词（包括专利号等）：

英文关键词 1	
英文关键词 2	
其他检索词	

2. 进入欧洲专利数据库 esp@cenet 可在 keyword（s）in title、keyword（s）in title or abstract、international patent classification、inventor 等 10 个字段输入相应的检索词（号）进行检索世界范围（worldwide）的专利，所用检索字段_____，检索词（号）_____，_____，检索结果：

Approximately _____ results found in the worldwide database for，only the first 10 results are displayed.

record No	patent number	title

3. 查看其中专利号为_____的专利文摘内容。

patent number：

publication date：

inventor：

applicant：

classification：

-international：

-European：

application number：

priority number（s）：

INPODAC　patent family cited document abstract of ＿＿＿＿＿＿＿＿

4. 浏览专利号（或申请号）为＿＿＿＿＿＿专利说明书全文。

说明书第1页：（也可打印后附后）